CLASSIC

當代大師
文學經典

米蘭·昆德拉

milan kundera

生命中不能承受之輕

Nesnesitelná lehkost bytí

尉遲秀—譯

第一部

輕與重

1

永劫回歸是個神祕的概念，因爲這概念，尼采讓不少哲學家感到困惑：試想有一天，一切事物都將以我們已然經歷的樣貌重複搬演，甚至這重複本身也將無限重複下去！究竟，這瘋癲的幻念想說些什麼？

永劫回歸的幻念以否定的方式肯定了一件事：一旦消逝便不再回頭的生命，就如影子一般，沒有重量，預先死亡了，無論生命是否殘酷，是否美麗，是否燦爛，這殘酷、這美麗、這燦爛都沒有任何意義。我們可別太把它當回事，這不過就像發生在十四世紀兩個非洲王國之間的一場戰爭，就算有三十萬個黑人在無可名狀的殺戮之中喪生，這戰爭還是一點也沒改變世界的面貌。

如果十四世紀這場發生在兩個非洲王國之間的戰爭，在永劫回歸之中重複無數次，戰爭本身會有什麼改變嗎？

會的。這戰爭會變成一大塊東西，矗立在那裡，一直在那裡，戰爭的愚蠢也將堅持不懈。如果法國大革命必須永無休止地重複，法國的史書就不會因爲羅伯斯庇爾而感到如此自豪了。可是史書說的是一件一去不返的事，血腥的年代於是變成一些字詞、一些理論、一些研討，變得比鴻毛還輕，不會讓人感到害怕。一個在歷史上僅僅出現一次的羅伯斯庇爾，跟一個不斷返回、永無休止地砍下法國人頭顱的羅伯斯庇爾，兩者之間有著無窮無盡的差別。

這麼說吧，我們在永劫回歸的概念裡所見的事物，不是我們平常認識的那個模樣：永劫回歸的事物出現在我們眼前，沒有轉瞬即逝的情狀給它減輕罪刑。確實，這轉瞬即逝的情狀讓我們無法宣告任何判決。我們能給稍縱即逝的事物定罪麼？日暮時分的橙紅雲彩讓萬事萬物輝映著鄉愁的魔力；甚至斷頭臺亦然。

才沒多久以前，我被一種感覺嚇了一跳，難以置信：我翻著一本關於希特勒的書，其中幾張希特勒的照片觸動了我；這些照片讓我想起童年的時光；我經歷過這場戰爭；家族裡有好些人死在納粹的集中營；希特勒的相片卻讓我想起生命中逝去的時光，一段一去不返的時光，但是，從希特勒的相片看過去，他們的死成了什麼？

這個與希特勒的和解暴露出深層的道德墮落，這墮落是一個以回歸之不存在爲本質的世界所固有的，因爲，在這個世界裡，一切都預先被原諒了，也因此，一切都被厚顏無恥地允許了。

2

如果生命的每一秒鐘都得重複無數次，我們就會像耶穌基督釘在十字架上那樣，被釘在永恆之上。這概念很殘酷。在永劫回歸的世界裡，每一個動作都負荷著讓人不能承受的重責大任。這正是為什麼尼采會說，永劫回歸的概念是最沉重的負擔（*das schwerste Gewicht*）。

儘管永劫回歸是最沉重的負擔，在這片背景布幕上，我們的生命依然可以在它輝煌燦爛的輕盈之中展現出來。

可『重』眞是殘酷？而『輕』眞是美麗？

最沉重的負擔壓垮我們，讓我們屈服，把我們壓倒在地。可是在世世代代的愛情詩篇裡，女人渴望的卻是承受男性肉體的重擔。於是，最沉重的負擔同時也是最激越的生命實現的形象。負擔越沉重，我們的生命就越貼近地面，生命就越寫實也越眞實。

相反的，完全沒有負擔會讓人的存在變得比空氣還輕，會讓人的存在飛起，遠離地面，遠離人世的存在，變得只是似眞非眞，一切動作都變得自由自在，卻又無足輕重。

那麼，我們該選哪一個呢？重，還是輕？

這是古希臘哲學家巴門尼德（Parménide）在耶穌紀元前六世紀提出的問題。依照他的說法，宇宙分作若干相反的對偶：光明—黑暗；薄—厚；熱—冷；存在—非存在。他將對反的一極視為正（光明、熱、薄、存在），另一極則是負。如此正負兩極的區分在我們看來或許幼稚而簡單，只有這個問題例外：重和輕，哪一個才是正的？

巴門尼德答道：輕是正的，重是負的。他說的對不對？這正是問題所在。可以確定的只有一件事，輕重的對反是一切對反之中最神祕也最模稜難辨的。

3

我想著托馬斯已經有好多年了。然而，卻是在前面這些反思的光亮照拂下，我才第一次清楚地看見了他。我看見他，站在他公寓裡的一扇窗前，兩眼隔著天井定在對面樓房的牆壁上，他不知道自己該怎麼做。

大約三個星期前，他在波希米亞的一個小城認識了特麗莎。他們待在一起幾乎不到一個小時。特麗莎陪他到車站，陪他一起等車，直到他上了火車。約莫十天後，特麗莎到布拉格來看他。他們當天就做愛了。夜裡，特麗莎發燒，她帶著感冒在托馬斯的家裡度過了一個星期。

托馬斯對這近乎陌生的女孩產生了一種無法解釋的愛。彷彿有人把一個孩子放進塗覆了樹脂的籃子裡，順著河水漂流，而他在床榻水岸收留了她。

她在托馬斯的家裡待了一個星期，身體一復原，她就回到她居住的城鎮，那城，距離布拉格兩百公里。而此刻，也就是我剛剛說的那個時刻，我看到托馬斯生命的關鍵：他站在窗前，兩眼隔著天井定在對面樓房的牆壁上，他思忖著：

該不該要她到布拉格住下來？這份責任讓他害怕。倘若現在邀她來他家，她會過來和他重聚，並且將一生都獻給他。

或者，他該放棄？這樣的話，特麗莎就會繼續在省城偏僻的酒吧當女侍，他也永遠不會再見到她。

他想要她來重聚嗎？要，還是不要？

他望著天井，兩眼定在對面的牆壁上，想找個答案。

他的思緒一再一再地回到這女人的形象上，她躺在他的沙發床上，她並沒有讓他想起過往生命中的任何人。她不是情人，也不是妻子。她是個孩子，從那塗覆了樹脂的籃子裡出來的孩子，而他將她撈起，放在他的床榻水岸。她睡著了。他跪在她身邊。她的氣息發熱，變得急促，他聽見微弱的呻吟。他把自己的臉貼近她的臉，在她的睡夢中輕聲說了幾句安慰的話。片刻之後，他覺得她的氣息平靜幾許，她的臉不自覺地抬起，向他迎了過來。他感覺她的雙唇因爲發燒而散出淡淡的苦味，他吸著這氣味，彷彿想讓自己浸潤在她身體的私密之中。他想像她在他家度過漫漫歲月，此刻行將死去。突然間，他清楚地感覺到，如果她死了，他也活不下去。他將躺臥在她身邊，和她一同死去。他被這畫面感動了，他挨著她的臉，把頭埋在枕頭裡，如此過了許久。

現在，他站在窗前，回想起這個時刻。這不是愛情，是什麼呢？什麼東西會這樣跑出來讓人認識它的存在？

然而，這是愛情嗎？他相信自己確實想死在她的身旁，而這種感情也的確太過分了：那時，他總共才見過她兩次啊！或許該說是某種歇斯底里的反應吧，一個在內心深處確知自己不適合愛情的男人，竟然開始用愛情劇來欺騙自己？而這男人的潛意識又那麼軟弱，爲自己的愛情劇挑了這麼一個來自省城的可憐女侍，若非如此，這女侍根本無緣走進他的生活！

望著天井對面那片骯髒的牆，他知道自己也搞不清這究竟是歇斯底里還是愛情。

他責怪自己，因爲在這樣的情況下，一個眞正的男人會立刻採取行動，可他卻猶豫不決，因此剝奪了自己生命中最美麗的時刻（跪在那年輕女人的床頭，確信自己在她死後也活不下去）的一切意義。

他不斷自責，但是後來他卻告訴自己，其實，他搞不清自己想要的東西，這種事是很正常的：

人永遠都無法得知自己該去企求什麼，因爲人的生命只有一次，既不能拿生命跟前世相比，也不能在來世改正什麼。

跟特麗莎在一起好呢？還是繼續一個人過日子好呢？

沒有任何方法可以檢證哪一個決定是對的，因爲任何比較都不存在。一切都是說來就來，轉眼就經歷了第一次，沒有準備的餘地。就像一個演員走上舞台，卻從來不曾排練。如果生命的第一次排練已然是生命本身，那麼生命能有什麼價值？這正是爲何生命總是像一張草圖。可甚至『草圖』這字眼也不夠確切，因爲草圖總是某個東西的初樣，是一幅畫的預備工作，然而我們生命的這張草圖卻不是任何東西的草圖，不是任何一幅畫的初樣。

托馬斯反覆說著這句德國諺語：*Einmal ist keinmal*，一次算不得數，一次就是從來沒有。只能活一次，就像是完全不曾活過。

4

但是有一天，在兩場手術之間的空檔，護士跟他說有人打電話找他。他聽到話筒裡傳來特麗莎的聲音，她從車站打電話給他，他很高興。不巧的是，他那天晚上有約，他邀特麗莎第二天才來他家。從掛上電話的那一刻起，他就開始責怪自己沒有要她立刻過來，他還有時間去取消原來的約啊！他思忖著，在他們碰面之前的漫漫三十六個小時，特麗莎在布拉格要做什麼？他眞想跳上車子，立刻進城上街去找她。

第二天晚上她來了，肩上背著一個袋子，背帶長長的，托馬斯覺得她比上次見面時優雅些。她手上拿著一本厚厚的書；那是托爾斯泰的《安娜・卡列尼娜》。她看起來相當愉快，甚至還有點聒噪，她努力要在托馬斯面前表現出，她之所以會經過這裡，完全是因爲偶然，因爲某個特殊狀況：她來布拉格是爲了工作的緣故，大概是（她說得十分含糊）要來找一份新工作。

後來，他們裸著身子，精疲力盡，並肩躺在沙發床上。夜已深了。托馬斯問她住哪兒，他想開車送她回去。她尷尬地答說要去找個旅館，她的行李箱寄放在車站。

前一天，他才在擔心，如果邀請她來布拉格的家，她會把一生都帶來獻給他。現在，聽她說行李箱在車站，他心想，她已經把她的一生放進這只行李箱，在還沒把一生獻給他之前，她先把行李箱寄放在車站。

他和特麗莎坐上停在公寓門口的車，開到車站，領了行李（行李箱很大，而且沉重無比），然後把行李和特麗莎一起帶回家。

事情怎麼會決定得那麼快？可他當初卻猶豫了將近半個月，連一張明信片也沒寫給她。

他自己也覺得驚訝。他這麼做，違反了他的原則。十年前，他和前妻離婚的時候，他在歡樂的氣氛裡，經歷了離婚這件事，就像別人慶祝結婚一樣。他從此明白，自己生來就不是要在一個女人身邊過日子的，什麼樣的女人都不行，他只有在獨身的狀態下，才能當眞正的自己。於是他精心安排生活的方式，好讓女人永遠無法帶著行李箱住進他家。所以他只有一張沙發床。儘管沙發床夠大，他還是會明白告訴女伴們，跟人同睡一張床他會睡不著，於是午夜過後他就開車送她們回家。而且，特麗莎第一次因爲感冒而留在他家的時候，他也沒有跟她一起睡。他在一張大扶手椅上度過了第一夜，接下來的幾夜，他都去了醫院，他的看診室裡有一張他値夜班時用的長椅。

可是，這一次，他在她身旁睡著了。早上醒來的時候，他看見特麗莎還在睡，但是卻握著他的手。他們的手一整夜都這麼握著嗎？這實在讓他難以相信。

她在睡夢中沉沉地呼吸，她握著他的手（緊緊地握著，他無法把手從緊箍之中抽出來），而那只沉重無比的行李箱就放在床邊。

他怕弄醒她，不敢把手從緊箍之中抽出來，他小心翼翼地翻身側臥著，好把她看得更清楚。

再一次，他覺得特麗莎是個孩子，被人放進塗覆了樹脂的籃子順流而下。我們怎能任由這籃子載著一個孩子在湍急的河水裡漂流！如果法老王的女兒沒有把小摩西從水裡撈起來，就不會有《舊約全書》，我們的一切文明也不會存在了！多少古老神話的開頭，都有人救起棄嬰。如果波里布沒有收留小伊底帕斯，索福克里斯也寫不出他最美麗的悲劇了！

托馬斯當時並不知道，隱喻是一種危險的東西。我們不能拿隱喻鬧著玩。愛情有可能就誕生於一則隱喻。

5

他跟前妻一起生活的時間才兩年，就有了個兒子。在離婚判決裡，法官把小孩判給母親，並且要托馬斯將薪水的三分之一交付給他們母子，同時也保證托馬斯每個月可以去看兒子兩次。

但是每到他該去看兒子的時候，母親總是推遲約定的時間。如果他給他們送了貴重的禮物，他要見兒子顯然就容易得多。他明白，爲了他對兒子的愛，他得向兒子的母親付出代價，而且是在事前。他想像將來要把跟母親截然不同的種種想法灌輸給兒子，不過是想想而已，他已經累了。有個星期天，母親又在最後一刻阻撓他帶兒子出去，他於是決定這輩子不要再去看他。

而且，爲什麼他就要喜愛這個孩子而不是其他的孩子？除了一個不小心的夜晚之外，這孩子跟他沒有任何連繫。他可以分文不差地付錢，但是可別以什麼父子親情的名義，要他爲了父親的權利而戰！

顯然，沒有人會接受這種論調。他自己的父母也責怪他，並且宣稱，如果托馬斯不理他的兒子，他們（也就是托馬斯的父母）也不會再理他們的兒子。他們還繼續跟媳婦維持某種炫耀式的眞摯情誼，對周圍的親友吹噓他們的模範姿態和正義感。

沒多久，他就這麼擺脫了妻子、兒子、母親和父親，留下的只有他對女人的恐懼。他渴望女人，但是又害怕女人。在恐懼和慾望之間，他得找到某種妥協；那就是他所謂的『肉慾情誼』。他明白地告訴情人們：只有不帶溫情的關係，任何一方都不擅自剝奪另一方生命與自由的權利，如此才能給兩人帶來快樂。

爲了確定肉慾情誼永遠不會讓位給愛情的霸道，他跟每個關係穩定的情人都是隔很久才見一次面。他認爲這方法非常完美，還在朋友面前大肆讚揚：『一定要遵守「三」的法則。我們可以隔很短的時間就去跟同一個女人約會，但是眞要這麼做的話，就千萬別超過三次。或者我們也可以跟她交往漫漫數年，只要在每次約會之間至少隔了三個星期。』

這方式讓托馬斯可以跟穩定的情人們維持關係，同時也可以擁有許多露水情人。但不是所有的人都理解他的想法。在他所有的女朋友裡，薩賓娜最瞭解他。她是個畫家。她說：『我很愛你，因爲你跟媚俗的東西完全相反。在媚俗的王國裡，你會是個怪物。在任何一部美國或俄國電影的劇情裡，你都只能是一個惹人厭的角色。』

所以他要人幫忙給特麗莎在布拉格找工作的時候，他託的就是薩賓娜。在肉慾情誼不成文的規則要求下，薩賓娜答應他盡力幫忙，結果，沒過多久她就在一家周刊的暗房給特麗莎找到一份工作。這工作不需要特別的資歷，但是卻把特麗莎從女侍的地位提升到了新聞從業人員。薩賓娜親自把她介紹給編輯部的人。托馬斯心想，他從來不曾有過比薩賓娜更好的女朋友。

6

肉慾情誼的不成文公約規定，愛情被排除在托馬斯的生命之外。一旦他違背這條規定，其他的情人就會立刻覺得矮人一截，就會起來造反。

所以他給特麗莎租了一個單間公寓，特麗莎得把那只沉重的行李箱帶過去。他想要照顧她，保護她，開開心心地看著她，但是他一點也不想改變生活的方式。他也不想讓人知道她睡在他家。同眠共枕是犯下愛情罪的具體事實。

跟其他女人在一起的時候，他從來不睡。要是他去那些女人家找她們，事情很簡單，他隨時都可以走。要是她們來他家的話，事情就稍微麻煩一點，他得跟她們解釋，過了午夜他會送她們回家，因爲他失眠，身邊有人就會睡不著覺。這與事實相去不遠，但是最重要的理由卻比這更糟，他可不敢對女伴們吐露：在做完愛的那一瞬間，他感受到一股想要獨處的欲望，無法遏止。深更半夜在一個陌生的生命旁邊甦醒，這讓他覺得很不舒服；早上兩人一道起床，這讓他感到厭惡；他不想讓人聽到他在浴室裡刷牙的聲音，兩人一起吃早餐的親密感覺誘惑不了他。

這就是爲什麼他一覺醒來發現特麗莎緊握著他的手，會那麼驚訝！他望著特麗莎，他無法理解自己到底怎麼了。回想剛剛過去的幾個小時，他相信自己方才呼吸著某種莫名的幸福芳香。

從此，兩人都開心期待著同眠共枕。我差點忍不住要說，做愛的目的之於他們，不是肉體的快感而是隨之而來的睡眠。尤其是特麗莎，她沒有托馬斯就睡不著。如果她單獨一人待在她的單間公寓（這地方漸漸變成只是個掩人耳目的幌子），她就會鎮夜無法成眠。在托馬斯的懷裡，即便心情煩躁至極，她還是睡得著。他低聲說著爲她編出來的故事，那是用單調的聲音重複一些沒意義的事，重複一些輕鬆逗笑的話。在特麗沙的腦海裡，這些話變成朦朧的影像，引她入夢。他對她的睡眠有絕對的權力，他選了哪一刻，她就會在那一刻入睡。

他們睡著的時候，她就像第一夜那樣抓著他：她緊緊握住他的手腕、他的手指、他的腳踝。他想離開又不想把她吵醒的話，就得施些小計。他把手指（手腕、腳踝）從她的緊箍之中抽出來，這動作總是把她弄得半醒，因爲她一直專心監視著他，甚至在睡夢中也沒鬆懈。爲了讓她靜靜睡去，他把一個東西（隨便什麼都好：捲成一團的睡衣、一隻軟拖鞋、一本書）放到她手裡，代替他的手腕，然後特麗莎會用力抓住這東西，彷彿那是托馬斯身體的一部分。

有一天，他剛剛讓特麗莎入睡，特麗莎才走到睡夢的入口處，還可以回答他的問題，他對她說：『好！現在，我要走了。』『你要去哪兒？』她問道。『我要出去。』他用嚴厲的聲音回答。『我跟你一起去！』她一邊說，一邊從床上坐了起來。『不行，我不要你來。我要永遠離開這裡。』說完，他走出臥室，到了玄關。她站起來跟他走到玄關，睡眼惺忪。她只穿了一件短襯衫，除此之外全身光裸。她的臉僵著，面無表情，但是動作卻非常有力。托馬斯走出玄關來到走廊（整棟樓房的公共走廊），當她的面把門關上。她猛然把門打開，跟上他，在半夢半醒之間，她相信托馬斯想要永遠離去，她得留住他。托馬斯往下走，在下一層的樓梯間停下來等她。她在那兒追上他，抓住他的手，把他帶回身邊，帶回床上。

托馬斯心想：跟女人做愛是一種感情，跟女人睡覺又是另一種，兩種感情不僅不同，而且幾乎是對立的。愛情的展現不是透過做愛的慾望（這慾望投注在無數女人的身上），而是透過同眠共枕的慾望（這慾望只關係到一個女人）。

7

夜半時分，她在睡夢中發出痛苦的呻吟。托馬斯把她叫醒，可她一見托馬斯的臉就恨恨地說：『你走！你走！』然後才跟他說了她作的夢：他們兩人和薩賓娜一起待在某個地方。在一個寬闊巨大的房間裡。房間的正中央有一張床，看起來就像劇場的舞台。托馬斯命令她待在房間的一角，而他就在特麗莎面前跟薩賓娜做愛。她望著他們，這景象讓她痛苦不堪。她想用肉體的痛苦來平息靈魂的痛楚，於是用針扎著自己的指甲肉。『好痛啊！』她一邊說，一邊把手都攥成了一團，彷彿手上真的受了傷。

托馬斯摟著她（她身體的顫抖不曾止息），慢慢地，她在托馬斯的懷裡漸漸睡去。

第二天，托馬斯想著這個夢，也想起了一件事。他打開書桌的抽屜，拿出一疊薩賓娜寫給他的信。他翻了一下，看到這段話：『我想跟你在我的畫室做愛，像在劇場的舞台上那樣。人們滿滿地圍繞在四周，但是卻不能靠近。他們不能靠近，卻又非看不可……』

更糟的是，這封信上頭有日期，是最近才寫的一封信，那時，特麗莎已經在托馬斯家住了很長的一段時間。

他非常生氣地說：『你偷翻了我的信！』

她沒打算要否認，只是說：『怎麼樣！那你把我趕出去罷！』

可他沒有趕她出去。他看見她在那兒，身體貼在薩賓娜畫室的牆上，用針扎著指甲肉。他捧起她的手指，輕輕撫摩，他把她的手指捧在唇邊親吻，彷彿指尖還留著血跡。

然而，從這一刻開始，一切事情彷彿都密謀著與他作對。幾乎沒有一天特麗莎不是又發現了一些關於他地下情史的新祕密。

起初他一概否認，直到後來證據實在太明顯了，他才試著要說明，他的多妻生活和他對特麗莎的愛情之間，沒有任何矛盾。他的說詞前後不一：一下否認自己不忠，一下又爲自己的不忠辯解。

有一天，他打電話給一個女人約時間。電話才說完，他聽到隔壁房間傳來一陣奇怪的聲音，像是牙齒在打顫。

特麗莎剛好來到他家，可他卻完全不知道。她手裡拿著一瓶鎮靜藥水，正要往嘴裡灌，她的手顫抖不已，玻璃瓶在牙齒上磕碰著。

他撲了過去，像要把溺水的她救起來。裝著纈草藥水的瓶子掉下來，把地毯弄出一大塊污漬。她奮力掙扎著，想要掙脫他，而他則是抱住她好一陣子，像一件束縛衣緊緊囚住一個瘋子，直到她冷靜下來。

他知道自己處在一個無從辯解的處境當中，因爲這處境建築在一個全然不平等的基礎上：

早在她發現他和薩賓娜通信之前，他們倆跟幾個朋友一起去了一家小酒館，慶祝特麗莎有了新的工作。她離開暗房，成爲那家雜誌社的攝影記者。由於托馬斯不喜歡跳舞，他醫院的一個年輕同事就負責陪特麗莎跳舞，他們在舞池裡滑著美妙舞比的舞步，特麗莎看起來比任何時候都美。托馬斯愣愣地望著她，如此準確又如此溫馴，毫秒不差地迎合著她的舞伴。這支舞似乎宣告著，她獻身於他，她懷抱熾烈的慾望去做她在他眼中讀到的一切，可這一切不一定得連結到托馬斯這個人的身上，而是隨時可以回應任何一個她遇到的男人的召喚。要把特麗莎和這年輕同事想像成一對情侶，實在太容易了！正因爲這樣的想像如此容易，他受傷了！特麗莎的身體跟任何一個男性的身體纏綿在一起，這是完全可以想像的，這念頭讓他心情低落。深夜，他們回到家裡，他向她承認了自己的嫉妒。

這荒謬的妒意，誕生於一個全然屬於理論的可能性之上，證明了他把她的忠誠視爲一個必要條件。那麼，他又怎能責怪她嫉妒，嫉妒他確確實實存在的諸多情婦？

8

白天，她努力要（但並不是眞的能）相信托馬斯所說的話，努力要讓自己像先前那般開心。可是嫉妒，白天被馴服了，卻在睡夢中更暴烈張揚，最後總是終結於痛苦的呻吟，托馬斯只有把她叫醒才能止住這呻吟。

她的夢境反覆著，宛如若干變奏的主題，或是電視連續劇的故事插曲。譬如，有個夢就經常重現，那是幾隻貓撲到她臉上，腳爪狠狠地嵌進她的皮膚。老實說，這夢很容易解：在捷克文裡，『貓』是一種俚俗的說法，用來指稱漂亮的姑娘。特麗莎覺得自己受到女人的威脅，受到所有女人的威脅。所有女人都有可能成爲托馬斯的情婦，而她因此感到恐懼。

在另一輪夢裡，她被推向死亡。有一次，她在夜裡因爲恐懼而驚叫，托馬斯把她弄醒，她把夢說給托馬斯聽：『那是一個很大的室內游泳池。我們大約有二十個人，全都是女的，所有人都一絲不掛，還得沒事一樣地繞著池子走。天花板上吊著一個大籮筐，裡頭有個男人，他戴一頂寬邊的帽子，帽簷遮住了臉，但我知道那就是你。你對我們發號施令。你大聲喊著。我們得排隊前進，邊走邊唱，還得一邊屈膝作禮。如果哪個女人的屈膝動作做錯了，你就會拿起手槍打她，然後她就倒斃在池子裡。那一刻，所有的女人都大笑起來，唱得也更有勁了。你呢，你的眼睛一直盯著我們，如果我們當中有人做錯動作，你就會對她開槍。池子裡，屍體浮滿了水面。我呢，我知道自己已經沒力氣再做下一次屈膝的動作了，我知道你就要把我殺了！』

第三輪夢說的是她死後發生了什麼事。

她躺臥在一輛大得像是搬家貨車的靈柩車裡。她的周圍，全是女人的屍體。屍體多到靈柩車得敞著後門，讓幾條腿懸在外面。

特麗莎大叫著：『喂！我沒有死哪！我什麼感覺都還有啊！』

『我們也一樣啊！我們所有的感覺也都在呀。』屍體們冷冷地笑著。

她們的笑跟活生生的女人一模一樣。從前，那些活著的女人高高興興地對她說，她將來牙齒會爛掉，卵巢會壞掉，還會有皺紋，而這一切都很正常，因爲她們自己的牙齒也爛了，卵巢也壞了，也有皺紋。現在，她們用同樣的笑聲向她解釋，她死了，一切都合情合理。

突然間，她想要尿尿。她叫道：『既然我想尿尿，這就證明我還沒死！』

再一次，她們又大笑起來：『你想尿尿，這很正常啊！所有這些感官都還會在你身上停留許久。就像那些被截去手掌的人一樣，過了很久，他們都還能感覺到那隻手掌。我們哪，我們雖然已經沒有尿了，可是我們還是一直有尿意。』

特麗莎在床上緊緊靠著托馬斯：『她們每個人都一副跟我很熟的樣子，好像跟我認識了不知多久，好像我的同學似的，而我，我很害怕自己得跟她們永遠待在一起！』

9

所有源自拉丁文的語言都是以『com-』這個前綴（意思是『共同』）加上『passio』這個字根（最初的意思是『苦難』）造出**同情**（compassion）這個詞。在其他的語言裡（例如捷克文、波蘭文、德文、瑞典文），『同情』則是由一個與『com-』意義相當的前綴，加上『感覺』這個詞所造出來的名詞（捷克文是：sou-cit；波蘭文是：współ-czucie；德文是Mit-gefühl；瑞典文是med-känsla）。

在拉丁文派生出來的語言裡，『同情』這個詞意謂著我們無法冷眼望著他人的苦難而無動於衷；換句話說：我們對於受苦的人有感同身受的心情。另一個詞，意思差不多，就是**憐憫**（法文的pitié，英文的pity，義大利文的pietà等等），這甚至會讓人聯想到某種對於受苦的生命的寬赦。憐憫一個女人，就是你的命比她好，就是你要紆尊降貴，直到她的高度。

這就是爲什麼『同情』這個詞經常令人生疑；這個詞指的是一種被人視爲次等的感覺，與愛沒有多大干係。出於同情而去愛一個人，那並不是眞的愛。

在那些不是以『passio—苦難』的字根而是以『感覺』的名詞造出『同情』這個詞的語言裡，『同情』的用法也相去不遠，不過我們很難說這個詞指的是一種不好或是不太好的感覺。這個詞的詞源有一股神祕的力量，讓這個詞沐浴在另一種光的照拂之中，也賦予了這個詞更寬廣的意義：同情（共同—感覺），就是可以跟別人一起體會別人的不幸，而且也可以同他一起感受其他的感覺：歡樂、焦慮不安、快樂、痛苦。於是這種同情（在soucit、współczucie、

Mitgefühl、medkänsla 的意義下）指稱的是情感上最高的想像力，也就是以心靈去感應感情的藝術。在感覺的等級裡，這種感覺是至高無上的。

特麗莎夢到自己把針扎入指甲肉裡的時候，她也在無意間讓托馬斯知道了，她偷偷翻過他的抽屜。換作是別的女人對他做出這樣的事，他絕對不會再跟這女人說話。特麗莎知道這後果，所以她對托馬斯說：『你把我趕出去罷！』但是，托馬斯不僅沒有把她趕出去，還抓住她的手，親吻她的指尖，因爲在此刻，他自己也感覺到特麗莎在指甲之下感受到的痛楚，彷彿特麗莎指頭的神經直接與托馬斯的大腦相連。

一個人如果不曾擁有同情（共同—感覺）的魔鬼天賦，就只會冷冷地給特麗莎的行爲定罪，因爲別人的隱私是神聖的，我們不可以打開別人放私人信件的抽屜。可是由於同情已經成了托馬斯的命運（或者說是厄運），所以他覺得當初跪在書桌敞開的抽屜前面，眼睛無法從薩賓娜寫的字字句句上移開的那個人就是他自己。他理解特麗莎，他不僅沒辦法生她的氣，反而更愛她了。

10

她生硬突兀的動作越來越頻繁。她發現托馬斯的不忠到現在也兩年了，情況只是變得更糟，看不到出路。

怎麼！難道托馬斯就不能把他那些肉慾情誼做個了結嗎？確實不能，這會讓他痛苦萬分。他無力控制自己對其他女人的慾望。而且，他也覺得沒有必要去控制。沒有人比他更清楚，這些風流韻事對特麗莎沒有任何潛在的威脅。他何必放棄呢？在他看來，這就跟放棄去看足球賽一樣荒謬。

可這事還有樂趣嗎？從他要出門去跟某個情婦幽會的那一刻起，他就開始對那女人感到厭惡了，他暗自發誓這是最後一次見面。他的眼前全是特麗莎的影像，他只能盡快把自己灌醉，才能不再想她。自從認識特麗莎之後，他不藉助於酒精，就沒辦法跟別的女人做愛！可這酒氣，正是讓特麗莎更容易發現他不忠的標記。

這羅網鋪罩著他：他才正要去同那些女人幽會，就已經興味索然了，可是只要一天沒見到這些女人，他又忍不住開始打電話約她們見面。

他感覺最自在的地方還是在薩賓娜那裡，因爲他知道薩賓娜很小心，他毋需擔心會被發現。在薩賓娜的畫室裡，他那田園詩般的單身生活飄盪在空氣裡，宛如過往生活的記憶重現。

或許連他也沒有意識到自己有多大的改變：他害怕太晚回家，因爲特麗莎在等他。有一次，薩賓娜瞥見他在做愛的時候看了手錶，而且想要趕緊草草了事。

之後，薩賓娜裸著身子無精打彩地走過畫室，在畫架前停了下來，畫架上有一幅尚未完成的畫。她斜眼瞅著托馬斯那邊，看他急急忙忙穿著衣服。

他就快要穿好衣服了，只差一隻腳還光著。他在身邊巡了一圈，然後趴在地上，鑽到桌子底下去找。

薩賓娜說：『我看到你的時候，覺得你就要變成我那些畫的永恆主題了。兩個世界的交會。雙重的曝光。浪蕩子托馬斯的輪廓後面透出來的竟然是浪漫情人的臉孔。或者剛好相反：透過那個滿腦子想著特麗莎的崔斯坦①，透過他的輪廓，我們瞥見了一個被浪蕩子背棄的美麗世界。』

托馬斯站起來，一邊漫不經心地聽著薩賓娜說話：

『你在找什麼?』薩賓娜問他。

『找一隻襪子。』

她跟他一起找遍了整個畫室，然後托馬斯又趴到地上，鑽到桌子底下再找一次。

『這裡沒有襪子的，』薩賓娜說。『你一定是來的時候就沒有穿。』

[本書的註皆爲譯註。]

①崔斯坦（Tristan）：中世紀塞爾特民族傳說裡深情的人物。他深愛著伊索德（Isolde），卻因造化弄人而不能結合，於是他離開愛爾蘭，遠走布列塔尼。崔斯坦後來中毒箭受傷，伊索德乘船來救治他，約定入港時以白帆爲記。崔斯坦善妒的妻子卻騙他船上掛的是黑帆，崔斯坦絕望而死。

『怎麼可能，我怎麼會沒穿！』托馬斯叫道，一邊又看了看手錶。『我來的時候一定不是只穿一隻襪子。』

『那也不是不可能。你這陣子老是失魂落魄的，每次都匆匆忙忙，沒事就看錶，你少穿一隻襪子我一點也不驚訝。』

他已經決定要把那隻光腳套進鞋子裡了。

『外頭很冷啊，』薩賓娜說。『我借你一隻襪子吧！』

她遞給他一隻白色的、帶著大網孔的長筒襪，那是最時髦的款式。

托馬斯心底明白得很，這是報復。薩賓娜把襪子藏了起來，懲罰他在做愛的時候看了手錶。由於天氣確實很冷，他只好照著薩賓娜的話去做。他一腳套著自己的襪子，另一隻腳上則是一隻白色的女用長襪，襪口褪捲到腳踝上。他就這麼回家了。

他的處境沒有出口：在情婦們的眼裡，他被烙上愛著特麗莎的可恥印記；在特麗莎的眼裡，他被烙上與情婦們風流快活的可恥印記。

11

爲了減緩她的痛苦，他娶了她（他們終於可以退掉那個租來的地方，特麗莎沒住在那個單間公寓已經很久了），還給她找來一隻小狗。

小狗的母親是托馬斯同事養的聖伯納犬，父親是鄰居的狼犬。沒有人想要這些雜種狗，而托馬斯的同事想到要把牠們殺掉也不忍心。

托馬斯必須在四隻小狗之中做出選擇，他知道沒被他選上的狗兒都會死去。他彷彿共和國的總統，面對四個死刑犯，而他只能給其中一個特赦。最後，他選了一隻母的，身體像是狼犬，頭部則讓人想起牠的母親聖伯納犬。他把小狗帶回家給特麗莎。特麗莎抱著狗兒，摟在胸口，結果牠馬上在特麗莎的襯衫上撒了尿。

接下來，他們得給小狗起個名字。托馬斯希望這名字讓人一聽就知道是特麗莎的狗，他想起她突然跑來布拉格時夾在脅下的那本書。他提議就把狗兒叫做『托爾斯泰』。

『我們不能叫牠「托爾斯泰」。』特麗莎反對。『牠是女生啊。我們可以叫牠安娜・卡列尼娜。』

『我們不能叫牠安娜・卡列尼娜，沒有女人會有這麼好笑的一張小臉，』托馬斯說。『還不如叫牠「卡列寧」吧。對呀，卡列寧②。我想像裡的牠一直就是這個樣子。』

②卡列寧：安娜・卡列尼娜的丈夫。

『叫牠「卡列寧」不會搞亂牠的性傾向嗎？』

『說不定會，』托馬斯說，『一隻母狗整天被牠的兩個主人用公狗的名字叫來叫去，確實有可能發展出女同性戀的傾向。』

最奇怪的是，托馬斯的預見實現了。一般來說，母狗都比較依戀男主人，可是卡列寧卻完全不是這麼回事。牠決定鍾情於特麗莎。托馬斯很感激牠。他撫著狗兒的頭對牠說：『你做得對，卡列寧，我希望你做的就是這個。因為我一個人應付不來，所以你得幫我。』

但是，儘管有了卡列寧的幫助，他還是沒能讓特麗莎快樂，直到俄羅斯的坦克占領他的國家十天之後，他才明白。時間是一九六八年八月，一家蘇黎世私人醫院的院長每天都從瑞士打電話給托馬斯，他們在一次國際研討會上結識，這位院長為托馬斯的處境擔憂不已，給他在醫院裡安插了一個位子。

12

托馬斯之所以毫不猶豫就辭謝了這位瑞士醫生的好意，是爲了特麗莎的緣故。他猜特麗莎並不想離開。她沉浸在一種近乎快樂的附魔狀態之中，度過了占領的第一個星期。她帶著一台照相機在街上，把她拍攝的底片分給那些搶著要的外國記者。有一次，她做得太大膽，竟然在近距離拍攝一個軍官用手槍指著一些示威者的照片，她因此被拘捕，在俄羅斯軍隊的指揮部待了一夜。他們威脅說要槍斃她，可她才被放出來，就立刻回到街上拍照。

所以，在占領後的第十天，托馬斯聽到這樣的話，怎麼能不驚訝？她說：『你到底爲什麼不想去瑞士？』

『我爲什麼要去？』

『待在這裡，他們會跟你算舊帳的。』

『他們跟誰沒有帳要算呢？』托馬斯做出無奈的手勢反駁。『可你能告訴我嗎，你在國外住得下去嗎？』

『爲什麼住不下去？』

『我看見你爲了這個國家不惜犧牲性命，我不明白現在你怎麼捨得下它？』

『杜布切克③回來以後，一切都變了。』特麗莎說。

③杜布切克（Alexandre Dubcek，1921～1992）：一九六八年一月接任捷克共產黨中央總書記，任內推動改革，後引發『布拉格之春』的自由化運動。

確實如此：這普遍的欣快症只延續到占領後的第七天。捷克的國家領導人全被俄羅斯軍隊當作犯人一樣帶走了，沒有人知道他們在哪兒，所有人都擔心他們的生死安危，而對俄國人的仇恨則像酒一樣讓人暈眩飄然。這是醉人的仇恨慶典。波希米亞的城市讓成千上萬的大字報給覆蓋了，上頭大剌剌地塗著打油詩、諷刺的文字、各種詩歌、嘲諷布里茲涅夫和他的軍隊的單格漫畫。所有人都嘲弄著布里茲涅夫和他的軍隊，彷彿他們是一群不識字的小丑。可世上沒有永恆無盡的節慶。在這段期間，俄國人逼迫那些被劫持的捷克領導人在莫斯科簽署了一份妥協的文件。杜布切克帶著這份文件回到布拉格，在廣播裡唸了他的演說稿。六天的監禁把這位總統削弱得如此不堪，幾乎說不出話來，他結結巴巴，努力要讓自己緩過氣，可是話說一半就停個老半天，一停就近乎半分鐘。

這份妥協文件讓這個國家免去了最糟的下場：亦即人人都害怕的處決，還有以西伯利亞爲終點的大規模流放。可是有件事馬上就清清楚楚地出現了：波希米亞必須在征服者面前卑躬屈膝。波希米亞將永遠吞吞吐吐結結巴巴，緩不過氣，就像亞歷山大．杜布切克一樣。慶典告終，人們走進了屈辱的日常生活。

特麗莎把這一切解釋給托馬斯聽，托馬斯知道她說的都是眞的，可在這眞實背後，還隱藏著另一個更根本的理由讓特麗莎想要離開布拉格，那就是：她在這裡的生活並不快樂。

在布拉格的街道上拍攝俄國士兵，暴露在危險之中，她度過了生命中最美好的幾天。只有這幾天，她夢裡的電視連續劇停播了，她的黑夜變得寧靜了。俄國人用裝甲車給她帶來了平靜。現在，慶典結束了，她又開始害怕黑夜，想要逃離黑夜，她發現在某些情境下，她可以感覺到自己的力量和滿足，她渴望到國外去，希望在那裡重新找到類似的情境。

『可是薩賓娜移居到瑞士去了，』托馬斯說，『你一點都不在意嗎？』

『日內瓦又不是蘇黎世，』特麗莎說。『她在那裡讓我心煩的程度，一定比在布拉格少。』

想要離棄自己生活之地的人不會是快樂的，托馬斯接受了特麗莎想要移居海外的渴望，猶如罪人接受判決。他服從了這項判決，不久之後，他和特麗莎、卡列寧出現在瑞士最大的城市裡。

13

他買了一張床放在空盪盪的住處（他們還沒辦法買其他的家具），他以四十歲男人重新開展生命的全副狂熱，全心投入工作。

他打了好幾次電話到日內瓦找薩賓娜。她碰巧在俄軍入侵前八天在日內瓦開展，而瑞士的收藏家們因爲對她弱小的祖國懷抱著同情的衝動，於是買下她全部的畫作。

『多虧俄國人，我變成富婆了！』她說著，在電話裡大聲笑了出來，她邀托馬斯來她的新畫室，她還保證，新畫室跟托馬斯在布拉格看過的那個幾乎沒有兩樣。

他很願意去見她，只是找不到可以跟特麗莎解釋這趟旅行的託詞。結果是薩賓娜來了蘇黎世。她在旅館落腳。托馬斯下班之後去看她。他在樓下的櫃檯給她撥電話，然後上樓去了她的房間。她給托馬斯開了門，在他面前傲然展示美麗的長腿，她裸著身體，只穿了胸罩和內褲。她的頭上還戴著一頂圓頂禮帽。她望著托馬斯，望了好久，一動也不動，不說一句話。托馬斯也站在那裡沒動，沉默無語。後來，他才意識到自己深深感動了。他把圓頂禮帽從她頭上摘下來，放在床頭的矮几上。他們做了愛，一句話也沒說。

托馬斯從旅館回到他在蘇黎世的家（屋裡早已經有了一張餐桌、幾把餐椅、一張扶手椅，和一塊地毯），他帶著快樂的心情想著，他把自己的生活方式帶在身邊，就像蝸牛背著自己的房子。特麗莎和薩賓娜代表他生命的兩個極端，兩者遙遙相望，無法調和，可兩者都是美麗的。

然而，也因爲他不管到哪兒都帶著他的生活方式，像帶著身體裡的一條闌尾，結果特麗莎也總是作著相同的夢。

他們在蘇黎世已經待了六、七個月。一天晚上，托馬斯很晚才回家，他在桌上看到一封信。特麗莎在信上說，她回布拉格去了。她走，是因爲她沒有足夠的力量在國外生活。她知道在這裡，自己應該支持托馬斯，可是她也知道自己做不到。她曾經天眞地以爲在國外的生活會改變她。她曾經想像，經歷俄羅斯入侵的日子以後，自己不會再那麼小心眼，會變成大人，會講道理，會有勇氣，可是她太高估自己了。她成了托馬斯身上的重擔，而這正是她不願見到的。她想要在事情變得太遲之前就做出決定。她希望托馬斯可以原諒她帶走了卡列寧。

他吃了幾顆強效的安眠藥，直到清晨才成眠。還好那天是星期六，他可以待在家裡。他把整個情況反覆回想了幾百遍：波希米亞與整個世界之間的邊界已不再開放，情況和他們離開的時候已經不一樣了。電報和電話是沒辦法把特麗莎弄回來的。政府當局不會再讓她出來。托馬斯無法相信這是事實，可是特麗莎的離去已成爲定局。

14

想到自己對此完全無能爲力，他整個人愣在那裡，但這同時也讓他平靜了下來。沒有人逼他做決定。他不必凝望公寓對面的牆壁問自己想不想同她一起生活。特麗莎自己已經決定了一切。

他到餐廳去吃了午飯。他感到悲傷，可是在吃飯的時候，他最初的絕望似乎疲乏了，彷彿失去了活力，只剩下憂鬱。他回顧跟特麗莎一起度過的這些年，他告訴自己，他們的故事最好的結局就是這樣了。就算這故事是什麼人編造的，他也只能讓故事這麼收場：有一天，特麗莎突然來到他家，沒有事先告訴他。有一天，她又用同樣的方式離開。她來的時候帶著一只沉重的行李箱。她帶著一只沉重的行李箱離開。

他付了賬，走出餐廳，在街上轉了一圈，滿心的憂鬱卻變得越來越甜美。他和特麗莎曾經有過七年的共同生活，而此刻他卻發現這些歲月在回憶裡比他眞正經歷的時候美麗。

他和特麗莎之間的愛情當然很美，但也令人疲憊：他總是得隱瞞某些事，遮掩、僞裝，彌補，讓她振作起來，不斷向她證明他愛她，忍受她因爲嫉妒、痛苦、作夢而來的責難，時時帶著罪惡感，替自己辯解，向她道歉。現在，疲憊消失了，剩下的，只有美麗。

星期六的夜晚開始了；他第一次獨自一人在蘇黎世閒逛，深深呼吸著芳香的自由空氣。每個街角都有新的冒險在那兒守候著他。未來又變成了一個謎。他回到單身的生活，回到他從前確信自己命中注定的生活，因爲只有在這種生活裡，他才能當眞正的自己。

他跟特麗莎鏈在一起生活了七年，特麗莎的目光跟隨著他的每一個腳步，彷彿在他的兩個腳踝都鏈上了鐵球。現在，他的步伐突然輕盈了許多。他幾乎要飄起來了。他置身於巴門尼德的神奇空間裡：他品味著甜美的生命之輕。

（他想不想打電話去日內瓦給薩賓娜？他想不想去找這幾個月在蘇黎世認識的女人？不，他一點也不想。他知道，只要他一跟別的女人待在一起，他對特麗莎的回憶就會引發出無法承受的痛苦。）

15

這奇異而憂鬱的魔魅持續到星期天晚上。星期一，一切都變了。特麗莎闖進了他的思緒：他感覺到她提筆寫信向他告別時的感受；他感覺她的雙手在顫抖；他看見特麗莎，一手拖著沉重的行李箱，一手拉著卡列寧頸圈上的皮帶；他想像特麗莎把鑰匙插入布拉格公寓的門鎖裡，她打開家門的時候，托馬斯的心底感受到寂寞伶仃的悲傷撲面而來。

在這兩個美好的憂鬱日子裡，他的同情（這個因為多愁善感的心電感應而生的厄運）在歇息。同情心像辛苦了一個星期的礦工，在星期天要睡個好覺，星期一才能回到礦坑底下去工作。

托馬斯給病人看診，可他在病人身上看到的是特麗莎。他提醒自己服從這個命令：不要想！不要想！他告訴自己：我患了同情病，所以，她的離去讓我永遠見不到她是件好事。我必須擺脫的不是她，而是我的同情心，這種病，我從前不曾有過，是她把病菌傳染給我的！

星期六和星期日，他感覺到甜美的生命之輕從未來的深處朝他升起。星期一，他卻被一種從來沒有經受過的沉重壓垮了。跟這種重量相比，俄羅斯坦克成噸的鋼鐵根本不算什麼。沒有任何東西比同情更沉重。即便是我們自己的痛苦，也比不上和別人一起感受的痛苦來得沉重，比不上為了別人而痛苦、代替別人忍受痛苦來得沉重，更比不上經過想像而放大，在千百個回聲裡延續蕩漾的痛苦來得沉重。

他一再告誡自己、命令自己不可以向同情心讓步，同情心則低頭聆聽，像是做了錯事。同情心知道它在濫用自己的權利，但卻又默默堅持著。結果，特麗莎離開五天之後，托馬斯告訴院長（就是在俄羅斯入侵之後每天打電話到布拉格的那位院長），他得立刻回國。他很不好意思，他知道院長會覺得他這麼做不負責任，是不可原諒的。他有無數次想要向院長說出所有的心事，跟他說特麗莎，跟他說特麗莎留在桌上的信，可他什麼也沒做。一個瑞士醫生在特麗莎的行事風格裡，只會看到歇斯底里並且令人厭惡的行爲。托馬斯並不希望讓人對特麗莎有不好的看法。

院長確實被惹火了。

托馬斯聳聳肩，無奈地說：『Es muss sein. Es muss sein.（非如此不可。非如此不可。）』這是借用別人的話。貝多芬最後四重奏的最後一個樂章就是以這兩個動機④爲基礎譜寫的：

莊嚴的慢板　快板

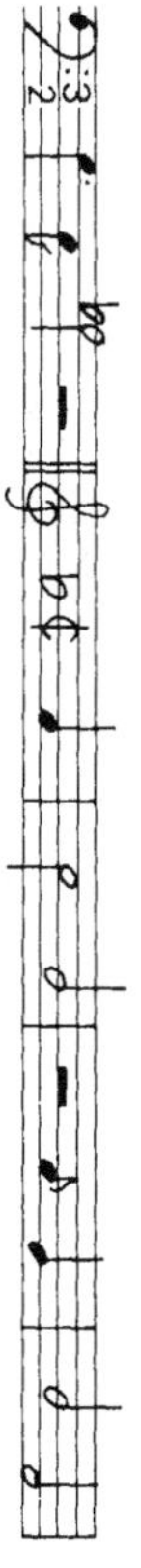

Muss es sein?（非如此不可嗎？）　Es muss sein!（非如此不可！）　Es muss sein!（非如此不可！）

④動機（motif）：一種旨在表現某種特性的短小音形，會在樂曲中一再出現，通常有引導的意味，或可說是較小的音樂主題（thème）。

爲了讓這幾個字的意義絕對清晰，貝多芬在最後一個樂章的開頭標註了這麼幾個字：『Der schwer gefasste Entschluss』——莊嚴而沉重的決定。

通過這段借自貝多芬的話，托馬斯已經在特麗莎身邊了，因爲當初強迫托馬斯買下貝多芬四重奏和奏鳴曲唱片的就是她。

而且這段借用的話還很符合當時的情境，這倒是托馬斯料想不到的，因爲院長是個樂迷。他帶著安詳的微笑，輕輕地，模仿貝多芬的旋律說：『Muss es sein ?』非如此不可嗎？

托馬斯又說了一遍：『對，非如此不可！Ja, es muss sein !』

16

不同於巴門尼德，貝多芬似乎把『重』視爲某種正面的東西。『**Der schwer gefasste Entschluss**』，莊嚴而沉重的決定與命運之聲（『**Es muss sein！**非如此不可！』）是結合在一起的；沉重、必需、價值，是內在本質相連的三個概念：只有必需的東西才是重的，只有重的東西才有價值。

這信念誕生自貝多芬的音樂。儘管這信念的產生，貝多芬作品的註解者可能（或者該說很可能）比貝多芬本人該負上更多的責任，但今天我們多少都贊同：對我們來說，人之所以偉大，是因爲他**背負**著自己的命運，就像希臘神話裡的阿特拉斯，把天穹背負在肩上。貝多芬的英雄，是舉起形而上重量的舉重選手。

托馬斯駕車駛向瑞士邊界，我想像一個憂愁鬱悶、披頭散髮的貝多芬親自指揮地方消防隊員組成的銅管樂團，爲托馬斯告別流亡生活演奏著一曲名爲*Es muss sein!* **非如此不可！**的進行曲。

但是後來，越過捷克的邊界之後，迎面而來的是一個縱隊的俄國坦克。他得在路口停下車子，耗上半個小時等坦克車通過。一個模樣嚇人的裝甲兵，穿著一身黑色軍服站在路口指揮交通，彷彿整個波希米亞的馬路都歸他一人所有。

『**Es muss sein!**非如此不可！』托馬斯又對自己說了一次，可是沒過多久，他就開始懷疑了：眞的非如此不可嗎？

是的。待在蘇黎世而腦子裡想像特麗莎獨自待在布拉格的光景，那是無法忍受的。

可他究竟會被同情折磨多久？一輩子？一整年？一個月？還是僅僅一個星期？

他怎麼會知道？又怎麼能驗證呢？

在物理實驗課上，任何一個中學生都可以做實驗來驗證科學假設的眞實性。可是生命只有一次，所以人完全不可能透過實驗來驗證假設，於是，人永遠也無法得知他聽憑感情行事究竟是對是錯。

他就帶著這些思緒打開了家門。卡列寧撲到他臉上，重逢時刻的氣氛因此自然多了。他原本想要投入特麗莎懷裡的渴望消失了（他在蘇黎世坐進車裡的時候還抱著這樣的渴望）。他們面對面站在一片冰雪覆蓋的平原上，兩人都凍得直打哆嗦。

17

打從占領的第一天開始，俄羅斯的飛機就在布拉格上空鎮夜飛行。托馬斯回到布拉格之後，不再習慣與這噪音和平共存，他夜夜無法成眠。

他在熟睡的特麗莎身旁翻來覆去，想著她數年前在閒聊時不經意告訴他的事。他們談到他的朋友Z，特麗莎告訴托馬斯：『如果沒認識你的話，我一定會愛上他。』

當時這些話已經讓托馬斯陷入莫名的憂鬱。他突然明白了一件事，其實特麗莎會鍾情於他而不是他的朋友Z，完全是因爲偶然。在她對托馬斯已然實現的愛情之外，在可能事物的國度裡，還有無數尚未實現的愛情，對象是其他男人。

沒有人會相信，我們生命中的愛情是某種輕飄飄的東西，是某種沒有任何重量的東西；我們總是想像我們的愛情是愛情應該有的模樣；沒有愛情，我們的生命也不再是我們的生命了。我們總是讓自己相信，憂愁鬱悶披頭散髮的貝多芬親自爲我們偉大的愛情演奏著他的『Es muss sein! 非如此不可！』。

托馬斯常想起特麗莎說到他朋友Z的這段話，他發現自己的愛情故事並不是建立在『Es muss sein』的基礎上，而是建立在『Es könnte auch anders sein』之上：很有可能並非如此……

七年前，在特麗莎家鄉的醫院**偶然**發生了一起很複雜的腦膜炎病例，托馬斯的主管被緊急召去會診。但是，因爲**偶然**，他的主管坐骨神經痛發作，不能動了，於是他派托馬斯替他去了省城的這家醫院。城裡有五家旅館，但是托馬斯**偶然**在特麗莎工作的那家旅館落了腳。因爲**偶**

然，他在上火車之前還有一點時間要消磨，於是他去坐在旅館的酒吧裡。因爲**偶然**，特麗莎剛好在當班，又因爲**偶然**給托馬斯的桌位服務。得要有一連串的六個偶然，才把托馬斯推到特麗莎的身邊，而托馬斯自己似乎無意走向特麗莎。

托馬斯回到波希米亞，是爲了特麗莎。如此關乎命運的重大決定卻建立在這麼偶然的愛情上，如果七年前他的主管的坐骨神經痛沒有發作，這愛情甚至不會存在。而這個女人，這個絕對偶然的化身，現在正睡在他的身旁，在睡夢裡深深地呼吸。

夜深了，托馬斯覺得胃痛了起來，他每次苦惱的時候就會這樣。

有那麼一兩次，特麗莎的呼吸變成了輕輕的鼾聲。托馬斯沒有感到絲毫的同情。他感覺空盪盪的胃裡有一股壓迫感，還有歸鄉之後的失望。

第二部

靈與肉

1

作者如果想讓讀者相信他筆下的人物曾經眞實地存在過，那是一件很蠢的事。這些人物並非出自母親的身體，而是誕生於幾個引人聯想的句子，或是一個關鍵的處境。托馬斯誕生於 *Einmal ist keinmal.*（**一次就是從來沒有。**）這個德文句子。特麗莎誕生於咕嚕咕嚕的胃鳴。

她第一次跨過托馬斯家大門的時候，肚子裡就開始咕咕作響了。這沒什麼好驚訝的，她沒吃午餐也沒吃晚餐，只有在接近中午的時候，在上火車之前，站在月台上吃了一個三明治。她滿腦子都是這趟勇敢無畏的旅行，連吃飯也給忘了。可是一個人不關心自己的身體，是很容易自食惡果的。當她出現在托馬斯面前，聽到自己肚子開口發言的那一刻，那是多麼殘忍的酷刑啊！她的眼淚幾乎奪眶而出。幸好十秒鐘之後，托馬斯抱住了她，而她，忘記了肚子發出的聲音。

2

於是，特麗莎誕生於這麼一個處境：在這處境裡，肉體與靈魂無法調和的二元性——這個屬於人類的基本經驗——粗魯地揭示著。

從前，人聽見來自胸腔深處的規律撞擊節奏還嚇得愣在那裡，思忖著那是什麼。那時候的人無法把自己等同於身體這麼奇怪又陌生的東西。身體是個籠子，裡頭有個什麼東西在觀看、聆聽、恐懼、思考、驚訝；除去了肉體，這個東西還在，那麼剩下的就是靈魂了。

當然，今天身體已經不再是個謎了：在胸腔裡撞來撞去的東西，我們知道，那是心臟，而鼻子不過是突出在身體外頭的管路末端，這條管路會把氧氣帶到肺臟。臉也不過是塊儀表板，所有身體的機制都通到這裡，像是消化、視覺、聽覺、呼吸、思想。

自從人知道怎麼稱呼身體的每一個部分之後，肉體就比較不讓人擔心了。從此每個人也都知道，靈魂不過是大腦裡的灰質在作用。靈魂與肉體的二元性被隱藏在一些科學用語的後面，時至今日，靈魂與肉體的二元性不過是一種過時的偏見，讓人聽了就想笑。

然而一旦愛到發狂，並且聽到自己的腸子咕咕作響，靈肉一體這個科學年代的激情幻覺也會立刻消失無蹤。

3

她想要透過身體看見自己，她也經常在鏡裡端詳自己，而因爲害怕被母親撞見，這些鏡中的凝望總是帶著偷做壞事的色彩。

把她引向鏡子的，並非虛榮，而是在鏡中發現『我』的驚奇。她忘記出現在眼前的是身體機制的儀表板。她以爲看到了自己的靈魂正以臉的輪廓在向她展露。她忘記鼻子是把空氣帶到肺臟的管路末端。她在鏡子裡看見自己本性的忠實展現。

她在鏡中久久凝望著自己，有件事卻不時讓她感到氣惱——在她臉上，她發現了母親的輪廓。於是，她更加固執地看著自己，集中意志去擺脫母親的面容，將它完全摧毀，只在臉上留下屬於自己的那個部分。每一次的成功，就是令人陶醉的一分鐘：靈魂重新登上肉體的表面，如同一群水手從船艙衝上來，占領了甲板，向天空振臂揮手並且高歌。

4

她不僅長得像母親，有時候我甚至覺得，她的生命不過是她母親生命的延伸，這有點像是撞球，球的運動軌跡是打撞球的人手臂動作的延伸。

這個在後來化身爲特麗莎生命的手勢，是在何時、何地誕生的？

或許是在這一刻：一個布拉格的商人第一次當著他女兒的面稱讚她的美麗。這個布拉格商人的女兒就是特麗莎的母親，當時才三、四歲，布拉格商人跟她說，她長得像拉斐爾筆下的聖母。這事她牢記在心，後來上了中學，她坐在椅子上不是在聽老師講課，而是思忖著自己到底長得像哪一幅畫。

到了有人來求親的年紀，有九個追求者圍著她跪成一圈。她像個公主似的站在中間，不知該挑哪一個：第一個長得最英俊，第二個最聰明，第三個最有錢，第四個運動細胞最發達，第五個家世最好，第六個會讀詩給她聽，第七個走遍了全世界，第八個會拉小提琴，第九個最有男子氣概。可是這些追求者都跪成一個樣，膝蓋上也都磨出了相同的水泡。

最後她選擇了第九個，不是因爲他最有男子氣概，而是因爲在做愛的時候，她在他耳邊輕聲說著：『小心！小心一點哪！』他卻故意不小心。害她來不及找醫生墮胎，只好趕緊嫁給了他。特麗莎就這麼生了下來。從全國各地湧來無數的親戚，圍在搖籃邊上唧唧咕咕地逗著嬰兒，可特麗莎的母親沒唧咕半聲。她閉上了嘴。她想著其他八個追求者，覺得每一個都比第九個好得多。

特麗莎的母親跟她一樣，喜歡照鏡子。一天，母親發現眼睛旁邊有皺紋了，她自忖這場婚姻實在乏善可陳。後來她遇到一個毫無男子氣概的男人，犯過好幾次詐欺罪還離了兩次婚。她討厭那些膝頭跪得滿是水泡的情人。她感到一股換她來下跪的狂熱渴望。她向騙徒下跪，拋棄了丈夫和特麗莎。

最有男子氣概的男人成了最悲傷的男人。他悲傷到眼中所見的一切都不是那麼回事了。他到處說著、高聲說著他的想法，共產黨的警察被他那些不當的想法給激怒了，於是傳他到案，給他判刑，送他入獄。家裡的公寓給查封了，特麗莎被趕了出來，於是去投靠母親。

過了一段時間，最悲傷的男人在監獄裡死了，母親則帶著特麗莎跟騙徒到山腳下的小城定居。繼父成了機關雇員，母親成了店員，又生了另外三個小孩。後來，母親又照了一次鏡子，發現自己變得又老又醜。

5

她發現自己失去了一切，於是開始尋找罪魁禍首。有罪，每一個人都有罪：那個有男子氣概卻得不到她歡心的第一任丈夫有罪，她在他耳邊輕聲告訴他要小心，他卻不聽她的話；那個沒什麼男子氣概卻很得她歡心的第二任丈夫有罪，他把她從布拉格千里迢迢拖來這個外省的小城，卻還是到處拈花惹草，害她永遠擺脫不了嫉妒。面對這兩任丈夫，她根本無能爲力。唯一屬於她又無法逃脫的人，就是特麗莎，她是可以幫其他人贖罪的人質。

而且，說不定她本來就該爲她母親的命運負責。她，是最有男子氣概的男人的一個精子與最美麗的女人的一個卵子荒謬的相遇。在這決定命運的一瞬間（這個瞬間名爲特麗莎），媽媽展開了她蹉跎一生的馬拉松。

她不倦不懈地跟特麗莎解釋，做母親就是要犧牲一切。她的話很有說服力，因爲這些話所陳述的實際經驗，來自一個爲了孩子失去一切的女人。特麗莎聽了也相信了，生命最崇高的價值就是母性，而母性就是一種偉大的犧牲。如果母性就是犧牲，那麼，做爲女兒就是最大的過錯，永遠沒有贖罪的可能。

6

當然，特麗莎並不知道關於那一夜的插曲——她的母親在最有男子氣概的男人耳邊輕聲告訴他要小心。她的罪惡感就像原罪一般無從定義。她盡一切的努力想要贖罪。母親要她輟學，她從十五歲就開始做侍應生的工作，她把掙來的錢全數交給母親。爲了不負母親的愛，她做什麼都願意。她做家事，照顧弟弟妹妹，整個星期天的時間都耗在刷刷洗洗。實在可惜，中學的時候，她可是班上最聰明的學生。她想要自我提升，可是在這小城裡，她要上哪兒去自我提升？她洗著衣服，一本書就擱在澡盆邊上。她一頁頁翻著，書也被水一滴滴淋溼了。

在家裡，羞恥心並不存在。母親穿著內衣褲在家裡走來走去，有時候連胸罩也不穿，夏天的時候，有時甚至全身都光裸著。她的繼父不會全身赤裸地走來走去，但他總是等特麗莎進了澡盆才走進浴室。有一次特麗莎把浴室的門鎖上了，母親爲此大發脾氣：『你把自己當作什麼了？你以爲你是誰啊？他又不會把你給吃了！你美啊！』

（這個狀況清楚地證明了一件事：母親對女兒的恨意比起她丈夫激起的妒意更強。女兒的過錯是無窮盡的，甚至包括了丈夫的不忠。女兒想要擺脫束縛，而且還敢要求一些權利——像是把自己反鎖在浴室裡——這種事對母親來說，比她丈夫可能對特麗莎有邪念更讓她無法接受。）

某個冬日，她的母親在房裡點了燈，裸著身體走來走去。特麗莎趕緊把簾子放下，免得被對面房子裡的人看到。她聽見背後傳來笑聲。第二天，母親的幾個朋友來家裡玩。一個鄰家的女人，一個店裡的女同事，一個附近小學的女老師，還有兩三個經常互相串門子的女人。特麗莎陪她們坐了一會兒，她的身邊坐著其中一位太太十六歲的兒子。母親抓住這個機會說了特麗莎想要爲母親遮羞的事。母親笑了，其他女人也都哈哈大笑。接著，母親說：『特麗莎不想承認人的身體是會小便、會放屁的。』特麗莎滿臉通紅，可是母親還不肯罷休：『這些事有什麼不對？』話才說完，她馬上放了個響屁回答自己的問題。那些女人都笑了。

7

母親大聲擤鼻子，把性生活的細節告訴大家，把假牙展示給人看。她可以用舌頭巧妙地一頂，就在一張大笑的嘴巴裡，讓上頷的假牙落在下排的牙齒上；她的臉一下子變得讓人不寒而慄。

她的一切行爲舉止，不過是個粗魯的手勢，藉此拋棄她的青春和她的美麗。在那九個追求者圍著她跪成一圈的時候，她惶惶不安地監守著自己的裸身。那時，她用羞恥心來衡量身體的價格。而她現在之所以沒了羞恥心，是因爲她要徹底做出一副恬不知恥的樣子，藉由無恥，她要用一道莊嚴的黑線劃掉過去的生活，並且高聲喊叫，說她從前評價過高的青春和美麗其實沒有任何價值。

在我看來，特麗莎是這手勢的延伸。她的母親用這手勢把自己曾經是美麗女人的生命拋得遠遠的。

（而如果特麗莎自己的舉手投足有些神經質，如果她的動作少了幾分緩緩的優雅，這是毋需驚訝的：因爲她母親這個大幅的手勢，這個自暴自棄的猛烈手勢，就是她，就是特麗莎。）

8

母親要為自己伸張正義，要讓罪人得到懲罰。她堅持女兒得跟她一起留在沒有羞恥心的世界，在這個世界裡，青春與美麗毫無意義，整個宇宙不過是一個巨大的集中營，裡頭關著一具具彼此相似的肉體，而靈魂則是看不見的。

現在，我們比較可以理解特麗莎反覆地、久久地凝望鏡子那種偷做壞事的感覺了。這是她和母親的一場搏鬥。這是渴望自己的肉體不要和其他的肉體相同，渴望看見靈魂水手們從船艙冒出來，出現在臉孔的表面。這可不是一件容易的事，因為靈魂悲傷、驚惶、害怕，躲在特麗莎肚腹的深處，羞於露面。

她和托馬斯第一次相遇的那天就是這樣。她在酒吧裡穿梭於醉漢之間，身體被托盤上大杯大杯的啤酒壓彎了，而靈魂則躲在空盪盪的胃裡，或者在胰臟裡。就在這一刻，她聽見托馬斯呼喚她。這呼喚意義重大，因為聲音來自一個陌生人，這個人不認識她的母親，也不認識那些成天只會說些猥褻話和一些陳腔濫調給她聽的醉漢。他陌生的身分把他提升到其他人之上。

還有另一件事也提升了他的地位：一本書攤開在他桌上。在這酒吧裡，從來不曾有人在桌上打開過一本書。對特麗莎來說，書是某種祕密兄弟會的暗號。面對包圍她的粗俗世界，她能用來對抗的武器其實只有一個：她從城裡的圖書館借來的書；尤其是小說：她讀了一堆，從菲爾丁（Fielding）到湯瑪斯·曼（Thomas Mann）。這些書帶給她一個想像的逃脫機會，把她從那不曾帶給她滿足的生命裡拉出來，而且這些書作為物品，對她還有另一種意義：她喜歡在脅下夾著書在街上漫步。這些書之於她，就像優雅的手杖之於十九世紀的世家公子。這些書讓她顯得跟別人不一樣。

（把書比作優雅的手杖並不十分確切。手杖是世家公子與眾不同的標記，但手杖同時也把世家公子變成一個摩登時髦的人物。書讓特麗莎顯得跟別的年輕女人不一樣，可是卻把她變成一個過時的人。顯然，她太年輕了，根本不知道自己身上有什麼是落伍的。年輕人拿著轟轟作響的電晶體收音機在她身邊晃來晃去，她還覺得他們很蠢。她看不出來，他們那樣才是摩登。）

所以，呼喚她的那個男人，既是陌生人，同時也是某個祕密兄弟會的成員。他說話彬彬有禮，特麗莎覺得她的靈魂從每一條血管、每一條毛細管、每一個毛孔衝出了表面，就為了要讓他看見。

9

從蘇黎世回到布拉格之後，托馬斯想到他跟特麗莎的相遇是由六個不太可能的偶然所造成的結果，他爲此感到苦惱。

可是，一個事件的成立所倚賴的偶然越多，這事件不是就更重要而且意義也更深遠嗎？只有偶然，才會像要告訴我們什麼事那樣出現。那些必然發生的、預料之中的、日日重複的事，都是無聲的。只有偶然是會說話的。人們試著要在其中讀出東西，就像吉普賽人讀著杯底咖啡渣繪成的圖形。

托馬斯出現在旅館的酒吧，這對特麗莎來說，是絕對偶然的展現。托馬斯獨自占一張桌子，打開一本書。他抬眼望著特麗莎，微笑說：『一杯干邑白蘭地！』

那一刻，收音機正奏著音樂。特麗莎到吧檯去拿酒，順便轉了旋鈕把音量調大。她聽出那是貝多芬的音樂。自從布拉格某個弦樂四重奏的樂團巡迴演出時途經小城，她就認得貝多芬了。特麗莎（一如我們所知，她渴望『自我提升』）去聽了這場音樂會。演奏廳空空蕩蕩，她獨自一人跟藥劑師和他的妻子坐在那裡。於是，台上的樂手是四重奏，台下的觀眾是三重奏，不過樂手們很盛情，沒有取消音樂會，還是爲他們三人演奏了一整晚，奏的是貝多芬最後的三首四重奏。

後來藥劑師邀請四位樂手去吃晚餐，也邀請了這位陌生的女聽眾和他們一道去。從此，貝多芬對她來說，就是『另一邊』的世界的形象，就是她所嚮往的世界的形象。現在，她端著托馬斯的酒從吧檯走回來，心裡卻試圖在這個偶然之中讀出些什麼：她正要把酒端給她喜歡的這個陌生人，怎麼就在這一刻，她竟然聽到了貝多芬的音樂？

偶然自有其魔力，必然性則沒有。要讓一份戀情不被人遺忘，種種的偶然必須從一開始就匯聚在這戀情裡，宛如鳥兒停棲在阿西西的聖方濟⑤的肩上。

10

他喚她過來結帳。他把書（這屬於某個祕密兄弟會的暗號）闔起來，她很想知道他讀的是什麼書。

『可不可以請您幫我記在旅館的帳上？』他問道。

『可以呀。您房間的號碼是多少？』

他把一支鑰匙拿給她看，鑰匙吊在一塊木牌上，牌子上印著一個紅色的『6』。

『眞是奇怪，』她說。『您住在六號房。』

『住那房間有什麼奇怪嗎？』他問。

她想起她父母親還沒離婚的時候，她在布拉格住他們那兒，他們家就在六號。但她說的卻完全不是這麼回事（我們也不得不承認她夠狡黠）：『您住的是六號房，而我六點鐘下班。』

『我呢，我七點鐘上火車。』這個陌生人說。

她不知道該再說些什麼，她把帳單遞給他簽名，然後拿去了櫃檯。到了她下班的時候，他已經離開那張桌子了。他明白了她的暗示嗎？走出酒吧的時候，她有點緊張。

旅館對面，在這個骯髒小城的市中心，有一個樹木稀疏的陰暗廣場，那兒對她來說一直是個美麗的小島：一片草地，四棵白楊木，幾張長椅，一株垂柳，還有幾叢連翹。

⑤阿西西的聖方濟（Saint François d’Assise：1181～1226）：天主教聖方濟會和方濟女修會的創始人。

他就坐在一張黃色的長椅上，從那裡可以看到酒吧的門口。前一天她才坐過這張長椅，膝上還擱著一本書！她登時明白了（偶然的機遇之鳥齊聚在她的肩上），這個陌生人是她命中注定的。他叫喚她，邀她坐在身旁。（特麗莎感到靈魂水手衝上她肉體的甲板。）過了一會兒，她送他到車站，在分手之前，他拿了一張名片給她，上頭有他的電話號碼：『如果哪天因爲偶然，你來到布拉格……』

11

他在最後一刻遞給她的這張名片其實遠遠比不上種種偶然（書、貝多芬、『六』這個數字、廣場上的黃色長椅）所組成的召喚，是這召喚給了特麗莎走出家門，改變命運的勇氣。或許正是這麼幾個偶然（而且都是相當平庸無奇的偶然，跟這毫不起眼的小城確實滿相稱的）啓動了她的愛情，並且成爲她終生飲用不盡的活力源泉。

在我們的日常生活裡，漫天鋪地到處都是偶然，說得精確些，人、事之間的意外相遇處處可見，這種相遇我們稱之爲巧合。兩個意想不到的事件同時發生就是巧合，他們兩人的相遇也是巧合：托馬斯在收音機奏著貝多芬的那一刻出現在酒吧裡。巧合的數量無限多，發生的時候完全不會被察覺。如果不是托馬斯，而是街角的屠夫跑來坐在酒吧裡，那麼特麗莎就不會注意到收音機奏著貝多芬了（儘管貝多芬與屠夫的相遇也算是一個奇怪的巧合）。但是萌發中的愛情卻讓她對美的感受變敏銳了，她永遠也忘不了這段音樂。她每次聽到這段音樂，就會再感動一次。這段音樂出現的那一刻，發生在她周遭的一切都沐浴在音樂的光輝裡，一切都是美的。

特麗莎去托馬斯家的時候，脅下夾著的那本小說，開頭寫著安娜和弗隆斯基在奇異的情境中相遇。他們在一個車站的月台上相遇，有人剛在那兒給火車軋過。小說的結尾，臥軌自殺的是安娜。這個對稱的譜寫方式，在開頭和結尾都出現相同的動機，看起來似乎太『小說』了。是的，這說法我接受，但唯一的條件是，『小說』在您看來並不是『杜撰的』、『人造的』、『與人生毫不相似』的東西。因爲人類的生命就是這麼譜成的。

人類生命的構成就像是樂譜。人，在美的感受力的導引下，把意外發生的事件（貝多芬的音樂、發生在車站的死亡）變成即將寫進他生命樂譜上的一個動機。他會再回到這個動機上，重複這個動機，修改這個動機，發展這個動機，就像作曲家處理奏鳴曲的主題一樣。安娜其實可以用完全不同的方式結束自己的生命，但是車站與死亡的這個動機，這個與愛情的萌發相繫、令人無法忘懷的動機，在安娜絕望的時刻以陰暗的美引誘著她。人，不知不覺地，依循美的法則譜寫了生命，直至絕望最深沉的時刻。

所以我們不能指責小說被種種偶然的神祕相遇所迷惑（比方說弗隆斯基、安娜、月台、死亡的相遇，貝多芬、托馬斯、特麗莎、那杯干邑白蘭地的相遇），不過我們倒是很有理由可以指責，人竟然看不見這些偶然，因此剝奪了自己生命的美的維度。

12

偶然的機遇之鳥齊聚她的肩頭，受到這樣的鼓舞，她請了一個星期的假，沒跟她母親說一聲就上了火車。她不時跑進廁所去照鏡子，乞求她的靈魂在這決定她一生命運的日子裡，一秒鐘也不要離棄她肉體的甲板。這麼看著看著，她卻害怕起來：她覺得喉嚨發炎了。在這決定命運的日子裡，她竟然要生病了嗎？

可她也無路可退了。她在車站打電話給他，他家大門打開的那一刻，她的肚子突然發出可怕的咕嚕聲。她覺得很丟臉。彷彿她把母親裝在肚子裡帶來了，她聽到母親在肚子裡冷笑，想要破壞她的約會。

她起先以爲托馬斯會因爲這失禮的聲音而拒她於門外，沒想到他卻將她摟在懷裡。她很感激托馬斯對她的腹鳴不以爲意，她的眼睛泛著朦朧的淚光，她更加激情地親吻著托馬斯。才不過一分鐘的光景，他們就開始做愛了。做愛的時候，她大聲喊叫。她已經發燒了。她感冒了。那條把空氣送到肺臟的管子，末端紅通通的，而且塞住了。

後來她又帶著一只沉重的行李箱來到布拉格，行李箱塞滿她所有的東西，她決心永遠不回小城了。他邀她第二天晚上到他家。她在一家便宜的旅館過了夜。早上，她把行李箱寄在車站，脅下夾著《安娜・卡列尼娜》，在布拉格的街道上晃了一整天。晚上，她摁了電鈴，他開了門；她還是沒把書放下。彷彿那是入場券，可以帶她走進托馬斯的宇宙。她明白，她僅有的通行證就是這張可憐兮兮的入場券，想到這個她就想哭。爲了不要哭出來，她變得滔滔不絕，大聲說話，還一直笑。但是就跟上次一樣，她才跨過門檻，他就把她摟在懷裡，然後就做愛了。她滑進一片大霧之中，什麼也看不到，什麼也聽不見，除了她自己的叫聲。

13

這不是喘息，不是呻吟，這眞的是喊叫。她叫得那麼大聲，害托馬斯不得不把頭從她的臉上移開，彷彿耳膜就要給這叫聲震破了。這喊叫不是肉慾的表現。肉慾，是所有感官的極致動員：激動地看著對方，傾聽對方發出的最細微的聲響。特麗莎的喊叫完全相反，她想讓一切感官昏茫，看不見也聽不到。讓她發出叫喊的是她天眞的愛情唯心主義。她想藉此消除一切矛盾，消除肉體與靈魂的二元對立，或許連時間也一併消除。

她的眼睛是閉著的嗎？不是，可是這對眼睛哪兒也沒看，只是盯著天花板上的空無，時不時，她還會猛烈地甩頭，一下子甩到這邊，一下又甩到另一邊。

喊叫平靜之後，她在托馬斯身邊睡著了，而且整夜都握著他的手。

八歲的時候，她就用一隻手緊握著另一隻手入睡，她想像自己握著的手，屬於她心愛的男人，屬於她託付終身的男人。所以，她會在睡夢中如此執拗地握著托馬斯的手也就不難理解了：她一直準備著、練習著這麼做，打從童年開始。

14

一個不能『自我提升』，卻得幫一群醉漢端啤酒，星期天還得幫弟弟妹妹洗髒衣服的年輕姑娘，她的體內積存著一股巨大的生命力。對那些看到書本就呵欠連連的大學生來說，這種力量是無法想像的。特麗莎讀的書比他們多，對生命的體會也比他們長久，但是她永遠不會意識到這一點。自學者和上學讀書的人最大的差別，不在於知識的多寡，而在於生命力與自信程度的不同。特麗莎一到布拉格就全心投入了生活，她懷抱的熱情，既貪婪又脆弱。她似乎總在害怕哪天會有人對她說：『這裡不是屬於你的地方！回你原來的地方去吧！』她對生命的一切欲念全都懸在一條線上：托馬斯的聲音，這聲音讓那畏縮在特麗莎肚腹之中的靈魂登上高處。

她在雜誌社找到一個位子，在暗房裡工作，但這並不能滿足她。她想要自己拍照片。托馬斯的朋友薩賓娜借給她幾本著名攝影師專門談論攝影的著作，還跟她約在咖啡館碰面，就著攤開的書本為她解釋那些照片有意思的地方在哪裡。特麗莎安靜而專注地聽著，老師在學生臉上也難得看見這樣的神情。

多虧有薩賓娜幫忙，特麗莎理解了攝影與繪畫之間的親族關係，她要托馬斯陪她去看所有的展覽。沒過多久，她自己拍的照片就登上了雜誌，而她也離開了暗房，跟那些攝影記者一起工作。

那天晚上，他們跟朋友一起去酒館慶祝特麗莎的升遷；大家在那兒跳了舞。托馬斯卻悶悶不樂，特麗莎一直問他到底怎麼了，直到他們回到家，他才承認自己嫉妒了，因為看見特麗莎和他的同事共舞。

『你眞的因爲我而嫉妒？』這句話她重複說了十來次，彷彿他宣布她得了諾貝爾獎而她卻不敢相信。

她摟著他的腰，和他在房裡跳起舞來。這舞全然不同於剛才在酒館舞池裡的社交舞步。這是一種老氣的土風舞，帶著一連串怪裡怪氣的蹦蹦跳跳；她把腿抬得半天高，大步大步笨拙地跳，還拉著托馬斯在房裡到處亂轉。

可是啊，過沒多久她自己也嫉妒起來了。對托馬斯來說，特麗莎的嫉妒可不是諾貝爾獎，而是一個重擔，直到死前一兩年他才能卸下。

15

她裸身跟一群裸身的女人繞著游泳池排隊前進，托馬斯在高處，站在一個吊在天花板上的籮筐裡，他咆哮著，逼迫女人們唱歌並且做出屈膝的動作。只要有人做錯一個動作，他就對她開槍。

我想再回頭說說這個夢：恐怖並非始於托馬斯開槍的那一刻。打從一開始，這就是個恐怖的夢。齊步行進，裸身走在其他裸身的女人當中，這對特麗莎來說，是最徹底的恐怖景象。住在母親家的時候，母親禁止她鎖上浴室，把自己關在裡面。母親這麼做的意思是：你的身體跟所有人的身體都一樣；你沒有權利感到羞恥；你沒有任何理由去遮掩那個身體，它存在的樣貌跟其他幾十億個身體一模一樣。在她母親的世界裡，所有身體都是相同的，所有身體都在齊步行進，一個跟著一個。打從童年開始，裸體對特麗莎來說，就是集中營強制統一的標記，是恥辱的標記。

夢剛開始的時候，還有另一件恐怖的事：每一個女人都得唱歌！可怕的不只是她們相同的肉體，不只是她們受到同樣的貶低，也不只是那些簡單的、沒有靈魂的機械化聲音，而是這些女人為此感到開心！那是無靈魂者的狂歡大團結。她們因為丟下了靈魂的重擔而快樂，她們丟下了靈魂這個獨特性的假象，這個可笑的自滿，她們因為變得跟大家相似而快樂。特麗莎跟她們一起唱著，但是並不覺得開心。她唱是因為害怕自己如果不唱會被其他女人殺死。

可是托馬斯對那些女人開槍，讓她們一個接一個死去，跌入游泳池中，這又意謂著什麼？

那些女人因爲跟大家相似到幾乎沒有差別而感到開心，她們慶祝的其實是即將來臨的死亡，這死亡會讓她們的相似性走向絕對。所以槍響不過是讓她們快快樂樂地完成死亡的進軍。她們以歡樂的笑聲伴隨每一聲槍響，屍體緩緩沒入水面的時候，她們的歌聲更加響亮。

那爲什麼開槍的是托馬斯？他又爲什麼也想對特麗莎開槍？

因爲是他把特麗莎送到這些女人當中的。這個夢要告訴托馬斯的，就是這件事，因爲特麗莎自己不知道該怎麼對他說。她來和他一起生活是爲了逃離她母親的世界，在那兒，所有的身體都一視同仁。她來和他一起生活是爲了讓她的身體變成獨一無二，無可取代。可這會兒，他卻在她和其他女人之間，也畫上了一個等號：他用同樣的方式親吻所有的女人，他毫不吝惜地給予所有女人相同的愛撫，他碰觸特麗莎的身體和碰觸其他女人沒有任何不同，沒有一絲一毫的不同。他把特麗莎送回了她以爲自己已然逃離的世界。他把她送到和其他裸身的女人一同裸身行進的行列裡。

16

她總是做著三輪不同的夢：第一輪夢是貓兒橫行，這夢說的是她在眞實生活裡所受的苦；第二輪夢則是在無數的變形之中，展示她被處死的景象；第三輪夢說到她在彼岸的生命狀態，此時，她的恥辱已成爲永恆。

在這些夢裡，沒有任何神祕之處需要解譯。這些夢對托馬斯的指責不言而喻，托馬斯只能默默不語，低頭，輕撫特麗莎的手。

除了理路清晰動人之外，這些夢也很美。這是弗洛伊德在夢的理論中沒有留意到的一個面向。夢不只是一種溝通（或許可以說是一種編成了密碼的溝通方式），也是一種美感的活動，一種想像的遊戲，而這遊戲本身就是一種價値。夢證明了對於不曾存在的事物的想像與夢幻是人類最深層的需要。要說夢裡隱藏著險惡，理由也正是在這裡。如果夢境並不美麗，我們可以很快就把它忘記。可是特麗莎卻不斷回到她的夢裡，通過想像，她一再回想這些夢，她把這些夢變成了傳奇。而托馬斯則活在特麗莎那些夢的殘忍美麗所散發的催眠魔魅之中。

『特麗莎，親愛的特麗莎，你和我的距離變遠了。你要去哪裡？你每天都夢到死亡，好像你眞的想要消失了……』有一天他們坐在酒吧的時候，托馬斯這麼說。

那時候天還很亮，理性與意志重新取得了主導權。一滴紅酒沿著杯壁緩緩流淌下來，特麗莎說：『托馬斯，我也沒有辦法。這一切我都明白。我也知道你愛我。我也很清楚，其實你的不忠沒有什麼大不了的……』

她望著他，眼裡滿是愛意，但是心裡卻對即將來臨的夜晚充滿恐懼，她害怕那些夢。她的生活被切割成兩個部分。黑夜和白晝爭奪著控制她的權力。

17

想要持續不斷『自我提升』的人，總有一天會感到暈眩。暈眩是什麼？害怕跌落嗎？可是我們站在一座欄杆堅實的觀景臺上，有什麼好暈眩的呢？暈眩，並不是害怕跌落。暈眩是空無的聲音，它來自我們的下方，吸引著我們，魅惑著我們；暈眩是想要墜落的欲望，隨之而來的，是我們心懷恐懼的奮力抵抗。

裸身的女人繞著游泳池排隊前進，靈柩車上的屍體們因爲特麗莎和她們一樣死了而感到開心，這些事都來自讓她害怕的『下面』，她已經從『下面』逃離了一次，可這『下面』卻又神祕地吸引著她。那是她的暈眩：她聽到一聲非常甜美（近乎歡樂）的召喚，要她放棄命運和靈魂。那是要她與無靈魂者大團結的召喚，在軟弱的時刻裡，她想要回應這召喚，返回母親身邊。她想要把靈魂水手從肉體的甲板上叫下來；她想要下去和母親的朋友們坐在一起，有人放了響屁她就跟著笑；她想要跟她們繞著游泳池裸身排隊前進，並且一起歌唱。

18

特麗莎離家之前跟母親處於爭鬥之中，這是眞的，可是也別忘了，爭鬥的同時她也很認命地愛著母親。只要母親以慈愛的聲音要她做事，她什麼事都會去做。問題是這聲音從來不曾出現，她才有了足夠的力量離去。

母親明白自己的蠻橫對女兒不再管用以後，寫了幾封賺人熱淚的信到布拉格去。她抱怨她的丈夫、她的老闆、她的身體、她的孩子，還說特麗莎是她在這世上唯一的親人。特麗莎以爲自己終於聽到了母愛的聲音，她二十年來都對此懷抱著鄉愁，她於是想要回到母親身邊。她越覺得軟弱的時候，就越想回到母親身邊。突然之間，托馬斯的不忠暴露了她的無能，而從這無能的感覺之中，生出了暈眩，那是一股無邊無際想要跌落的欲望。

母親打了電話給她，說她得了癌症，沒剩幾個月好活了。特麗莎原本沉浸在托馬斯的不忠所帶來的絕望裡，聽到這個消息，絕望的情緒卻變成對托馬斯的反叛。她責怪自己爲了一個不愛她的男人而背叛母親。她願意忘記母親害她承受的一切。現在，她能夠理解母親了。她們母女倆都有相同的處境：母親愛她的丈夫就跟特麗莎愛托馬斯一樣，而繼父不忠讓母親受苦，正如托馬斯不忠讓特麗莎受盡折磨。母親之所以對她不好，只是因爲她太命苦了。

她跟托馬斯提起母親生病的事，還跟他說要請一個禮拜的假去看母親。她的聲音裡帶著挑釁。

托馬斯彷彿看出是暈眩吸引著特麗莎走向她的母親，他不希望特麗莎出這趟遠門。他打電話到小城的醫院。在波希米亞，癌症檢驗報告的檔案做得非常詳盡，托馬斯沒費多少力氣就查出特麗莎的母親根本沒有任何癌症的癥狀，而且她已經一年沒看醫生了。

特麗莎聽了托馬斯的話，沒去看她的母親。可是當天她就在街上跌倒了。她的腳步變得躊躇不定；她幾乎每天都跌倒，不是碰傷自己，就是把手上的東西掉在地上。

她感受到一種想要跌落的欲望，無法遏止。她活在持續不斷的暈眩裡。跌倒的人總是說：『扶我起來！』托馬斯很有耐心，一直把她扶起來。

19

『我想跟你在我的畫室做愛，像在劇場的舞台上那樣。人們滿滿地圍繞在四周，但是卻不能靠近。他們不能靠近，卻又非看不可……』

隨著時間過去，這幅畫面漸漸失去它最初的殘酷，開始讓她感到興奮。好幾次，在做愛的時候，她在托馬斯耳邊輕聲說著，她想起了這個情景。

她心想，有一個方法可以讓她不再譴責托馬斯的不忠：就是讓托馬斯帶她一起去！讓托馬斯帶她一起去情婦那裡！這麼一來，說不定她的身體又會在所有的女人當中，變得獨特，占據最重要的地位。她的身體會變成托馬斯的第二個自我，變成他的分身和他的助手。

兩人纏綿的時候，她悄悄對他說：『我會幫你去脫掉她們的衣服，我會幫你替她們在浴缸裡洗澡，再把她們帶來你身邊……』她希望他們變成兩個雌雄同體的生物，而其他女人的身體則變成他們共同的玩具。

20

在托馬斯的多妻生活裡做他的第二個自我。托馬斯不想去理解這事，可是特麗莎又無法擺脫這個念頭，於是她試著要去接近薩賓娜。她跟薩賓娜說要幫她拍些人像照。

薩賓娜邀她去她的畫室。特麗莎終於見到這個巨大的房間，畫室的中間擺著一張方形的大沙發床，立在那裡有如一座平台。

『你也眞是的，從來都沒來過我這兒！』薩賓娜一邊說，一邊讓她看那些靠在牆上的畫。她還拿出一幅在大學的時候畫的舊作。畫上看到的是煉鋼廠的工地上一座座正在興建的高爐。她曾經在那裡工作過，那個年代，美術學院要求的是最嚴格的寫實主義（當時非寫實主義的藝術被視爲企圖顚覆社會主義的行爲），薩賓娜在黨的強身建國的品味引領下，強迫自己比教授們更嚴格。以她當時的手法，畫筆的線條細緻到肉眼難辨，她的畫作因此看起來像是彩色照片。

『這幅畫，我畫壞了。有一些紅色的顏料滴到畫布上。起初我還很生氣，但是後來我卻開始喜歡上這片紅漬，因爲它看起來就像是一道裂縫，彷彿那個工地不是一個眞實的工地，而僅僅是一個老舊而有裂痕的背景布幕，上頭的工地只是畫得很逼眞的布景畫。我開始拿這道裂縫來玩，我把裂縫變大，想像在裂縫後面可以看到什麼。我就這樣畫了我第一階段的作品，我把那些畫叫做「布景」。當然囉，那些畫不能給任何人看見，不然我可是會被學校開除的。前面，永遠都是一個完美的寫實主義的世界，而在後頭，就像在撕裂的劇場背景布幕後面，我們看到的是一些不一樣的東西，一些神祕或抽象的東西。』

她停了一下，然後又說：『前面是明白易懂的謊言，後面是無法理解的眞相。』特麗莎異常專注地聽著，老師在學生臉上也難得看見這樣的神情，她端詳著薩賓娜的每一幅畫，過去的和現在的，每一幅說的其實一直是同樣的東西，都是兩個主題同時相遇，兩個世界同時相遇，就像是雙重曝光的照片。一幅風景畫，在畫面的深處，卻透出一盞點亮的床頭燈。一隻手從後頭伸出來，撕裂一幅田園詩般的靜物畫，上面畫的是蘋果、核桃和閃耀著燈飾的聖誕樹。

她突然對薩賓娜產生了仰慕之情，而由於這位藝術家也非常親切，這份仰慕之情並沒有摻雜懼怕或猜疑，而是漸漸變成了相知相惜。

她幾乎忘了自己是要來拍照的。薩賓娜不得不提醒她一下。她把目光從畫上移開，看著那張立在畫室中間宛若平台的沙發床。

21

沙發床邊有一張床頭几，上面擺著一個人頭狀的模型，就是理髮師用來放假髮的那種展示架。在薩賓娜的畫室，假頭上戴的不是假髮，而是一頂圓頂的禮帽。薩賓娜微笑著說：『這頂帽子是從我祖父那兒來的。』

像這種黑的、圓的、硬的帽子，特麗莎只在電影裡看過。卓別林總是戴著這麼一頂帽子。這會兒換她笑了，她把帽子拿在手上把玩，久久地端詳著。接著她說：『你要不要戴這頂帽子讓我拍？』

薩賓娜沒有回答，只是大笑起來。特麗莎把帽子放下，拿起相機開始拍照。拍了約莫一個小時，特麗莎說：『幫你拍些裸體的怎麼樣？』

『裸體？』薩賓娜問道。

『對。』特麗莎語氣堅定地重複了她的提議。

『要拍的話，我們得先喝點酒。』薩賓娜這麼說，然後走去開了一瓶葡萄酒。

特麗莎心裡有一種麻木的感覺，她不再說話，可是此刻薩賓娜卻在房裡走來走去，手上拿著一杯酒，談起她祖父曾經在一個小省城當過市長；薩賓娜從來沒見過他；他只留下這頂帽子和一張照片，照片上看見的是一群顯要人士在看台上；其中一位就是薩賓娜的祖父；我們不太清楚這些人在看台上做什麼，或許正在參加一項典禮，或許正在爲某個紀念碑舉行揭幕儀式，紀念另一位也會戴圓頂禮帽出席莊嚴場合的顯要人士。

薩賓娜說著那頂禮帽和她祖父的事，說了很久。喝完第三杯之後，她說：『等我一下！』然後就進了浴室。

她穿著浴袍走出來。特麗莎拿起相機湊到眼前。薩賓娜掀開了浴袍。

22

照相機對特麗莎來說是一只機械眼，用來觀察托馬斯的情婦，同時也是一塊面紗，用來遮住她的臉。

薩賓娜過了好一會兒才下決心把浴袍脫掉。情況比她想像的尷尬得多。擺了幾分鐘的姿勢之後，她靠過去跟特麗莎說：『現在，換我來幫你拍了。把衣服脫掉！』

『把衣服脫掉！』薩賓娜從托馬斯的嘴裡聽到過很多次，這幾個字已經刻在她的記憶裡了。這個發自托馬斯的命令，現在卻由他的情婦向他的妻子下達，兩個女人於是被同一句神奇的話語連結在一起。這是托馬斯獨特的手法，他可以從無足輕重的話裡突如其來地弄出一個肉慾的情境：不是愛撫，不是輕觸，不是甜言蜜語，也不是苦苦哀求，而是突然地、出人意料地發號施令，儘管他的聲音強勁又霸氣，而且還維持一定的距離，但音質還是低沉的。在這樣的時刻，他絕不會去碰他命令的女人。甚至對特麗莎，他也經常用一模一樣的語氣說：『把衣服脫掉！』雖然他說這話的時候很溫柔，雖然他只是在耳邊輕輕地說，但這就是命令，而她也總是因此感到興奮，立刻照著他的話去做。現在，她聽到這幾個相同的字，屈服的欲望卻更強了，這是一種想要服從於陌生人的狂念奇想，這股瘋狂的念頭，更因為命令發自一個女人而非男人，變得更加強烈。

薩賓娜從特麗莎的手中接過相機，特麗莎把衣服脫了。她站在那兒，裸著身子並且繳了械。她確實是繳械了，因為她用來遮住臉孔並且當作武器對準薩賓娜的相機被拿走了。她現在只能聽任托馬斯情婦的擺佈了。這美麗的屈服令她陶醉。她希望裸身站在薩賓娜面前的短暫時刻永不終結！

我想薩賓娜也感受到這個情境的非凡魔力，站在她面前的是她情人的妻子，如此奇異地順從而靦腆。按了兩三次快門之後，她彷彿被這著魔的景象嚇到，想要趕緊驅散它，於是大聲笑了起來。

特麗莎也笑了起來，然後，兩人穿回了衣服。

23

俄羅斯帝國所犯下的一切罪行，都隱蔽在一個幽微的明暗交界之處。五十萬的立陶宛人遭到流放，數十萬的波蘭人被殺害，克里米亞半島的韃靼人被清除，這一切都留在記憶裡，卻少了照片作爲證據，於是這一切就像一樁樁無從證明的事情，早晚會被人當作無稽之談。相反的，一九六八年俄羅斯入侵捷克斯洛伐克，卻被拍了照，被錄了影，存放在世界各地的檔案室裡。

捷克的攝影師和影像工作者的心裡都明白，這個時候他們該做的，正是當時人們唯一還能做的事：爲遙遠的未來留下這強暴的畫面。特麗莎在街上度過了這麼七天，拍攝了俄羅斯士兵和軍官的種種惡形惡狀。俄國人措手不及。上級明確交代過，有人對他們開火、扔石塊的時候該如何處理，可是從來沒人告訴過他們，面對照相機的鏡頭該如何回應。

她拍了幾百捲底片，其中大概有一半還沒沖洗就送給了外國記者（當時邊界還是開放的，從外國來的記者至少可以進出一次，他們只要能得到任何資料都很感激）。這些照片很多都出現在各式各樣的外國報刊上：照片上看得到坦克，看得到凶狠的拳頭，看得到被摧毀的建築，染血的三色國旗覆蓋著一具具的屍體，年輕人騎著摩托車在坦克車的周圍飛馳，手裡揮舞著長長的旗桿，上頭飄揚的是捷克的國旗，還有些非常年輕的姑娘，穿著短得不能再短的迷你裙，當著俄羅斯那些性飢渴的倒楣大兵眼前，親吻著不認識的過路人。俄羅斯的入侵，我們再重複一次：這不僅僅是一場悲劇，也是一場仇恨的慶典，永遠沒有人能理解這慶典裡奇異的欣快症是怎麼回事。

24

她帶了大約五十張照片到瑞士去。這些照片都是她使出一切本領，小心翼翼地沖洗出來的，她想提供給一家發行量很大的雜誌社。總編輯很親切地接待了她（每一個捷克人的頭上都戴著苦難的光環，感動著所有善良的瑞士人），請她坐在扶手椅上，總編輯細看了這些照片，讚美了這些照片，然後對她說明，這些照片是沒有任何機會刊登在雜誌上的，（『這些照片其實拍得很好！』）因爲這個事件離現在已經太遠了。

『可是在布拉格，一切都還沒有結束啊！』特麗莎感到憤慨，她試著用蹩腳的德語解釋，就在此刻，在她被占領的國家裡，一個個工人委員會正不顧一切地在工廠裡組織起來，學生們正在罷課抗議俄羅斯的占領，整個國家還是在原來的想法上繼續動著。事情就是這樣，讓人不敢相信啊！而這些事已經沒人關心了！

剛好，有個活力十足的女人走進辦公室打斷了她們的談話，總編輯這才鬆了一口氣。她遞給總編輯一個檔案夾：『我帶了一個天體海灘的報導給你。』

總編輯的心思很細，他怕這個拍攝坦克車的捷克女人會覺得海灘上全裸的人們看起來太不正經，他儘可能把檔案夾推得遠遠的，推到辦公桌的邊上，然後趕忙對那剛進來的女人說：『我給你介紹一位從布拉格來的同行。她帶了一些精彩的照片來給我。』

那女人跟特麗莎握了手，拿起特麗莎的照片。

『您也可以順便看看我拍的！』

特麗莎傾過身子，從檔案夾裡拿出照片來看。

總編輯用近乎負罪的語氣對特麗莎說：『這跟您拍的照片是截然不同的。』

特麗莎回答：『不，一點也沒有不同！它們完全是同一回事。』

沒有人會理解這個句子，而我也很難解釋特麗莎拿天體海灘和俄羅斯入侵相提並論，究竟是什麼意思。她仔細端詳那些照片，她的目光在其中一張照片上頭停駐良久，照片上看到的是一家四口圍成一圈：全身赤裸的母親傾身向著兩個孩子，兩個肥大的乳房吊在那裡，像頭母羊或是母牛的乳房，她丈夫也向前傾著身子，從背後看去，陰囊也像是一對極小的奶子。

『您不喜歡這些照片嗎？』總編輯問道。

『這些照片拍得很好。』

『我想，她是被這個主題嚇到了，』女攝影師說。『看您的樣子，就猜得出您是不會去天體海灘的。』

『確實不會。』特麗莎說。

總編輯笑著說：『一眼就看得出您是哪裡來的。共產國家的人都是清教徒，真是要命！』

女攝影師像母親般親切地說：『赤裸的身體。又怎麼樣呢！這很正常啊！所有正常的東西都是美麗的！』

特麗莎想起她裸身在公寓裡走來走去的母親。她還聽得到迴盪在她身邊的笑聲，那時，她跑去放下窗簾，免得讓人看見全身赤裸的母親。

25

女攝影師邀特麗莎去酒吧喝一杯咖啡。

『您的照片很有意思。我注意到您對女性的身體有一種狂熱的感受力。您知道我想的是哪些照片吧！就是那些動作很挑逗的年輕姑娘！』

『您是說在俄國坦克前面接吻的那一對對年輕人？』

『是啊。您可以成爲一個傑出的時尙攝影師。當然，您得先找一個模特兒。最好呢，是找一個像您一樣，剛出道的女孩子。然後呢，您可以把拍好的照片送給經紀公司看。當然，要出名的話，還得花上一點時間。不過在這期間，我可以幫您一點忙。我可以給您介紹一位專欄記者，他的專欄叫做「您的花園」。說不定他會需要一些照片。仙人掌啦，玫瑰花啦，這一類的東西。』

『非常感謝您。』看著坐在她對面的這個滿懷善意的女人，特麗莎誠懇地對她說。

可她又接著自問：爲什麼我要去拍仙人掌？想到要重新開始她在布拉格做過的事，她就感到某種厭惡：爲了一個位子，爲了一份事業，爲了每一張照片的發表去打拚。她從來不曾因爲虛榮而有過野心。她所希冀的一切，就是逃離母親的世界。是的，她突然看清楚了：她曾經非常熱情地投入攝影工作，但是她也可以用相同的熱情投入任何其他的活動，因爲攝影不過是一個『自我提升』並且留在托馬斯身邊的工具。

她說：『其實，我丈夫是醫生，他可以養活我。我不需要去拍照。』

女攝影師答道：『我不明白，您拍得這麼好了，怎麼還捨得放棄！』

是的，俄羅斯入侵之日的照片，是另一回事。那些照片，她不是爲托馬斯拍的。她是在激情的驅策之下拍的。不是因爲攝影的激情，而是仇恨的激情。這處境不會再出現了。而她在激情驅策之下拍攝的照片，也沒有任何人感興趣了，因爲這些照片都過時了。只有仙人掌永遠不會過時。可是仙人掌卻引不起她的興趣。

她說：『您的好意我很感激。可是我還是寧可待在家裡。我不需要工作。』

女攝影師說：『您待在家裡就滿足了嗎？』

特麗莎說：『比起拍仙人掌，我還是比較喜歡待在家裡。』

女攝影師說：『就算是拍仙人掌，這也是**您自己的**生活。如果您爲了您的丈夫而活，這可不是**您的**生活。』

突然間，特麗莎被惹火了：『我的生活，就是我的丈夫，不是仙人掌。』

女攝影師也有點生氣：『您的意思是您很幸福？』

特麗莎說（一直帶著火氣）：『當然，我很幸福！』

女攝影師說：『一個女人會這麼說，一定是非常……』她欲言又止。

特麗莎替她把話說完：『您想說：一定是非常狹隘。』

女攝影師緩了緩氣說：『不是，不是狹隘。是生錯了時代。』

特麗莎若有所思，她說：『您說得對。我丈夫就是這麼說我。』

26

可是托馬斯常常一整天都待在診所裡，而她則是獨自在家。幸好還有卡列寧陪她，幸好她可以跟牠一起去散步，消磨很長的時間！回到家裡，她會坐在德文或法文課本前面，可是心裡很沮喪，無法集中精神。經常，她會想起杜布切克從莫斯科回來之後，在廣播裡發表的演說。她完全想不起他說過的話，可是他結結巴巴的聲音還縈繞在她的耳際。她想著杜布切克：外國士兵在他自己的國家逮捕了他——他，一個主權國家的領導人——他們劫持他，把他監禁在烏克蘭山區某處，一連關了四天，他們要杜布切克知道，他們就要把他槍決了，他們在十二年前以同樣的方法對付了他的先驅，他們槍決了匈牙利的總理納吉。後來，他們把杜布切克送到莫斯科，命令他洗了澡，刮了鬍子，穿好衣服，打上領帶，然後告訴他，他不必去見行刑隊了，他們吩咐他，重新把自己當作國家的領導人，他們要他坐在圓桌旁，面對布里茲涅夫，他們強迫他進行協商。

他帶著羞辱回來，對一個遭受羞辱的民族說話。他被羞辱到無法言語。特麗莎永遠也忘不了那些句子中間出現了讓人無法忍受的停頓。他筋疲力竭了嗎？他病了嗎？他們給他打了什麼藥？抑或，他只是絕望了？就算杜布切克什麼也沒留下，他至少留下了這些漫長而令人無法忍受的沉默，其間，他無法呼吸，其間，他面對著緊貼在收音機前的整個民族，費力地要讓自己緩過氣。在他的沉默裡，裝載著所有傾瀉在這個國家的恐怖。

那是俄羅斯入侵的第七天，她在一家日報的編輯部裡聽了這段講話，這份報紙在這些日子，成了反抗運動的代言人。那一刻，所有待在編輯部聽杜布切克說話的人都恨他。他們怪他同意要妥協，他們因爲他所受的羞辱而感到羞辱，杜布切克的軟弱傷害了他們。

現在，特麗莎在蘇黎世回想這個時刻，她已經感受不到任何對於杜布切克的鄙視。『軟弱』這個詞聽起來也不再像是確定的判決。面對一個更強大的力量，人總是軟弱的，即便有杜布切克那種運動員的體格也一樣。這個當時在她看來讓人無法忍受、令人厭惡的軟弱，這個將她驅趕出國境的軟弱，現在卻突然吸引了她。她明白了，她屬於弱者，屬於弱者的陣營，屬於弱者的國度，而且正因爲他們是弱者——他們在句子和句子之間費力地要讓自己緩過氣——所以她更應該對他們忠誠。

她被這軟弱吸引，就像被暈眩吸引著。她被吸引，是因爲她也覺得自己軟弱。她又開始嫉妒，手也開始顫抖。托馬斯發現了，也做了習慣的動作：他握著她的雙手，用指頭壓著，想讓她平靜下來。她逃開了。

『你怎麼了？』

『我沒事。』

『你要我怎麼樣？』

『我要你變老。我要你比現在老十歲。老二十歲！』

她想要說的是：我要你變弱。我要你變得跟我一樣弱。

27

卡列寧從來就不覺得去瑞士會有什麼好事。卡列寧討厭變動。對一隻狗來說，時間不是沿著直線完成的，時間的流動並不是一個向前延伸的運動，不會越走越遠，也不會從一個事物到下一個事物。狗的時間做的是圓周運動，就像手錶上的指針所指示的時間一樣，因爲指針也不是往前奮進的，它們都在錶面上轉著圈，日復一日，沿著相同的軌跡。在布拉格的時候，只要他們買了一張新的扶手椅，或是給一盆花換了位置，卡列寧就會很生氣。牠的時間感被打亂了。手錶的指針也一樣，如果有人不斷去改變手錶上的數字，指針的時間感也會被打亂。

不過，沒多久牠就在蘇黎世的公寓裡重建了從前的那套儀式和時間表。早晨，跟在布拉格的時候一樣，牠會跳到他們的床上，爲他們揭開白天的序幕，接著，牠會跟特麗莎去逛早市買東西，然後牠會要求，跟在布拉格的時候一樣，去做每天例行的散步。

卡列寧是他們的生活時鐘。在絕望的時刻，特麗莎告訴自己要爲這隻狗支持下去，因爲這隻狗比她更弱，說不定比杜布切克和她被離棄的祖國更弱。

她和卡列寧散步回來，剛好電話響了。她拿起話筒問對方是誰。

電話那頭是一個女人的聲音，用德語問托馬斯在不在家。那女人的聲音有些不耐煩，特麗莎聽出她語氣裡的輕蔑。特麗莎告訴她托馬斯不在家，她不知道他何時會回來，那女人在電話那頭大笑起來，沒說再見就掛了線。

特麗莎知道自己不該把這事看得太嚴重。說不定是醫院裡的護士、病人、祕書或者隨便哪個人都有可能打來。但是，她的情緒被攪亂了，精神也無法集中。她知道自己失去了當初在布拉格的最後一絲力量，雖然是這麼微不足道的一件小事，但是她已經完全無法忍受了。

在外國生活就是在一片空無之中騰空行走，下頭沒有國家爲每一個人撐開的安全網。這個國家，是自己的國家，在那裡，每個人都有自己的家庭、自己的同事、自己的朋友，在那裡，每個人都可以用他從小就熟悉的語言跟人溝通，毫無困難。在布拉格，她倚賴托馬斯，這是肯定的，但只是心靈上的倚賴。在這裡，她一切都倚賴托馬斯。如果托馬斯丟下她，她會怎麼樣？她一輩子都得活在害怕失去他的恐懼裡嗎？

她告訴自己，他們的相遇從一開始就建築在一個錯誤之上。那天她夾在脅下的《安娜・卡列尼娜》，是一張假的身分證，她拿這個騙了托馬斯。雖然他們相愛，但他們卻互相爲對方創造了一個地獄。他們確實相愛，這也證明了錯並不是來自他們本身，也不是來自他們的行爲或他們不穩定的感情，而是來自他們無法調和的特性，因爲托馬斯強而特麗莎弱。她跟杜布切克一樣，在句子中間停頓了半分鐘，她跟她的祖國一樣，說話結結巴巴，費力地想要緩過氣，卻說不出話來。

然而，正是在強者弱到無法傷害弱者的時候，弱者要懂得如何堅強並且離去。

她對自己說了這麼一番話。然後，她把臉貼在卡列寧毛茸茸的頭上說：『卡列寧，你別怪我，我們得再搬一次家了。』

28

她縮在車廂的角落裡，頭上擱著她沉重的行李箱，卡列寧則窩在她的腳邊。她想起從前住在母親家的時候，和她一起在酒吧工作的廚師。他一逮到機會就往她屁股上拍一巴掌，而且不只一次當眾問她要不要跟他睡。奇怪的是，她什麼人不好想，卻想起他。對特麗莎來說，他是一切令人厭惡的事物的化身。可現在，她心裡卻只有一個念頭，就是找到他，然後對他說：『你總說要跟我睡。好啊！我來啦！』

她想要做些什麼事，讓自己不再回頭。她想要粗暴地讓過去七年的一切事物化作烏有。這是暈眩。一種暈頭轉向的感覺，一種無法遏止的想要跌落的欲望。

我可以說，暈眩，就是沉醉於自己的軟弱。一個人意識到自己的軟弱，不想反抗，還任由它去。陶醉在自己的軟弱之中，想要變得更加軟弱，想要在眾目睽睽之下當街暈厥，想要倒在地下，跌到比地下更低下之處。

她說服自己不再留在布拉格，也不再做攝影師的工作。她要回到小城，回到那個曾經因爲托馬斯的聲音而讓她脫離的地方。

但是她一回到布拉格，就爲了處理一些瑣事，不得不在那兒耗上一段時間。她離去的時間因此推遲了。

於是，五天之後，托馬斯突然出現在公寓裡。卡列寧撲到他臉上，這讓他們有好長一段時間可以不必說話。

他們面對面站在一片冰雪覆蓋的平原上，兩人都凍得直打哆嗦。

接著他們靠近對方，像一對還沒接過吻的戀人。

他問道：『一切都好嗎？』

『嗯。』

『你去報社了嗎？』

『我打過電話了。』

『然後呢？』

『沒什麼然後，我在等。』

『等什麼？』

她沒有回答。她不能告訴他，她等的是他。

29

回頭看看我們在前面已經知道的那個時刻吧。托馬斯覺得失望，他的胃在痛。他很晚才睡著。

不久之後，特麗莎醒了。（俄羅斯的飛機一直在布拉格上空轉來轉去，人們在這片噪音裡無法安眠。）她腦子裡出現的第一個念頭是這樣的：他是因爲她才回來的。因爲她，他的命運改變了。現在，不再是他對她有責任；從此以後，是她對他有責任。

她覺得這責任超過了她的能力。

她接著想起：昨天，他出現在公寓門口，片刻之後，布拉格的一間教堂響起了六點的鐘聲。他們第一次相遇的時候，她下班的時間是六點。她看見他在對面，坐在一張黃色的長椅上，她聽見教堂的排鐘齊鳴。

不，這不是迷信，而是美感，這美感突然讓她從不安之中解脫，讓她充滿一股新的欲望，想要繼續生活。再一次，偶然的機遇之鳥齊聚在她的肩頭。她眼裡含著淚水，聽到身邊的呼吸聲，感到無邊的幸福。

第三部

誤解的詞

1

日內瓦這個城，到處都是噴水池和人工湧泉。公園裡還看得到音樂台，那是過去銅管樂隊演出的地方。連大學都隱沒在樹木裡。弗蘭茨剛結束早上的課，從大樓裡走出來。霧一般的小水滴從旋轉噴嘴裡灑出來，落在草地上；弗蘭茨的心情很好。他從大學走出來，直接上他女友那兒。女友的住處跟這裡只隔了幾條街。

他經常在那裡逗留，但總是作爲親切的朋友，而絕非情人。如果他跟她在日內瓦的畫室做了愛，他就得在一天之內，從一個女人這兒到另一個女人那兒，從妻子到情婦，從情婦到妻子，而在日內瓦，丈夫和妻子依法國傳統是睡同一張床的，這麼一來，他就得在一個女人的床上待幾個小時，然後再到另一個女人的床上待幾個小時。在他看來，這麼做是對情人和妻子的羞辱，最後，也羞辱到自己。

他在幾個月前迷戀上這個女人，他對她的愛是如此珍貴，他因此費盡心力，要在生活裡爲她打造一個獨立的空間，一個外人無法企及的純潔領土。他經常受邀到外國的大學演講，如今，他熱情而急切地接受所有的邀請。由於這樣的機會還不夠多，他就補上了一些自己編造出來的學術會議和研討會，好讓他太太覺得合情合理。他女友的時間很自由，總是陪著他到處去。於是在很短的時間裡，他就帶她看過了好幾個歐洲城市和一個美國城市。

『再過十天，如果你不反對的話，我們可以去西西里島的巴勒摩。』他說。

『我寧可待在日內瓦。』她站在畫架前，端詳著一幅還沒完成的畫。

弗蘭茨試著用開玩笑的語氣說：『沒看過巴勒摩，怎麼活得下去呢？』

『我看過巴勒摩。』她說。

『什麼？』他問話的語氣近乎嫉妒。

『有個朋友從那裡寄了一張明信片給我。我用膠帶把它貼在廁所裡頭。你沒注意到嗎？』

接著她又說：『我說個詩人的故事給你聽，一個二十世紀初的詩人。他年紀很大，他的祕書總是攙著他去散步。一天，祕書對詩人說：「大師，請抬頭看哪！那是第一架飛過我們城市上空的飛機！」「我對它自有想像。」大師回應了他的祕書，沒有抬頭。好啦！你看，我也一樣，我對巴勒摩自有想像。那裡跟所有的城市一樣，都有相同的旅館和相同的汽車。在我的畫室裡，至少這些畫從來都是不同的。』

弗蘭茨憂鬱了起來。他對情愛生活與旅行之間的這種關係如此習以爲常，所以他在提議『我們去巴勒摩吧！』的時候，話裡頭其實放進了一則清清楚楚的情色訊息。對他而言，『我寧可待在日內瓦！』這樣的回答只有一個意思，那就是：他的女友不再需要他了。

如何解釋他對情婦缺乏信心的問題呢？他沒有任何理由好擔心哪！他們才認識沒多久，她就主動去接近他；他人長得好看，正處在學術事業的頂峰，他和專家論戰時的傲氣和執拗，連同事都畏懼三分。那麼，他爲什麼每天都一再重複，說他的女友會離開他？

我只能提出這樣的解釋：對他來說，愛情不是公眾生活的延伸，而是完全相反的一個極端。愛情，對他來說是想要把自己完全交付出去，任由別人擺佈的一種欲望。一個人如果把自己交托給別人，像自動出來投降的士兵那樣，那麼他得先放下他所有的武器。然而，看到自己毫無抵禦能力的時候，他卻又不由得問起自己，何時會遭受打擊？所以，我可以說，愛情對弗蘭茨而言，是持續不斷的等待打擊。

正當弗蘭茨陷入焦慮不安的時候，他的女友放下畫筆，走出了畫室。她回來的時候帶著一瓶葡萄酒。她靜靜地把酒打開，倒了兩杯。

他感覺從胸口釋下了一個重擔。『我寧可待在日內瓦』，這句話的意思並不是說她不想跟他做愛，而是恰恰相反，她受夠了，她不想再讓他們親密的時刻侷限在外國城市的短暫時日。

她拿起杯子一飲而盡。弗蘭茨也拿起杯子喝乾了他的酒。他顯然很滿足，因爲他發現拒絕去巴勒摩其實只是一個愛的邀約，但他隨即感到有點後悔：他的女友決定要破壞他給他們的關係設下的純潔規則；她不明白他如此焦慮不安地付出努力，就是爲了要讓愛情有別於庸俗的事物，讓愛情徹底遠離婚姻家庭。

克制自己不要跟情婦在日內瓦做愛，其實是他對自己的一種懲罰，懲罰自己娶了另一個女人爲妻。他把這處境當作一個過錯或瑕疵來承受。他跟妻子的情愛生活，實在不值得一提，可他們還是睡在同一張床上，夜裡，兩人都以嘶啞的氣息吵醒對方，也吸著彼此身體腐臭的氣味。他當然寧願獨眠，可是夫妻同床始終是婚姻的象徵，而這些象徵，我們也知道，是不可侵犯的。

每次上床躺在妻子旁邊，他就想到他的女友會想像他正要上床躺在妻子旁邊。每一次，這念頭都讓他感到羞愧；於是他希望把他與妻子共眠的床和他與情婦做愛的床隔得越遠越好。

她給自己倒了第二杯葡萄酒，喝了一口，接著不發一語，神情若無其事卻又有點怪異，彷佛弗蘭茨不在哪兒，緩緩地，她脫去了襯衫。她的動作像在做即興表演的戲劇課學生，像是要表現出四下無人，一個人獨處時的本色。

她穿著裙子和胸罩。接著（彷彿突然想起畫室裡還有別人），她把目光投向弗蘭茨，凝視良久。

這目光讓他感到不自在，因爲他不明白其中的含意。所有的情侶都會很快地在彼此之間建立起一些遊戲規則，他們不會意識到這些規則，但這些規則卻帶有律法的力量，不得違抗。她剛才投向他的目光卻不在這些規則之中；這目光和他們纏綿之前習慣性的眼神和手勢毫無共通之處。這目光之中既沒有挑釁也不是調情，頂多有某種詢問的意味。只是，弗蘭茨完全不知道，這目光要問他的是什麼？

她脫掉裙子，拉著他的手，帶他轉呀轉地轉向一面大鏡子。鏡子就靠在幾步之外的牆壁上。她沒鬆手，詢問的目光和剛才一樣，望著鏡子凝視良久，一會兒盯著自己，一會兒盯著弗蘭茨。

地上，在鏡子一旁，有個人頭狀的模型戴著一頂圓頂的禮帽。她俯身拿起帽子，放在自己頭上。霎時，鏡子裡的形象就變了：鏡中看到的是一個穿著內衣的女人，美麗，高不可攀，表情冷漠，頭上踞著一頂完全不搭調的圓頂禮帽。她的手牽著一位身穿灰色西裝、繫著領帶的男士。

再一次，他因爲自己無法理解情婦而感到驚訝。她脫掉衣服不是爲了要引誘他做愛，而是要跟他玩一場奇怪的惡作劇，一場親密的即興表演，只獻給他們兩人。他露出理解的、會心的微笑。

他以為她也會對他微笑，但他的等待卻落空了。她還是沒鬆手，她的目光在鏡子裡往返於兩人之間。

即興演出的時間超出了限度。弗蘭茨覺得這齣鬧劇（當然是很迷人的，他很願意這麼說）演得有點太長了。他用兩根指頭很輕巧地把圓頂禮帽從薩賓娜的頭上拿下來，放回那顆假頭上。那樣子彷彿把調皮的孩子塗在聖母瑪利亞畫像上的鬍鬚輕輕擦掉。

有好幾秒鐘她停在那兒不動，凝望著鏡子裡的自己。接著弗蘭茨溫柔地親吻了她。他再一次問她十天之後願不願意跟他一起去巴勒摩。這一次，她直截了當地答應了，然後，他離開了。

他的心情又變好了。日內瓦，他一生都在詛咒這城市是煩悶無比的大都會，現在看起來卻如此美麗並且充滿了冒險。他轉身，抬眼望著畫室的玻璃窗。那是暮春的最後幾個星期，天熱，每扇窗上都掛著條紋布簾。弗蘭茨走到一個公園，向遠方望去，東正教教堂一座座的圓頂飄浮著，像一顆顆金色的砲彈，在墜地之前被一股無形的力量托住了，凝在半空中。這景象很美。弗蘭茨往堤岸走去，搭了湖上的客輪到對岸，回到他在湖右岸的住處。

2

薩賓娜一個人待在那兒。再一次，她在鏡子前面傲然站著。她還是穿著內衣。她又戴上了圓頂禮帽，久久端詳著自己。她感到驚訝，這麼長的時間都過去了，那個失落的瞬間依然在後頭追趕著她。

托馬斯來她畫室，已經是好幾年前的事了，那時，托馬斯被圓頂禮帽迷惑住了。他戴上帽子，凝望著大鏡子裡頭的自己，而鏡子也靠在薩賓娜在布拉格的畫室牆上，跟在這裡一樣。他想要看看，如果他是前一個世紀某個小城的市長，那會是什麼模樣。接著，薩賓娜慢慢褪去衣服，他把帽子放在薩賓娜的頭上。他們站在鏡子前面（薩賓娜脫衣服的時候，他們一直就是這麼站著）盯著兩人在鏡中的模樣。她穿著內衣，戴著圓頂禮帽。然後她突然意識到，這畫面讓他們倆興奮了起來。

這怎麼可能？片刻之前，她戴在頭上的圓頂禮帽才讓他覺得是在開玩笑。從滑稽到讓人興奮，難道只有一步之遙？

是的。她照著鏡子，剛開始只看到一個滑稽的情境。但接下來，滑稽卻被興奮淹沒了：圓頂禮帽不再是個玩笑，它意謂著暴力，施加於薩賓娜，施加於薩賓娜的女性尊嚴。她看著自己，光裸著雙腿，薄薄的內褲之下隱約透露著私處。內衣凸顯著她的女性魅力，而硬氈的圓頂禮帽則否定、侵犯了她的女性特質，讓它變得可笑。托馬斯在她身旁，全身穿戴整齊，由此可見，他們所見的景象，本質上並不是玩笑（不然托馬斯也應該穿著內衣，戴著圓頂禮帽啊），而是羞辱。她沒有拒絕這個羞辱，反而是去炫耀它，神情挑釁而自豪，彷彿她心甘情願且公開地任人侵犯，最後，她終於壓抑不住，把托馬斯推倒在地上。圓頂禮帽滾到桌底去了；兩人的身體在鏡子旁邊，在地毯上纏綿。

讓我們再一次回到這個圓頂禮帽：

首先，這是一個被遺忘的祖父留下的痕跡，他在十九世紀曾經是波希米亞某個小城的市長。

其次，這是薩賓娜父親的遺物。葬禮之後，薩賓娜的哥哥將她父母親所有的財產據爲己有，而她則因爲自尊，堅持不肯去爭奪自己的權利。她用嘲諷的語氣說，她留下圓頂禮帽當作父親唯一的遺產。

第三，這是和托馬斯玩情色遊戲的道具。

第四，這象徵著她刻意培養的原創性。她移居國外的時候帶不走太多東西，而爲了帶上這個占地方又沒用的東西，她不得不放棄其他更有用的東西。

第五，在外國，圓頂禮帽成了一個感性的物品。她去蘇黎世看托馬斯的時候，帶了這頂帽子，她在旅館爲托馬斯打開房門的時候戴著它，結果造成了某些意想不到的效果：圓頂禮帽既不滑稽也沒讓人興奮，它成了過往時光的遺跡。他們倆都爲此而感動。他們像第一次做愛：沒有任何空間是留給淫猥遊戲的，因爲他們的重逢不是情色遊戲的延伸（在那些情色遊戲裡，他們每次都會想些新的變態把戲），而是一次對於時光的回顧，是一首關於他們共同過去的詩歌，他們感性地回顧著一段失落於遙遠過去的非感性故事。

圓頂禮帽成了薩賓娜生命樂譜的動機。這動機一再一再地回到她生命裡，每次都帶著不同的意義；這些意義透過圓頂禮帽而呈現，就像河水流過河床。我們可以說，這是古希臘哲學家赫拉克利特（Héraclite）的河床，他說過：『人不可能兩次踏進相同的河流！』圓頂禮帽就是一道河床，而薩賓娜每次都看見上頭流過一條不同的河流，一條不同的**語義的河流**：相同的東西每次都引來一個不同的意義，但這個意義與過去所有的意義反響共鳴（像是一個回聲，像是一整列回聲）。每一次新的經驗都會迴盪著更豐富的和聲。在蘇黎世，在旅館的房間裡，他們因爲看到圓頂禮帽而感動，兩人做愛時幾乎是噙著淚水，因爲這個黑色的東西不只是他們性愛遊戲的一個紀念品，也是薩賓娜父親和祖父留下的一個痕跡，他們生活的年代沒有汽車也沒有飛機。

現在我們或許比較能理解薩賓娜和弗蘭茨之間的鴻溝了：他熱切地聆聽她述說她的生命，她也以相同的熱切聆聽著他。他們確實理解彼此話語的邏輯意義，但卻聽不到語義的河流從這些話語之間穿流而過的竊竊私語。

這正是爲什麼薩賓娜在弗蘭茨面前戴上圓頂禮帽的時候，他會覺得不自在，彷彿有人用一種陌生的語言在跟他說話。他覺得這動作既不淫猥也不感性，只是一個無從理解的動作，讓他因爲意義的缺席而困惑。

人們還年輕的時候，生命的樂譜才在前面幾個小節，還可以一起譜寫這份樂譜，一起改變其中的動機（就像托馬斯和薩賓娜交換了圓頂禮帽的動機），可是，如果人們在年紀大一點的時候才相遇，他們的生命樂譜多少都已經完成了，每個字、每個物品，在每個人的樂譜上都意謂著不同的東西。

如果我循著薩賓娜和弗蘭茨所有的思維理路重走一次，他們彼此無法理解的事物可以編成一本厚厚的詞典。不過算了，還是編個小詞典就好了。

3

誤解小詞典（第一部分）

女人

對薩賓娜來說，做女人，是她不曾選擇的一個境況。一件事如果不是選擇所造成的結果，我們就不能當它是功績，也不能當它是失敗。面對強加在我們身上的狀態，薩賓娜心想，一定得找到一種正確的態度來面對它。在她看來，抗拒生爲女人這件事是荒謬的，以生爲女人爲榮也是荒謬的。

在他們剛認識不久的一次約會中，弗蘭茨用一種獨特的語調告訴她：『薩賓娜，您是一個**女人**。』她不明白爲什麼他要用這麼莊嚴的語氣向她宣布這則新聞，像是哥倫布剛剛看到了新大陸的海岸。後來她才明白，他用特別強調的語氣說出來的『女人』這個詞，對他而言並非指稱人類的兩種性別當中的一種，而是代表一種**價值**。並不是所有女人都有資格被稱爲女人。

可是，如果薩賓娜對弗蘭茨而言是**女人**，那麼他眞正的妻子瑪麗—克洛德又是什麼？二十年前（那時候他們才認識幾個月），她威脅說，如果他拋棄她，她就要自殺。這威脅迷惑了弗蘭茨。他其實沒那麼喜歡瑪麗—克洛德，可是他覺得她的愛崇高壯麗。他覺得自己配不上這麼偉大的愛，他相信自己應該對她卑躬屈膝。

於是他卑躬屈膝直至匍匐在地，並且娶她爲妻。而儘管她從此不曾再像當初威脅要自殺的時候那樣，對他展現同樣強烈的情感，可是這道內在的命令卻根深柢固地留在他心底：永遠不可以傷害瑪麗—克洛德，並且要尊敬存在她身上的女人。

這句話很奇怪。他說的不是：要尊敬瑪麗—克洛德，而是：要尊敬存在瑪麗—克洛德身上的女人。

只是啊，既然瑪麗—克洛德本身就是女人，這個藏在她身上，該讓弗蘭茨尊敬的另一個女人又是誰？該不會是柏拉圖式的女人原型吧？

不。這隱藏的女人是他母親。他絕不會想到要說，之所以尊敬母親是因爲存在母親身上的女人。他崇拜母親，並不是爲了什麼存在母親身上的女人。柏拉圖式的女人原型和他的母親根本是唯一也是同一的東西。

他差不多十二歲的時候，有一天，母親變成孤孤單單的一個人，因爲弗蘭茨的父親突然離開了她。弗蘭茨猜想應該是出了什麼大事，可是母親怕他心靈受創，於是用平淡和緩的話語遮掩了這齣悲劇。那天，他們一起走出公寓要到城裡去轉一轉，弗蘭茨瞥見母親穿的鞋子不成對。他心裡亂了，想提醒母親卻又怕傷害到她。他跟母親在街上走了兩個小時，眼睛始終離不開母親的那雙腳。就是在那時候，他開始明白受苦是怎麼回事。

他從小就愛她，一直愛到送她走進墓地，他依然在回憶裡愛著她。這正是他在心底將忠誠列爲一切美德之首的緣由；忠誠把統一性賦予我們的生命，如果沒有忠誠，生命將散落成千萬片轉瞬即逝的印象。

弗蘭茨經常對薩賓娜談起他的母親，他這麼做或許正是在無意識裡算計著：薩賓娜會被他忠誠的素質誘惑，這麼做會讓薩賓娜對他產生好感。

只是啊，會讓薩賓娜感到誘惑的是背叛，不是忠誠。忠誠這個字眼讓她想起她那土裡土氣的清教徒父親，他總在星期天畫著森林上頭的落日和花瓶裡的玫瑰自娛。因爲父親的緣故，她很小就開始畫畫了。十四歲的時候，她愛上一個年齡相仿的男孩子。父親嚇壞了，一整年都不准她單獨外出。有一天，父親拿了幾幅複製的畢卡索作品給她看，父親一邊看一邊大笑。既然薩賓娜不能去愛一個和自己年齡相仿的男孩子，至少可以去愛立體派吧。高中畢業後，她去了布拉格，心底爲了自己終於可以背叛家裡而激盪不已。

背叛。從我們小時候開始，爸爸和學校的老師就反覆告訴我們，這是人想得出來最可惡的東西。可背叛究竟是什麼？背叛，就是走出行伍。背叛，就是走出行伍並且走向未知。薩賓娜不知道還有什麼可以比走向未知更美。

她在美術學院註了冊，但是她不能畫畢卡索那種畫。她必須乖乖地實踐所謂的社會寫實主義，而且美術學院的學生畫的都是共產國家的元首肖像。她背叛父親的渴望終究不能得償，因爲共產主義不過就是另一個父親，一樣嚴厲，一樣古板，一樣禁止愛情（那年頭是清教徒的年代），一樣禁止畢卡索。她嫁給布拉格一個平庸的演員，只爲了他行事怪誕的聲名讓兩位父親都無法接受。

後來她的母親過世了。第二天，參加完葬禮回到布拉格，她收到一封電報，上頭說她父親因爲悲傷而自殺了。

她自責不已：父親畫畫花瓶裡的玫瑰，父親不喜歡畢卡索，難道就這麼要不得嗎？他擔心自己的女兒十四歲就大著肚子回來難道也有錯嗎？他失去妻子就活不下去難道是一件可笑的事嗎？

再一次，背叛的渴望煎熬著她：她想要背叛自己的背叛。她告訴她丈夫（在他身上，她再也看不到那個行事怪誕的男人了，看到的頂多是個令人厭惡的醉漢），她要離開他。

問題是，如果當初我們爲了B而背叛A，就算現在我們背叛了B，也不表示我們可以跟A重修舊好。這位離了婚的畫家，她的生命跟她父母親被背叛的生命並無相似之處。第一次的背叛是無從彌補的。第一次的背叛在連鎖反應之下，引發了其他的背叛，而每一次的背叛都讓我們距離背叛的起點越來越遠。

音樂

對弗蘭茨來說，藝術最接近酒神狄奧尼索斯的美，這種美被理解爲沉醉。或許我們很難讓自己陶醉在一本小說或是一幅畫裡，但我們會沉醉在貝多芬的《第九號交響曲》，沉醉在巴爾托克的《爲雙鋼琴和打擊樂器而作的奏鳴曲》，沉醉在披頭四的歌曲裡。弗蘭茨不去區分偉大的音樂或輕浮的音樂。他認爲這樣的區分既虛僞又老套。他對搖滾樂和莫札特的喜愛沒有分別。

對他來說，音樂是一種解放的力量：音樂把他從孤獨封閉和圖書館的塵埃之中解放出來，音樂在他身體上開了幾扇門，讓靈魂可以出去跟人親近。弗蘭茨喜歡跳舞，他因爲薩賓娜在這方面跟他沒有同樣的熱情而有些失望。

他們一起在餐廳吃晚飯，喇叭裡傳出一段嘈雜的音樂，強烈的節奏伴著他們用餐。

薩賓娜說：『這眞是惡性循環。音樂越放越大聲，弄得人都要聾了。而人們越聾，就只能把音量開得更大。』

『你不喜歡音樂嗎？』弗蘭茨問她。

『不喜歡，』薩賓娜說。接著她又補了一句：『如果我生在別的時代，或許……』她心裡想的是巴哈的時代，那時候，音樂就像一朵玫瑰，綻放在無垠的寂靜雪地上。

這戴著音樂假面的噪音從她很年輕的時候就緊緊跟隨著她。在美術學院念書的時候，整個寒暑假她都得待在當年所謂的『青年工地』。年輕人的住處安排在一些集體生活的木棚裡，工作是去建設煉鋼廠的高爐。從早上五點到晚上九點，喇叭不停地嗶嗶啪啪，播放著高聲嘷叫的音樂。她很想哭，可那音樂是歡樂的，而且根本也無處可逃，躲到廁所或躲進被窩都沒有用，到處都有喇叭。音樂就像一群野狗，不斷地向她撲來。

那時候，她還以爲只有在共產黨的世界裡，才會讓野蠻的音樂統治天下。到了外國，她才發現音樂變成噪音是全世界的共同進程，人類因此被推進了一個全面醜陋的歷史階段。醜陋的全面性首先展現在聽覺方面無所不在的醜陋：汽車、摩托車、電吉他、電鑽、喇叭、警笛。視覺方面無所不在的醜陋也不甘落後，立刻跟進。

他們吃完晚餐，上樓回到房間，做了愛。在即將入睡之際，弗蘭茨腦子裡的想法開始混亂了。他想起餐廳裡嘈雜的音樂，他心想：『噪音有個好處。有噪音的時候，我們就聽不到那些話語了。』從青年時代開始，他什麼事也沒做，就是一直在說話、寫作、講課、編句子、找說法，然後修改，到頭來沒有一句話是精確的，這些字句的意義都模糊了，內容都失落了，只剩下一些碎屑、殘渣、塵埃、砂石，飄盪在他的腦海裡，害他頭痛。這些東西成了他的失眠，成了他的病痛。這時，他心底浮現一股莫名的、無法抵擋的欲望，他想要一段無邊無際的音樂，一些絕對的噪音，一些美好而歡樂的吵鬧聲，可以將一切都覆蓋、淹沒、窒息，讓話語帶來的痛苦、虛浮和空洞都沉沒下去。音樂就是對語句的否定，音樂就是反話語！他很想和薩賓娜久久地擁抱在一起，默默不語，不再說話，讓肉體的歡愉匯流在音樂的狂歡喧囂之中。在這幸福滿滿的喧鬧想像裡，他沉沉睡去。

光明與黑暗

對薩賓娜來說，活著意謂看著。視覺受限於某種雙重邊界：令人目盲的強光以及全然的黑暗。她對一切極端主義的厭惡，或許正是因爲這個緣故。極端的事物標誌著邊界，一旦越過這邊界，生命就會終結。而極端主義的激情，無論是藝術還是政治的，都是經過僞裝的死亡欲念。

對弗蘭茨來說，『光明』這個詞所帶來的意象並不是一幅光線柔和的風景畫，而是光源本身，像是太陽、燈泡、探照燈。他想起一些熟悉的隱喻：眞理的太陽，理性耀眼的光芒，等等。

光明吸引著他，黑暗也吸引著他。他知道，在我們這個時代關燈做愛是一件可笑的事，所以他在床的上頭留了一盞小燈。但在進入薩賓娜的那一瞬間，他還是閉上了眼睛。這襲上他全身的快感企求著黑暗。這黑暗是純粹的，全面的，無影，無形；這黑暗沒有止境，沒有邊界；這黑暗就是無限，就帶在我們每個人的身上（是的，如果有人要尋覓無限，其實只需要閉上眼睛！）。

弗蘭茨覺得快感在體內漫流的那一刻，他把自己伸展開來，把自己融解在他黑暗的無限之中。可是男人內在的黑暗脹得越大，他的外表就會縮得越小。一個閉上眼睛的男人，不過是被自己拋棄的殘餘。這景象看起來實在不舒服，薩賓娜不想看，於是也閉上了眼睛。可這黑暗對她來說並不意謂著無限，而僅僅是對她所見事物的不苟同，是對被觀看者的否定，是拒絕去看。

4

薩賓娜讓人說動，去參加了一場海外同鄉的聚會。眾人談論的主題又再次落在當初是不是應該拿起武器去跟俄國人戰鬥。顯然，在這裡，在移居海外的安全庇護下，所有人都宣稱應該要戰鬥。薩賓娜說：『好啊！那你們回去，回去戰鬥啊！』

這種話實在不應該說。一位髮色灰白還燙了鬈髮的先生用長長的食指指著她說：『您也別這麼說吧。過去的事，你們所有人都有一份責任。您也一樣。您在國內做了什麼？您反對過共黨政權了？您不過就是畫畫罷了……』

在共產國家裡，對於公民的監控和檢查是最根本而且持續在進行的社會活動。一個畫家要獲准展出，一個公民要取得簽證到海邊去度假，一個足球選手要加入國家代表隊，他們首先得要把各式各樣的相關報告和證書通通備齊（這些文件來自他家的門房、他的同事，來自警方、黨的地方支部、公營事業裡的政治委員會），接下來，被特別指派來做審核工作的官員們會把這些證明文件加總起來，掂一掂分量，整理一些重點。這些證明文件上頭說的，和一個公民在繪畫或射門方面的天賦完全無關，也跟他能不能去海邊度假的健康狀況無涉。重要的只有一件事，就是所謂『公民的政治面貌』（這位公民說些什麼、想些什麼、做些什麼？他有沒有常來開會？有沒有去參加五一勞動節的遊行？）。一個人不論做什麼（日常生活、工作升遷、出去度假），都得先看他得到什麼樣的評價，於是每個人的行為舉止都不得不（為了能在國家代表隊裡踢球，為了開一個畫展，或是到海邊去度假）依循某些方式，好讓自己得到有利的評價。

薩賓娜聽著灰髮先生說話的時候，心裡想到的就是這個。這位先生不太在乎他的同胞們足球踢得好不好，畫畫有沒有天賦（從來沒有一個捷克人在乎她畫的是什麼）；他唯一有興趣知道的是這些人是否曾經積極或消極地反對過共黨政權，是從一開始就反對還是到後來才表態，是眞心反對還是做做樣子。

作爲一個畫家，她善於觀察人的臉孔，從以前在布拉格的時候，她已經知道那些熱中於監視、評價別人的傢伙有著什麼樣的相貌。這些人都有一隻比中指稍長的食指，他們跟人說話的時候都喜歡用食指指著對方。曾經在波希米亞連續執政十四年直到一九六八年才下台的總統諾沃提尼（Novotný），他也有一模一樣燙鬈的灰髮，還有一隻長長的食指，足以傲視全中歐的居民。

年高德劭的移民聽到這位畫家——他從來沒看過她的畫作——竟然說他長得像共產黨的總統諾沃提尼，他的臉漲得通紅，然後變白，然後又漲得通紅，接著又變白，想說些什麼，卻什麼也沒說，陷入了沉默。所有人都跟他一起靜默了，薩賓娜後來只好起身離去。

這事讓她很難受，但她才走到屋外的行道上就對自己說：其實，她何必跟捷克人來往呢？她跟這些人的共同之處在哪裡？擁有共同的故國景致嗎？若是問波希米亞讓他們想到什麼，在他們眼前浮現的景象可能是南轅北轍，毫無一致之處。

或者說擁有共同的文化？可文化是什麼？共同的音樂嗎？德弗札克⑥和雅那切克⑦嗎？是

⑥安東寧・德弗札克（Antonin Dvorak，1841～1904）：捷克國民樂派作曲家。
⑦李奥・雅那切克（Leos Janacek，1854～1928）：捷克國民樂派作曲家。

的。可如果這個捷克人不喜歡音樂呢？就這麼一下，捷克人的身分認同消逝如風。

還是說擁有共同的偉人呢？約翰．胡斯⑧嗎？這些人可從來沒讀過胡斯那些書的任何一行。他們唯一可以毫無疑義、一致理解的就是那些火焰——將胡斯視為異端而焚燒的火焰所綻放的榮光，胡斯化成的灰燼所綻放的榮光。所以呢，薩賓娜心想，對這些人來說，捷克靈魂的本質不過就是灰燼，沒有別的了。這些人的共同之處，只有挫敗和相互責怪。

她走得很快。眞正讓她心情騷動的，倒不是她跟那些捷克移民處不來，而是她自己心裡的想法。她知道這些想法並不公平。捷克人裡頭還是有一些不同於這種食指過長的人哪。她說完話之後出現了令人難堪的沉默，要說這意謂著所有人都不贊同她說的話，是毫無道理的。他們頂多是不知所措，因為她突如其來的忿恨，因為她不能理解大家在移民生涯裡遭受的痛苦。既然如此，她為什麼不能慈悲一點？為什麼不能在他們身上看到讓人可憐的那一面，看到他們被遺棄的那一面呢？

答案我們已經知道了：她背叛了父親之後，生命開展在她面前，宛如一條漫長的背叛之路，每一次新的背叛都吸引著她，像一樁壞事也像一場勝利。她不想也不會待在行伍裡！她不會一直待在行伍裡，跟同樣的人在一起，說著同樣的話！這正是為什麼她會為了自己不公平的想法而激動莫名。這種過於激動的感覺不會讓人不舒服，相反的，薩賓娜反而覺得自己剛剛贏得了一場勝利，而且有個看不見的人在那兒為她鼓掌。

可是沒多久沉醉就讓位給了焦慮：總有一天這條路會走到盡頭！總有一天她得要跟所有的背叛做個了結！總有一天她得要自己停下腳步，永遠停止！

那天晚上，她快步走在車站的月台上。往阿姆斯特丹的火車已經進站了。她找著她的車廂，一位和藹可親的查票員領她走到包廂，她把門打開，看見弗蘭茨坐在臥舖上，毛毯已經掀開。他起身迎接她，她伸出雙手擁抱他，吻了他好幾下。

她有一股強烈的渴望，想要跟世上最庸俗的女人一樣，對他說出：不要放開我，把我留在你身邊，征服我吧，猛烈一點！可是這些話她不能說，也不知道該怎麼說。

弗蘭茨鬆開緊抱的雙手，薩賓娜只說了這麼一句：『可以跟你在一起，好開心！』她生性謹慎，要再多說些別的，她也說不出口。

⑧約翰·胡斯（Jean Hus，1369～1415）：捷克宗教家，路德教派的先驅。認爲教會占有大量土地是一切罪惡的根源，主張改革教會，否認教皇擁有最高權力，後以異端罪名遭火刑處死。

5

誤解小詞典（續篇）

遊行隊伍

在義大利或法國，要解決問題很簡單。父母親強迫你上教堂的話，你就入個黨來報復他們（共產黨、托洛斯基派、毛派，等等）。只是呢，薩賓娜的父親先是送她上教堂，後來又因爲害怕，強迫她去參加共青團。

她走在五一勞動節的遊行隊伍裡，老是跟不上行進的節拍，結果走在後面的那個女孩一直罵她，還故意踩了她幾下鞋跟。該唱歌的時候，她也從來不知道歌詞，只是咿呀著一張無聲的嘴巴。同伴們發現之後，跑去揭發她。打從青年時代開始，所有遊行的隊伍都讓她感到恐懼。

弗蘭茨是在巴黎讀的大學，由於他天資過人，從二十歲開始，擺在他眼前的是保證功成名就的學術生涯，他知道自己一輩子都要在大學的辦公室、圖書館還有兩三間圓形大講堂的牆壁之間度過；想到這裡他就覺得快要窒息。他想要走出自己的生命，就像我們從自己的家裡走出去，走到街上去。

既然他還住在巴黎，他樂得去參加一些示威遊行。這讓他覺得挺舒坦的，他可以去慶祝個什麼，訴求個什麼，抗議個什麼，不必一個人孤孤單單的，他可以到外面去，還可以跟別人在一起。聖日耳曼大道上的遊行隊伍，或是從共和廣場蔓延到巴士底廣場的遊行隊伍，洶湧的人潮讓他著迷。行進的人群鏗鏘有力地高呼著口號，對他來說，這就是歐洲的形象，這就是歐洲的歷史。歐洲，就是一場偉大的進軍。從一次革命走向另一次革命，從一次戰鬥走向另一次戰鬥，這場進軍永遠向前行。

我也可以換一種說法：弗蘭茨覺得他被書本包圍的生命並不眞實。他期盼著眞實的生命，他期盼能和其他男人或女人們接觸，和他們一起並肩行進，他期盼著他們的喧嘩。他沒有意識到，他認爲不眞實的東西（被圖書館隔離起來的工作）正是他眞實的生命，而他視爲眞實的遊行隊伍，卻只是一場演出，一場舞蹈，一場慶典，換句話說：是一場夢。

薩賓娜讀大學的時候，住在學生宿舍裡。五一勞動節，所有人一大早就得去遊行隊伍的集合地點報到。爲免有漏網之魚，學生幹部們逐一檢查，確定每一棟樓都是空的。她總是躲在廁所裡，直到人去樓空許久之後才回到房裡。宿舍裡一片寂靜，這是她記憶裡不曾有過的情景。遊行的樂聲從非常遙遠的地方傳來，像是躲在一枚大海螺裡頭，聽著遠方的敵對世界傳來破浪拍岸的聲音。

離開波希米亞一兩年後，在俄羅斯入侵的周年紀念那天，她剛好人在巴黎。這事純屬偶然。那天有一場抗議遊行，她忍不住去參加了。法國青年們舉起拳頭，齊聲高呼反對蘇維埃帝國主義的口號。她喜歡這些整齊劃一的口號，可她卻驚訝地發現自己無法同別人一起齊聲高喊。她在遊行隊伍裡待了幾分鐘就待不下去了。

她把這事告訴一些法國朋友。他們聽了很訝異：『你的意思是你的國家被人占領了，可你卻不想反抗？』她想跟他們說，共產主義、法西斯主義，所有的占領和所有的入侵，都掩蓋著一種更根本也更普遍的惡；這種惡的形象，就是人們振臂齊呼相同字句的遊行隊伍。可是她知道她沒辦法跟他們解釋清楚。她覺得尷尬，覺得不如換個話題。

紐約的美

他們在紐約走了好幾個小時；每走一步街景就變個樣，彷彿走在一條蜿蜒的小徑，一旁都是迷人的山景：一個年輕人跪在人行道中央乞討；走過他身邊幾步，一個美麗的黑女人靠在樹上打盹；一個西裝革履的男人正在過馬路，指手劃腳彷彿在指揮一團隱形的交響樂隊；人工湧泉的水細細地淌入水盤裡，四周坐著幾個建築工人在吃他們的午餐。幾道鐵梯攀爬在一些紅磚房的牆面上，這些房子醜到極點反而變成另一種美；就在一旁，矗立著一棟巨大的玻璃帷幕摩天大樓，後頭又是另一棟摩天大樓，屋頂是阿拉伯式的小宮殿，有尖塔、迴廊還有金色的圓柱。

她想起她的畫：畫裡也看得到一些毫不相關的事物在其中並列：先是煉鋼廠正在興建的高爐，畫的深處卻透出一盞煤油燈；或者還有一幅是這樣的：一盞老舊的檯燈，彩繪玻璃的燈罩裂成小小的碎片，飛散在荒涼的沼澤景致之上。

弗蘭茨說：『在歐洲，美總是帶有一種刻意的特質。總是有個美學意圖，有個長期的計畫；依據這計畫來建造一座哥德式的大教堂或一座文藝復興式的城市得花好幾世紀的工夫。紐約的美則來自另一種源頭，那是一種非刻意的美，不是誕生於人的預先構想，而是像鐘乳石洞那樣的美。一些原本很醜陋的形式，沒有任何計畫，碰巧湊在一個幾乎不可能的鄰近地帶，就這樣突然綻放出魔法般的詩意。』

薩賓娜說：『非刻意的美。當然了。也可以說是：錯誤的美。在美從世界上完全消失之前，它還會存在片刻，但它是因爲錯誤而存在。這種錯誤的美，是美的歷史的最後一個階段。』她想到自己第一幅眞正成功的畫；紅色的顏料因爲錯誤而流到畫布上。是的，她那些畫都建構在錯誤的美之上，而紐約正是她那些繪畫祕密而眞實的祖國。

弗蘭茨說：『或許比起過於嚴峻、過於雕琢、誕生於人的籌劃的那種美，紐約非刻意的美更加豐富，也有更多的變化。可是這已經不是歐洲的美了。這是個陌生的世界。』

怎麼？他們倆總算還有點什麼事是看法一致的麼？

不。他們在這裡還是有分歧。紐約之美的陌生強烈地吸引著薩賓娜。這種陌生雖然讓弗蘭茨著迷，可是同時也讓他害怕；這陌生讓他泛起對歐洲的思慕之情。

薩賓娜的祖國

薩賓娜可以理解弗蘭茨對美國有所保留的態度。弗蘭茨是歐洲的化身：他的母親來自維也納，他的父親是法國人，而他呢，他是瑞士人。

弗蘭茨仰慕薩賓娜的祖國。當薩賓娜跟他談起祖國和她在波希米亞的朋友，當他聽到『監獄』、『迫害』、『街道上的坦克』、『流亡』、『傳單』、『被查禁的文學作品』、『被禁止的展出』這些詞，他就會感到一股刻印著鄉愁的奇思異想。

他向薩賓娜坦承：『有一次，有個哲學家在文章裡說我所講的一切都只是抽象的思辨，都是完全未經論證的，他還把我歸類爲「似是而非的蘇格拉底」。我覺得這眞是奇恥大辱，於是很生氣地寫了文章反駁。你想想看，這種微不足道的小插曲，竟然是我這輩子經歷過最嚴重的衝突！我的人生在這件事上頭，已經登上了潛在的戲劇性高峰！我們倆生活在不同尺度的世界裡，你走進我的生活，就像是格列佛走進了小人國。』

薩賓娜不同意。她說這些衝突、戲劇或是悲劇沒有任何意義，沒有任何價值，不值得尊敬也不值得仰慕。她說弗蘭茨最讓大家羨慕的，是他可以安心完成的那份工作。

弗蘭茨搖搖頭：『在一個富裕的社會裡，人們不需要用雙手工作，他們可以投身於心智的活動。大學越來越多，學生也越來越多。爲了讓他們拿到文憑，就得要有一些畢業論文的題目。題目的數量是無窮無盡的，因爲什麼都可以拿來寫論文。一疊疊染黑的紙張堆積在檔案室，那裡比墓園更淒涼，連萬聖節的時候都沒有人會過來探望。文化消失在大量的論文生產裡，消失在排山倒海的字句裡，消失在對於數量的痴狂裡。相信我，你從前那個國家隨便哪一本禁書，它的意義都比我們這些大學吐出來的億萬字更重要無數倍。』

在這層意義下，我們可以理解爲什麼弗蘭茨會對所有的革命都有偏愛。從前，他同情古巴，接著同情中國，後來，因爲這些政權的殘酷而心灰意冷，最後他憂鬱地接受了事實，他只剩下這片文字海洋，沒有重量，而且也不是生命。他在日內瓦成了大學教授（那裡沒有示威遊行），他以犧牲忘我的精神（在沒有女人、沒有遊行隊伍的孤寂裡），他出版了好幾部學術著作，引起相當程度的迴響。後來，有一天，薩賓娜像顯靈一樣出現了；她來自一個革命幻象早已枯竭的國家，但是那裡保存著他對革命最嚮往的一切：生命以冒險、勇氣，以及死亡威脅的偉大尺度在那裡搬演。薩賓娜讓他對人類命運的偉大恢復了信心。她的身影之後隱隱浮現著祖國的苦痛悲劇，這讓她顯得更加美麗。

可是啊！薩賓娜不喜歡這齣悲劇。『監獄』、『迫害』、『禁書』、『占領』、『裝甲車』這些詞對她來說，都是沒有絲毫浪漫氣息的醜陋字眼。唯一在她耳邊輕響如鄉愁的詞，只有『墓園』。

墓園

波希米亞的墓園很像花園，墳墓上覆著草皮和各色鮮豔的花朵，素樸的紀念碑則藏在翠綠的葉簇裡。到了晚上，墓園裡到處都點著小蠟燭，幾乎讓人以爲是死者在開一場孩子的同樂會。是的，這是孩子的同樂會，因爲死者的純眞有如孩童。不論生命如何殘酷，墓園裡總是一片寧靜。即便在戰時，在希特勒的時代，在史達林的時代，在所有占領的時期都一樣。她悲傷的時候就駕車遠離布拉格，找一個她喜歡的墓園去散步。鄉間墓園襯著遠處丘陵的淡藍天景，那美麗宛如一首搖籃曲。

對弗蘭茨來說，墓園不過就是個骯髒的垃圾場，裡頭都是骨骸和碎石。

6

『別想再叫我坐車了！我太怕出車禍了！就算沒把自己給弄死，心裡也會一輩子都有陰影！』雕刻家無意識地抓住自己的食指，他在鋸木頭的時候幾乎把這根指頭給截斷。醫生們神乎其技地把它接了回來。

『才不是呢！』瑪麗—克洛德的聲音響亮，一副很健朗的樣子。『我出過一次車禍，那簡直棒透了！我可從來沒待過比醫院更棒的地方！我沒辦法閉上眼睛，就是一直看書一直看書，白天也看，夜裡也看。』

所有人都驚訝地望著她，眾人的反應顯然讓她很開心。弗蘭茨的厭惡之中（他記得他太太在這次車禍之後極爲消沉，整天抱怨個不停）摻雜著某種欽佩（瑪麗—克洛德就是有辦法把她經歷過的一切事情改頭換面，這種天賦證明她有一股可敬的生命力）。

她接著說：『就是因爲待在醫院，我才開始把書分作兩類：白天看的和夜裡看的。眞的耶，有些書是白天看的，有些書只能在夜裡看。』

所有人都發出驚奇的讚嘆，只有雕刻家還抓著手指，皺著一張臉回想他的痛苦經歷。

瑪麗—克洛德轉身對他說：『你會把斯湯達爾歸到哪一類？』

雕刻家沒在聽她說話，不好意思地聳了聳肩。他身旁的一位藝評家表示，依他的淺見，斯湯達爾適合白天讀。

瑪麗—克洛德搖搖頭，用她響亮的嗓音宣布答案：『才不是呢！不對，不對，完全不對，你完全沒搞懂！斯湯達爾是一位夜晚的作家！』

弗蘭茨遠遠聽著這場關於夜間藝術與白晝藝術的論辯，心裡想的淨是薩賓娜何時會走進來。他們倆想了好幾天，爲的是薩賓娜該不該接受瑪麗─克洛德的邀請，來參加她爲所有曾經在她畫廊辦過展覽的畫家和雕刻家所舉辦的這個酒會。自從薩賓娜認識弗蘭茨之後，她就躲著他太太。但是爲了怕露出馬腳，她最後還是決定來參加，這樣比較自然也比較不會惹人懷疑。

弗蘭茨偷偷往入口的方向看了幾眼，發現大廳的另外一頭，傳來他十八歲的女兒瑪麗─安高談闊論滔滔不絕的聲音。他丟下他太太擔任主祭的這一群，跑去他女兒當王的那一圈。只有一個人坐在扶手椅上，其他的人都站著，瑪麗─安則是坐在地上。弗蘭茨很肯定，在大廳另一頭的瑪麗─克洛德過沒多久也會坐到地毯上。這年頭，在客人面前坐在地上是一種姿態，代表我們很自然、很放鬆、很進步、很懂交際，而且很巴黎。瑪麗─克洛德在每個地方都這麼熱愛席地而坐，害得弗蘭茨常常擔心哪天會看到她去商店買菸也坐到地上。

『艾倫，您最近在做什麼啊？』瑪麗─安坐在地上，問了站在她身旁的那個男人。

艾倫天眞又老實，他想誠懇地回答畫廊老闆的女兒，於是開始跟她解釋他融合了攝影與油畫的新畫法。才說了兩三句，瑪麗─安就發出了噓聲。畫家很專心，還在那兒悠悠地說著，也沒聽見噓聲。

弗蘭茨低聲說：『你可不可以告訴我，你幹嘛發出噓聲？』

『因爲我討厭人家談政治。』他的女兒高聲回答。

確實，這群人裡頭有兩個男人站在那裡談論即將來臨的法國選舉。瑪麗─安覺得自己有義務主導話題，於是問了那兩個男人下星期會不會去大劇院，有個義大利歌劇團要在那裡演出羅西尼（Rossini）的一齣歌劇。艾倫，也就是那位畫家，他依然不懈地找著越來越精確的語句，想解釋他的新畫法，而弗蘭茨則為自己的女兒感到難為情。為了讓她閉嘴，弗蘭茨說歌劇無聊得要命。

瑪麗—安說：『你根本就不懂，』她坐在地上，伸手想拍她父親的肚子。『男主角多帥啊！簡直帥斃了！我才看過他兩次，後來就迷他迷得要死！』

弗蘭茨發現她跟她母親實在太像了。為什麼她像的不是父親呢？這種事誰也沒辦法，她就是不像他。他已經聽過瑪麗—克洛德說過幾千次，說她愛上這個畫家，愛上那個畫家，愛上某個歌唱家、作家、政治人物，甚至有一次還說她愛上了某個自由車選手。這顯然只是茶餘飯後助興的說法，可是他有時會想起二十年前她也對他說過一模一樣的話，還威脅說要自殺。

就在此時，薩賓娜進來了。瑪麗—克洛德看見她，於是迎了上去。她的女兒還繼續說著羅西尼，可是弗蘭茨的耳朵只想聽聽那兩個女人在說些什麼。幾句歡迎的客套話之後，瑪麗—克洛德抓住薩賓娜繫在頸上的陶瓷墜子，非常大聲地說：『這是什麼玩意啊？好可怕！』

弗蘭茨被這句話吸引住了。這話說出來的時候並沒有火藥味，相反的，響亮的笑聲立刻說明了，瑪麗—克洛德對那墜子的否定不會影響到她和薩賓娜的交情，可終究這話聽來還是和瑪麗—克洛德平常對人說話的語氣不同。

『這是我自己做的。』薩賓娜說。

『我覺得好可怕耶，我說真的，』瑪麗—克洛德又高聲說了一遍。『你不該戴這個墜子的！』

弗蘭茨知道，他太太根本不在乎一件首飾究竟是醜是美，反正她想要說它醜的就是醜，她想要說它美的就是美。基本上，只要是她的朋友，首飾都很美，就算她覺得醜，她也會小心翼翼地掩飾，因爲討好朋友早已變成她後天的本能了。

那麼，她爲什麼決定要說薩賓娜自己做的首飾很醜呢？

弗蘭茨頓時發現，事情再清楚不過了：瑪麗—克洛德會公開說薩賓娜的首飾很醜，是因爲她有本錢這麼說。

說得再精確一點，瑪麗—克洛德宣稱薩賓娜的首飾很醜，是爲了展現她有本錢對薩賓娜說她的首飾很醜。

去年，薩賓娜的畫展不是太成功，所以瑪麗—克洛德也就不太在意薩賓娜高不高興。相反的，薩賓娜倒是有千百種理由該去搏取瑪麗—克洛德的好感。不過從她的行爲看來，她倒是一點也沒有這樣的意思。

是的，弗蘭茨很清楚：瑪麗—克洛德乘機向薩賓娜（也向其他人）展現她們兩人之間眞正的權力關係。

7

誤解小詞典(終篇)

阿姆斯特丹的老教堂

街的一邊是一排房子,一樓的大窗戶像是商店的櫥窗,裡頭看到的是一間間妓女的小房間。妓女們穿著內衣,挨在玻璃窗前面坐著,小小的扶手椅上擺著幾個靠枕。她們看起來就像一隻隻百無聊賴的大貓。

街的另一邊被一座巨大的教堂占據,那是一座十四世紀的哥德式教堂。

在妓女的世界和上帝的世界之間,漫著一股尿騷味,宛如一條河流把兩個王國分開。

教堂裡,只剩下光禿禿的高牆、圓柱、拱頂和窗戶還保留著哥德式的古老風格,除此之外沒有一幅畫,也沒有一座雕像。教堂空得像個體育館似的,裡頭看到的只有一排排的椅子,排成一個大方形,中間是一個極小的講壇,上頭立著一張講道用的小桌。椅子後面有幾個木製的小隔間,那是給城裡的富裕人家用的。

椅子和小隔間的設置,完全沒有考慮牆壁的外型和圓柱的位置,彷彿就是要表示它們對於哥德式建築的無謂和輕蔑。早在數世紀之前,喀爾文教派禁慾清修的信仰已經把教堂變成一個簡簡單單的大棚子,唯一的功能就是幫那些來祈禱的信徒遮遮雨、擋擋風雪。

弗蘭茨很著迷：這個巨大的廳堂曾經被歷史的偉大進軍橫越過。

薩賓娜想到的是共產黨政變之後，波希米亞所有的城堡都被收歸國有，成了勞工訓練中心、養老院，有些還變成關牲畜的地方。她曾經參觀過一個這種畜養牲畜的城堡：一個個支撐鐵環的鉤子固定在灰泥粉刷的石牆上，一頭頭牛拴在鐵環上，懵懵懂懂地從窗戶望出去，看著外頭的雞在城堡的花園裡跑來跑去。

弗蘭茨說：『這空盪盪的樣子讓我著迷。人們累積了所有祭壇、雕像、畫像、椅子、地毯、書本，接著解放的歡樂時刻來了，人們又把這一切一掃而空，像在清除桌上的麵包屑一樣。你能想像大力士赫拉克勒斯的掃帚嗎？這座教堂就這樣被掃得乾乾淨淨。』

薩賓娜指著木頭隔間說：『窮人們站著，有錢人擁有這樣的隔間。可終究還是有其他東西可以把銀行家和窮人們連結起來，那就是對於美的仇恨。』

『美是什麼？』弗蘭茨問道，他突然想起最近不得不陪他太太去參加的一個畫展開幕酒會。演說和話語無窮的虛浮，文化的虛浮，藝術的虛浮。

大學時代，薩賓娜在『青年工地』工作，喇叭不斷湧出歡欣的軍樂，弄得她靈魂裡都是這樣的毒素。有一個星期天，她騎摩托車離開了工地。她往森林裡騎了幾公里，在層層疊疊的山丘裡，她在一個偏僻無名的小村莊停了下來。她把摩托車靠在教堂牆上，然後走了進去。教堂裡正在做彌撒。當時宗教受到共黨政權的迫害，人們多半對教堂敬而遠之。教堂裡的長椅上只有幾個老人，因爲他們不怕共黨政權。他們害怕的只有死亡。

神父正在吟誦一個句子，聲音悅耳動聽，人們則跟著齊聲覆誦。他們正在讀連禱文。相同的話語去而復返，彷彿朝聖者面對一片勝景，目光無法須臾廢離，彷彿臨終的人無能告別生命。她坐在教堂最後面的長椅上，時而閉上雙眼，只爲了聆聽這些話語的樂音，然後又睜開眼睛：她看見上方漆成藍色的拱頂，拱頂上是一片金色的星辰。她著迷了。

她無意之中在這教堂裡遇到的不是上帝，而是美。她也很清楚這座教堂和這些連禱文本身並不美，卻因爲與她日日忍受軍歌喧囂的『青年工地』成爲無形的對照，而顯得美。彌撒之所以美，是因爲它突然、祕密地出現在她面前，宛如一個被背棄的世界。

從此，她知道美就是被背棄的世界。只有在迫害者不小心將它遺忘在某處的時候，我們才有可能和它相遇。美，藏在五一勞動節遊行隊伍的假象背後。要找到美，必須把這假象的布景撕裂。

『這是我第一次對教堂著迷。』弗蘭茨說。讓他著迷的不是新教的教義，也不是新教徒熱中的苦行禁慾。讓他著迷的不是這些，而是某種非常個人的東西，是他不敢在薩賓娜面前說出來的東西。他彷彿聽到一個聲音囑咐他拿起大力士赫拉克勒斯的掃帚，把瑪麗－克洛德的那些開幕酒會，把瑪麗－安的那些歌手，把那些行政會議、學術會議、虛浮的演講、虛浮的話語，通通掃出他的生命。在他眼中，阿姆斯特丹教堂裡空盪盪的空間猶如他自身解放的畫面。

力量

他們在許多旅館裡做過愛，在其中一家旅館的床上，薩賓娜撥弄著弗蘭茨的手臂說：『實在很難相信，你的肌肉這麼結實！』

這讚美讓弗蘭茨很開心。他從床上爬起來，單手抓住一張沉重的橡木椅的椅腳，把它慢慢從地上舉起。他一邊舉，一邊對薩賓娜說：『你什麼都不必害怕，不管發生什麼事我都可以保護你，我以前是柔道冠軍。』

他單手把椅子高舉過頭，薩賓娜對他說：『看到你這麼強壯，真好！』

可是，在心底深處，她又加上了這句：弗蘭茨是很強壯，可是他的力量只表現在對外的部分。對那些跟他一起生活的人，對那些他所愛的人來說，他是軟弱的。弗蘭茨的軟弱就叫做善良。弗蘭茨從來不會要薩賓娜做什麼事。他從來不會命令她，像托馬斯從前那樣，叫她把鏡子擺在地上，然後要她裸著身子在上頭走來走去。不是說弗蘭茨不好色，而是他沒有發號施令的力量。有些事情我們只能靠暴力來完成。少了暴力，性愛是無從想像的。

薩賓娜看著弗蘭茨舉著椅子在頭上晃來晃去，從房間這一頭走到那一頭，她覺得很滑稽，卻又感到一股莫名的悲傷。

弗蘭茨放下椅子，坐了下來，轉過來看著薩賓娜。

『不是說強壯這回事讓我不舒服，』他說，『可是在日內瓦，這樣的肌肉要拿來幹嘛呢？這些肌肉在我身上就像一件首飾。這些肌肉就是孔雀的羽毛。我從來也沒揍過任何人。』

薩賓娜繼續著她憂傷的思緒。如果她有個會對她下命令的男人，一個想要支配她的男人，結果又會怎樣呢？她能忍受多久呢？五分鐘都不到吧！結論是沒有男人適合她。強的也不行，弱的也不行。

她說：『爲什麼你不偶爾用用你的力量來對付我呢？』

『因爲愛就是要放棄力量。』弗蘭茨溫柔地說。

薩賓娜瞭解了兩件事：第一，這句話很美也很眞。第二，弗蘭茨剛剛說的這句話，讓他在她的情色生活裡得到不及格的分數。

生活在眞實裡

這是卡夫卡寫在日記或是信裡的一句話，弗蘭茨已經想不起來究竟是在哪裡讀到的。這句話很吸引他。生活在眞實裡，這到底是什麼意思？用否定方式來定義的話，很簡單，意思就是不要說謊，不要躲躲藏藏，不要遮掩。自從他認識薩賓娜以來，他就生活在謊言裡。他跟他太太說要去阿姆斯特丹開會，說要去馬德里參加學術會議，而這些都是無中生有，他不敢跟薩賓娜在日內瓦的街道上散步。他覺得說謊和躲藏很好玩，因爲他從來就沒有做過這種事。他心裡癢癢的卻又愉悅莫名，像是班上第一名的學生終於決定蹺課出去玩。

對薩賓娜來說，生活在眞實裡，不要對自己也不要對別人說謊，這是不可能的，除非活在沒有公眾的地方。只要有人見證著我們的行動，不管我們願不願意，我們都會或多或少去順應那些盯著我們看的人，於是我們做的事情就沒有一件是眞的了。有公眾在場，想到公眾，這就是生活在謊言裡。薩賓娜看不起那種暴露自己所有的隱私，也暴露朋友隱私的文學作品。薩賓娜覺得，失去隱私的人等於失去一切，而自願放棄還樂在其中的人簡直就是怪物。薩賓娜也不覺得愛情躲躲藏藏有什麼痛苦，相反的，那是讓她可以『生活在眞實裡』的唯一方法。

至於弗蘭茨，他很確定，公眾領域和私人領域的分離正是一切謊言的源頭：人們私底下是一個樣子，在公開場合的時候又是一個樣子。對弗蘭茨來說，『生活在眞實裡』，就是要廢除私人與公眾之間的藩籬。他很喜歡引用安德列・布列東⑨的話，他說他寧可『生活在玻璃屋裡』，那裡沒有任何祕密，一切都攤開在眾人的眼前。

聽到他太太對薩賓娜說：『多可怕的首飾啊！』他就知道自己不可能在謊言裡繼續生活下去了。那一刻，他應該出面幫薩賓娜說話的，可是他卻沒有這麼做，唯一的理由就是擔心他們的祕密戀情會露出馬腳。

酒會的第二天，他跟薩賓娜說好要去羅馬待上兩天。『多可怕的首飾啊！』這幾個字在記憶裡揮之不去，他看到他太太的感覺也不一樣了。她不再是以往的那個樣子。她咄咄逼人，百毒不侵，聒噪，活力十足，這讓弗蘭茨卸下了他在二十三年婚姻生活裡耐著性子背在身上的善良重擔。他想起阿姆斯特丹教堂裡的巨大空間，他感到心底被這片空無激起一股莫名的渴慕。

他在整理行李的時候，瑪麗—克洛德剛好走進房間；她談起前晚酒會的客人，一下子很帶勁地對她聽來的見解表示讚賞，一下又用尖酸刻薄的語氣貶損著其他人的看法。

弗蘭茨看了她好一會兒，然後說：『其實在羅馬沒有會要開。』

她一頭霧水：『那你去那裡幹嘛？』

⑨安德列・布列東（André Breton，1896～1966）：法國超現實主義詩人、評論家。

他回說：『我有個情婦，已經九個月了。我不想在日內瓦跟她碰面，所以才會這麼常出遠門。我想還是先跟你說清楚比較好。』

他才說了開頭幾個字就害怕了；最初的勇氣已經離他而去。他把眼睛移開，免得看見瑪麗—克洛德的臉，他以爲他說的話會讓她流露出絕望的神情。

一陣短暫的停頓之後，他聽到：『是啊，我也覺得先跟我說清楚會比較好。』

語氣是堅定的，弗蘭茨於是抬起眼睛：瑪麗—克洛德一點也不沮喪。她始終就像在酒會上高聲大叫『多可怕的首飾啊！』的那個女人。

她接著說：『既然你都有勇氣跟我說你騙了我九個月，那你可不可以也告訴我，那個女人是誰？』

他一直告訴自己不該傷害瑪麗—克洛德，他應該尊敬存在她身上的女人。可這存在瑪麗—克洛德身上的女人怎麼了？或者說，和他妻子相連的母親形象怎麼了？他的母親，他那悲傷受創穿著不成對鞋子的媽媽，已經從瑪麗—克洛德的身上離開；或許根本不能說是離開，因爲她從來就不曾存在瑪麗—克洛德的身上。他在猝然湧現的恨意之中，明白了這一點。

『我沒有任何理由不告訴你。』他說。

既然他的欺騙傷害不了她，那麼讓她知道情敵是誰，肯定可以傷害她吧。他直接看著她的眼睛，說出了薩賓娜的名字。

不久之後，他和薩賓娜在機場會合。飛機越飛越高，他覺得自己變得越來越輕。他對自己說，九個月過去了，他終於重新開始生活在眞實裡。

8

對薩賓娜來說，弗蘭茨做的事猶如強行撬開了她的隱私之門，她彷彿從牆上的門框望出去，看著瑪麗─克洛德的頭、瑪麗─安的頭、畫家艾倫的頭，還有老是抓著自己手指的那個雕刻家的頭，她得這樣看著她在日內瓦認識的每一個人的頭。就算她不想，她也會變成她完全不在乎的一個女人的情敵。弗蘭茨將會離婚，而她將會在一張婚姻大床上占據弗蘭茨身旁的位子。遠看近看，所有人都會看著她；她得在大家面前演戲；她不再是薩賓娜，她會被強迫去演出薩賓娜的角色，去找出扮演這個角色的方法。愛情呈現在公眾面前就會帶上重量，變成一種負擔。才想到這裡，她已經受不了了。

他們在羅馬的一家餐廳吃晚飯，喝著葡萄酒。她默默無語。

『你該不會是在生氣吧？』弗蘭茨問道。

她說她沒有生氣，要他放心。只是她還處在一團混亂之中，不知道自己該不該高興。她想起他們在往阿姆斯特丹的臥鋪車廂裡碰面。那天晚上，她很想撲倒在他腳下，求他把她留在身邊，永遠不要讓她離開，就算用暴力也沒關係。那天晚上，她很想做個了結，永遠不要再踏上這危險的旅程，從一次背叛走向另一次背叛！她很想停下腳步。

現在，她竭盡全力想要憶起當初的渴望，乞求這渴望來幫她，來讓她倚靠。可這一切都是徒勞。她的不安還是強過一切。

他們在熱鬧的夜色裡走回旅館。義大利人在他們身邊嘰哩呱啦說個不停，吵吵嚷嚷，手勢還特別多，這讓他們可以並肩走著不發一語，聽不見自己的沉默。

後來，薩賓娜在浴室裡梳洗了很久，弗蘭茨則蓋著毯子，躺在婚姻大床上等她。一如往常，一盞小小的燈亮在那兒。

薩賓娜從浴室出來的時候，把燈熄了。這是她第一次這麼做。照理說弗蘭茨應該會覺得這個動作有點奇怪，可是他並沒有注意到，因爲光線對他來說一點也不重要。做愛的時候，我們也知道，他的眼睛都是閉著的。

薩賓娜之所以把燈熄掉，正是因爲這閉上的雙眼。她連一秒鐘也不想看見這對低垂的眼瞼。眼睛，正如俗話說的，是靈魂之窗。弗蘭茨的身體在她身上奮勇拚搏，眼睛卻閉著，對她來說，這是一具沒有靈魂的肉體。那就像一隻還沒睜開眼睛的小動物，因爲口渴而發出一些可憐兮兮的聲音。弗蘭茨一身雄偉的肌肉，在交媾的時候卻像一頭巨大的幼犬迎向她的乳房。這是眞的，他嘴裡含著一個乳頭像在吃奶！想到弗蘭茨下面是個成年的男人，上面卻是個剛出生的奶娃，那她不就是在跟一個奶娃上床嗎！想到這裡，她覺得噁心到了極點。不，她再也不想見到他在自己身上拚命似地搏鬥，她永遠不要再像母狗餵小狗那樣把自己的乳房餵給他了，今天是最後一次，無可挽回的最後一次了！

顯然，她也知道這個決定對弗蘭茨來說極不公平，他是她遇過最好的男人了，他人又聰明，又懂她的畫，善良、誠實，又很英俊，但她越是意識到這些，就越想去破壞這聰明，破壞這靈魂的善意，破壞這脆弱的強大力量。

這一夜，她帶著前所未有的激情和他做愛，最後一次的念頭催動著她的情慾。她和他做愛，心思卻已飄到他方，遠離了此地。再一次，她聽見遠方響起背叛的黃金號角，她知道自己無能抵擋這號聲的召喚。開展在她前方的，似乎是一片更遼闊更巨大的自由空間，這空間的廣袤令她激動不已。她從來不曾如此瘋狂，如此粗野地和弗蘭茨做愛。

弗蘭茨在她身體上哭泣著，他很確定自己終於明白了一切：吃晚餐的時候，薩賓娜沉默無語，她對他的決定沒有表示任何意見，可現在，她回答他了。她對他展現她的喜悅、她的激情、她的贊同，她對他展現她想要永遠和他生活在一起的渴望。

他覺得自己好像一個騎士，馳騁在一片華美的空無之中，馳騁在沒有妻子，沒有兒女，沒有家庭生活的空無裡，馳騁在赫拉克勒斯的掃帚掃蕩之後的華美空無裡，他將用他的愛填滿這片華美的空無。

他們倆都把對方當成馬來騎，兩人各自向他們渴望的遠方馳騁而去，兩人都陶醉在即將解救他們的背叛之中。弗蘭茨騎著薩賓娜背叛了他的妻子，薩賓娜騎著弗蘭茨背叛了弗蘭茨。

9

二十年來，他在妻子身上看到他的母親，那是他必須保護的一個柔弱生命；這念頭在他心裡根深柢固，兩天的時間根本擺脫不了。回到家的時候，他感到內疚：說不定在他離開之後，她就崩潰了，說不定他會見到她傷心欲絕的樣子。他畏畏縮縮地把鑰匙插進鎖孔，打開門，走到他的房間。他小心翼翼不要弄出聲音，還伸長了耳朵仔細聽：是了，她在家。遲疑了一會兒，他跟她問了聲好，就像平常一樣。

她揚起眉毛，假裝很訝異的樣子：『你還回來這裡呀？』

他很想回答（用一副眞的很驚訝的模樣回答）：『不然你要我去哪兒？』可是他卻沒說。

她接著說：『我不反對你立刻搬去她家，這樣我們之間的一切會比較清楚。』

他在出門的那天向她坦承一切，當時他並沒有什麼明確的計畫。他打算回來的時候再跟她像朋友一樣好好地談一談，希望可以把對她的傷害減到最低。沒想到她會這樣冷言冷語地堅持要他離開。

儘管這樣的態度讓事情變得簡單得多，但他還是有種失落的感覺。他一輩子都在擔心會傷害到她，正是爲了這個原因，他才逼著自己嚴守一夫一妻的規範，把自己弄得傻呼呼的。這會兒，二十年都過去了，他才發現自己的顧慮都是多餘的，他竟然爲了一個誤解，放棄了其他女人！

下午的課結束之後，他從學校直接到薩賓娜家去。他希望薩賓娜能留他過夜。他摁了鈴，可是沒人應門。他到對面的咖啡館去等，兩眼凝望著樓房的入口。

幾個小時過去了，他不知如何是好。他一輩子都跟瑪麗—克洛德睡在同一張床上，如果現在回家，他是不是該睡在她身邊，像從前一樣呢？當然，他也可以到隔壁房間睡在長沙發上。可是這樣不會太誇張嗎？她會不會覺得這樣是故意在跟她作對？他還想跟他太太維持朋友的關係呢！可是去睡在她身邊，這也是不可能的事。他已經聽到她語帶嘲諷的質問了：怎麼啦？他不是比較喜歡薩賓娜的床嗎？於是他選擇上旅館去要了一個房間。

第二天，他又回去摁了薩賓娜的門鈴，摁了一整天，還是白費力氣。

第三天，他去找了那棟樓的門房。門房對薩賓娜的行蹤一無所知，要他去找薩賓娜畫室的房東。他打了電話給房東，才知道薩賓娜前天晚上就退了租，依照合約上的規定，多付了三個月的租金。

一連幾天，他還希望會在薩賓娜的畫室突然碰見她，直到有一天，他發現公寓的門開著，裡頭有三個穿藍色工作服的男人在搬家具和畫。搬家公司的大貨車就停在門口，他們正在把東西搬上車。

他問他們要把家具運到哪裡。

他們回答說，貨主明確地交代他們不可以把地址告訴別人。

他幾乎要塞幾張紙鈔給他們，拜託他們透透口風，可他卻突然失去了力量。他因爲悲傷而全然麻痺了。他完全不能理解，他怎麼想也想不通，只知道從他認識薩賓娜以來，就在等著這個時刻的到來。該來的終於來了。弗蘭茨不想抵抗。

他在舊城區找了一個小公寓。他趁他太太和女兒肯定不在家的時候，回去拿了幾件衣服和一些一定要用的書，他還特別留意不要帶走任何瑪麗―克洛德會想起來的東西。

一天，他從一家茶館的玻璃窗看見她和兩位女士坐在裡面，一臉神采奕奕的模樣，臉上是誇大的表情和早已刻劃在那裡的無數皺紋。兩位女士聽著她說話，還笑個不停。弗蘭茨怎麼想都覺得她在說他的事。她一定知道薩賓娜在他決定要去跟她一起生活的時候，從日內瓦消失了。這故事確實很滑稽！變成他太太的朋友取笑的對象，他並不驚訝。

他回到自己的新住處，在那裡聽得見聖彼得大教堂的鐘聲。這一天，家具店給他送來一張桌子。他把瑪麗―克洛德和她的朋友們都忘了。有那麼一瞬間，他也把薩賓娜忘了。他坐在桌前。他很高興這張桌子是他自己選的。這二十年來，他身邊的家具沒有一件是他選的，一切都是瑪麗―克洛德安排的。這是他這輩子的第一次，他終於不再當小男孩了，他獨立了。第二天，家裡會來一個木匠，他會跟他訂做一個書櫥。他花了好幾個星期在設計款式、尺寸和擺設的位置。

這時，就這麼一下子，他驚訝地意識到自己沒有什麼不幸。薩賓娜的人在或不在，並沒有他想像中的那麼重要。重要的是她在他生命裡印下了金光燦爛的足跡，沒有人能奪走這神奇的足跡。而且她在消失無蹤之前，還來得及把赫拉克勒斯的掃帚塞到他手中，讓他把生命裡一切不喜歡的事物掃得一乾二淨。這意想不到的幸福，這愜意的生活，他的自由和新生帶給他的歡樂，都是她留給他的禮物。

而且，他一向喜歡非現實勝過現實。同樣的，比起站在講台後面講課給學生聽，他覺得在遊行隊伍裡（如我所說，遊行隊伍不過是一場演出，一場夢）舒坦得多，同樣的，他跟化身爲隱形女神的薩賓娜在一起也比較快樂，好過當時和她跑遍世界，每走一步都得爲他的愛情戰戰兢兢。薩賓娜送給他的禮物是獨自生活的男人突如其來的自由，薩賓娜的故事爲他戴上了魅力的光環。他變得對女人很有吸引力；他的一個女學生愛上了他。

於是，非常突然地，在短得令人無法置信的時間裡，他的生命布景改變了。才沒多久以前，他跟一個女傭、一個女兒和一個妻子住在一個布爾喬亞的大公寓裡，可這會兒他卻在舊城區的單間公寓裡，而他年輕的女友幾乎天天都來他家過夜！他們不需要到世界各地的旅館去了；他可以在自己的公寓裡，對著床頭矮几上的書本和煙灰缸，在他自己的床上做愛。

她既不醜也不美，可是實在比他年輕多了！她仰慕弗蘭茨，就像弗蘭茨從前仰慕薩賓娜一樣。這也沒什麼不好。儘管他可能會覺得拿一個戴眼鏡的女學生來代替薩賓娜，有那麼點降格的味道，但他善良的本性還是會讓他開開心心地對待她，讓他對女學生付出他不曾滿足過的父愛——瑪麗—安的樣子不像女兒，反而像是瑪麗—克洛德的翻版。

一天，他去找他的太太，跟她說他想再婚。

瑪麗—克洛德搖了搖頭。

『我們離婚的話，對你一點影響也沒有啊。你什麼損失也沒有。我所有的東西都留給你！』

『對我來說，錢並不重要。』她說。

『那什麼才重要？』

『愛情囉。』

『愛情？』弗蘭茨很驚訝。

瑪麗─克洛德笑了。『愛情是一場戰鬥。我會長長久久地鬥下去。鬥到底。』

『愛情是一場戰鬥？我可是一點都不想鬥。』說完，弗蘭茨走了出去。

10

在日內瓦度過四年之後，薩賓娜到巴黎住了下來，但她始終無法從憂傷之中平復過來。如果有人問她發生了什麼事，她也不知道該用什麼樣的字句才說得清。

生命的悲劇總是可以用『重』這個隱喻來表達。我們會說，一個重擔落在我們的肩上。我們背著這個重擔，我們受得住或者受不住，我們跟它抗爭，我們輸了或者贏了。可薩賓娜究竟發生了什麼事？什麼也沒有。她離開了一個男人，就因爲她想離開他。離開之後，這男人有沒有來糾纏她？有沒有想要報復？沒有。薩賓娜的悲劇不是重，而是輕。壓在她身上的不是一個重擔，而是不能承受的生命之輕。

直到此時，那些背叛的瞬間都讓她感到激動，讓她感到滿心歡喜，因爲她想到一條新的道路就開展在眼前，路的盡頭又是另一次背叛的冒險。可是旅程一旦終結，會是什麼光景？我們可以背叛親人，背叛丈夫，背叛愛情，背叛祖國，可是沒了親人，沒了丈夫，沒了愛情，沒了祖國，還有什麼可以背叛？

薩賓娜覺得一片空無包圍著她。這空無，會不會就是她每一次背叛所指向的終點？

直到此時，顯然她還沒意識到（這也是可以理解的）：我們所追求的終點總是罩著一層薄紗。一個想要結婚的姑娘，心裡渴望的是一個完全陌生的東西。一個追求榮光的年輕人，根本也不知道榮光爲何物。給我們行爲舉止提供意義的究竟是什麼，我們對此始終全然不知。薩賓娜也不知道，在她背叛的欲望後面，究竟藏著什麼樣的目的地。不能承受的生命之輕，這就是目的地嗎？離開了日內瓦，她和目的地就近得多了。

收到信的時候，她在巴黎已經住了三年。那是托馬斯的兒子寫的信。他聽人提起過她，他從別人那兒打聽到她的地址並且決定給她寫信，因爲她曾經是他父親『最親近的女性朋友』。他把托馬斯和特麗莎的死訊告訴她。照他信裡的說法，他們兩人在一個村子裡度過最後這幾年，托馬斯的工作是卡車司機。他們經常一起到附近的城裡去，在一家小旅館過夜。進城的路在山丘之間蜿蜒穿行，卡車就這麼跌入山溝。兩具屍體找到的時候已經撞爛了。警察發現煞車幾乎完全沒有作用。

她讀信之後久久不能自已。她跟過去的最後一絲聯繫也斷了。

依照過去的習慣，她決定去墓園裡走一走，讓自己平靜下來。最近的墓園在蒙帕納斯，那裡處處是脆弱的石屋、迷你的教堂，立在一座座墳旁。薩賓娜不明白，爲什麼死者會希望他們上頭有這些仿製的宮殿？這墓園，正是用石頭打造的虛榮。墓園的住民顯然沒有因爲死亡而變得比較講道理，反而比在世的時候更荒誕。他們在這些紀念建築物上展示自己的重要性。長眠於此的不是父親，不是兄弟，不是兒子，不是祖母，而是一些顯貴，一些行政官員，一些擁有勛位和榮耀的人；即便是郵局的雇員也會在這裡提供他的身分、級別、社會地位——他的頭銜——供眾人景仰。

她走在墓園的小徑上，發現不遠處正在進行一場葬禮。儀式的主持人手上捧滿了花，要分給送葬的親友：一人一朵。他也遞給薩賓娜一朵，薩賓娜於是加入了送葬的隊伍，繞過好幾座小石屋和迷你教堂，才走到那個沒有石碑的墓穴。她彎下身子。那墓穴非常深。她鬆手把花丟下。花朵打了幾個小螺旋，落在棺木上。波希米亞沒有這麼深的墳墓。在巴黎，墳墓都是這麼深的，正如房子都是那麼高。她望著一旁等著蓋上墓穴的石板。這塊石板讓她非常恐懼，她於是匆匆回了家。

一整天，她都想著這塊石板。爲什麼這石板會把她嚇成那樣？

她給了自己這樣的答案：如果墳墓封上了一塊石板，死者就永遠出不來了。

可是，死者反正也不會走出墳墓啊！那麼，死者躺臥在黃土之下或石板之下，結果不是一樣嗎？

不，結果並不一樣：如果墳墓上頭封的是石板，那是不想要死者回來。沉重的石板對死者說：『待在那裡別動！』

薩賓娜想起她父親的墳墓。棺木上頭是泥土，泥土上頭開著花，一棵槭樹的樹根蔓延到棺木上，人們會說死者順著這些樹根和花朵，從墳墓裡走了出來。倘若父親身上覆的是石板，那她在他身後就不能再同他說話了，她永遠也不能在葉簇之間聆聽他原諒她的聲音了。

特麗莎和托馬斯安息的墓園會是什麼模樣呢？

再一次，她想起了他們。他們偶爾會去附近的城裡，待在旅館過夜。信裡的這一段深深觸動了她。這說明他們很幸福。她再次看見托馬斯，宛如她的一幅畫：前景是風流的唐璜，像是天眞的畫家畫出來的不眞實畫面；從這畫面上的一道裂縫望進去，看到的是深情的崔斯坦。托馬斯死的時候是崔斯坦，不是唐璜。薩賓娜的父母在同一個星期裡相繼過世。托馬斯和特麗莎在同一刻死去。她突然很想待在弗蘭茨的身邊。

她跟弗蘭茨提起她在墓園裡散步的事，弗蘭茨只覺得噁心，還把墓園比作堆滿骨骸和碎石的垃圾場。那天，它們之間裂開了一道不能理解的鴻溝。直到今天，在蒙帕納斯墓園裡，她才理解弗蘭茨的意思。她懊悔自己那麼沒有耐性。如果相處久一點，說不定他們會開始漸漸理解對方所說的話。他們的詞彙會像非常害羞的戀人那般，靦腆地、慢慢地互相靠近，他們各自的音樂會開始融入對方的音樂之中。可是一切都太遲了。

是的，一切都太遲了，薩賓娜知道她不會留在巴黎，她會到更遠的地方，越走越遠，因爲，如果她死在這裡，就會被封在石板底下，對一個不知停憩爲何物的女人來說，想到她會被扣在那裡，永遠不能再奔跑，這念頭簡直讓人無法忍受。

11

弗蘭茨所有的朋友都知道他跟瑪麗—克洛德怎麼了，也知道他跟他那個戴大眼鏡的女學生之間的事。只有薩賓娜的故事沒人知道。弗蘭茨以爲瑪麗—克洛德把她的事都告訴了她的朋友，他錯了，薩賓娜很美，瑪麗—克洛德可不希望人家拿她們的長相做比較。

因爲怕被發現，他從來沒跟她要過一幅畫，或是一幅素描，甚至連一張人頭照也沒要過。於是她從他的生命裡消失，沒留下一絲痕跡。他跟她一起度過了生命中最美好的一年，可是卻沒有留下任何觸摸得到的證據。

這只會讓他更樂於對薩賓娜保持忠誠。

他們單獨待在房裡的時候，他年輕的女友有時會從書本上抬起頭來，用詢問的眼神望著他說：『你在想什麼？』

弗蘭茨坐在扶手椅上，眼睛盯著天花板。不管他回答什麼，心裡想的肯定是薩賓娜。

他在學術期刊上發表研究論文的時候，他的女學生不只是第一個讀者，也想跟他討論。可他呢，他的心裡只想著薩賓娜對這篇文章會有什麼看法。他所做的一切，都是爲了薩賓娜，而且用的都是薩賓娜喜歡的方式。

這是一種非常無邪的不忠，這是爲弗蘭茨——他永遠不會傷害戴大眼鏡的女學生——量身剪裁的。儘管他繼續他對於薩賓娜的崇拜，可這份崇拜更像是宗教，而不是愛情。

而且，這個宗教的神學還衍生出這樣的想法：他年輕的情人是薩賓娜送給他的。在塵世的愛與超越塵世的愛之間，他於是掌握了一個完美和諧的平衡：如果超越塵世之愛必然（就因爲這份愛是超越塵世的）包含著很大一部分無法解釋、難以理解的事物（我們想想誤解小詞典就知道了，誤解的單子列了這麼長！），至少他的塵世之愛建立在一個眞正理解的基礎上。

女學生比薩賓娜年輕得多，她的生命樂章才剛剛開始譜寫，她帶著感激之情把她從弗蘭茨那裡借來的幾個動機插入樂譜。弗蘭茨的偉大進軍也是她的一個信條。對她來說（對弗蘭茨也是如此），音樂是屬於酒神狄奧尼索斯的沉醉。他們經常一起去跳舞。他們生活在眞實裡，他們所做的一切對任何人來說都不是祕密。他們找朋友，找同事，找學生，找陌生人一起玩，他們喜歡跟這些人一起吃飯，一起喝酒，一起聊天。他們經常一起去阿爾卑斯山遠足。弗蘭茨彎下腰，這個年輕姑娘就跳到他背上，他背著她奔過草原，一邊還大聲朗誦他小時候母親教他的長篇德語詩。小姑娘開心地笑了起來，勾著他的脖子，讚賞他的腿、他的肩膀甚至他的肺。

她唯一不能理解的事情，是弗蘭茨對於所有遭受俄羅斯鐵腕控制的國家有一份特殊的同情。俄羅斯入侵捷克的周年紀念日，日內瓦一個捷克人的團體辦了一場紀念儀式。會場裡的人很少。演說的人有一頭燙鬈的灰髮。他讀著冗長的講稿，讓這麼一小撮跑來聽演講的人都覺得很無趣。他說的法語正確無誤，不過口音極重。爲了強調一些想法，他不時用食指指來指去，彷彿要威脅那些端坐在會場裡的人。

戴大眼鏡的女學生坐在弗蘭茨旁邊，強忍著哈欠。弗蘭茨微笑著，一副怡然自得的樣子。他兩眼直望著灰髮男人，他對這隻令人驚奇的食指頗有好感。他心想，這個人是神祕的信差，是幫他和他的女神傳遞訊息的天使。他閉上眼睛開始發夢。他閉上眼睛，彷彿人在十五家歐洲旅館和一家美國旅館裡，伏在薩賓娜的身上，他閉上了眼睛。

第四部

靈與肉

1

將近凌晨一點半，特麗莎回到家，她走進浴室，換上睡衣，在托馬斯的身旁躺下。托馬斯已經睡著了。特麗莎挨著他的臉頰，正要親吻他的時候，卻發現他的頭髮有一股怪味。她把鼻孔湊上去聞了許久。她像隻小狗不停地嗅著托馬斯的身體，最後終於嗅出來：那是一種屬於女人的氣味，是性器官的氣味。

早上六點，鬧鐘響了。這是卡列寧的時刻。牠醒來的時間總是比主人早得多，但是又不敢去吵他們。牠不耐地等候鬧鐘的鈴聲，牠等著鬧鐘的鈴聲賦予牠權利，讓牠可以跳到床上，在他們身上踩來踩去，把鼻子湊到他們身上頂個幾下。剛開始的時候，他們還想阻止牠這麼做，想把牠趕下床，但這隻狗比牠的兩個主人倔強多了，最後牠還是強迫他們接受了牠的權利。過了一陣子，特麗莎也發現讓卡列寧邀請他們進入新的一天，並不是什麼不舒服的壞事。對卡列寧來說，醒來的時刻是一種純粹的幸福：牠又天眞又傻氣地爲自己還活在這個世界感到驚訝，並且眞誠地感到歡喜。相反地，特麗莎則是不情不願地醒來，她總是渴望夜晚可以延長，渴望不必睜開眼睛。

現在，卡列寧在門口等著，抬眼望著掛在衣帽架上的頸圈和狗鍊。特麗莎幫牠套上頸圈，帶牠出去買東西。特麗莎買了牛奶、白麵包、奶油，還有每天都會幫牠買的牛角麵包。在回家的路上，卡列寧在特麗莎身邊踩著小步跑著，嘴上咬著牛角麵包。牠驕傲地左顧右盼，對於自己被旁人注意並且指指點點感到很得意。

回到家裡，牠嘴裡咬著牛角麵包，躲在臥室的門口，等著托馬斯發現牠，然後托馬斯會蹲下來，開始對牠低聲嗥叫，假裝要搶走牠的麵包。這一幕日復一日地重演：他們每天早上都要花上整整五分鐘在家裡追來追去，直到卡列寧躲進桌子底下，狼吞虎嚥地吃完牠的牛角麵包。

可是這一天，卡列寧等了又等，卻等不到這場晨間儀式。桌上擺了一台小收音機，托馬斯聽得正專心。

2

廣播電台正在播放一個關於捷克人移居外國的節目。那是一個藏身於捷克流亡人士之中的特務，竊聽、錄音、剪接了一些私人談話，然後再拿回國內大肆渲染。錄音的內容都是一些無關痛癢的閒言閒語，其間不時會出現一些辱罵占領軍的粗話，但也聽得到流亡人士互控對方是白痴或騙徒的句子。節目尤其強調這些段子：事實上，節目要證明的不只是這些人說蘇聯的壞話（這種事在波希米亞不會惹火任何人），而是這些人毫不遲疑地用各種方式互相辱罵。奇怪的是，人們從早到晚都在罵粗話，可是只要一聽到收音機上有個不認識但又受人尊敬的傢伙開口閉口都是『狗屎』，難免會對這傢伙有點失望。

『這種事，是從普洛恰茲卡的身上開始的！』托馬斯一邊說，一邊還繼續聽著收音機。

揚・普洛恰茲卡（Jan Prochazka）是一個四十來歲的捷克小說家，他像公牛一樣有勁，早在一九六八年以前，他就已經肆無忌憚地在國內批評政局了。在『布拉格之春』這場令人暈眩卻終結於俄羅斯入侵的共產主義自由化運動之中，他是最受歡迎的人物之一。俄羅斯入侵之後未久，所有媒體都發聲圍剿他，可是他被圍剿得越兇，人們就越喜歡他。廣播電台（時間是一九七〇年）於是開始連續播放普洛恰茲卡在兩年前（也就是在一九六八年的春天）跟一位大學教授私下的談話。兩人都沒想到教授的公寓裡藏著一套竊聽器，也沒有想到他們的一舉一動早已受到了監控！平常，普洛恰茲卡總是說一些誇張無度的話來逗朋友開心，可這會兒聽眾們在一系列廣播節目裡也聽到了這些不得體的話。剪接這個節目的是祕密警察，他們刻意強調這位小說家嘲笑他的友人（例如杜布切克）的一段話。儘管人們也是一有機會就會中傷自己的朋友，可奇怪的是，大家崇拜的普洛恰茲卡在人們心裡激起的憤怒卻比人人痛恨的祕密警察還多。

托馬斯關了收音機，他說：『世界上每個國家都有祕密警察，可是只有我們的祕密警察才會在電台播放他們偷錄的東西！真沒聽過有人這麼做！』

『這有什麼稀奇！』特麗莎說。『我十四歲的時候寫了一本日記，怕被人看到，就把它藏在閣樓上，結果還是被媽媽發現了。有一天吃午飯的時候，大家還在喝湯，她從口袋裡拿出我的日記，接著說：「大家聽清楚囉！」然後她開始大聲讀出我的日記，每唸一句就笑得彎腰。全家人都跟著哈哈大笑，笑得連飯都忘了吃。』

3

他總想勸她繼續睡，讓他自己一個人起來吃早餐，可是她怎麼也不肯。托馬斯從早上七點工作到下午四點，特麗莎從下午四點工作到午夜。如果她沒跟托馬斯一起吃早餐，他們就只有星期天才能說到話了。所以她每天都跟托馬斯同時起床，等托馬斯出門之後，她才躺回去小睡一下。

可是這一天，她怕自己會再睡著，因爲她想在十點的時候去蘇菲島去洗蒸氣浴。喜歡蒸氣浴的人太多，浴室的空位太少，想進去，只有走後門。還好，有個被逐出大學的教授，他的太太在那裡做出納，而這位教授又是托馬斯過去的一個病人的朋友。托馬斯跟這個病人說過，病人又跟教授說了，教授又跟他太太說了，於是特麗莎就有了每星期一次的保留位。

她走路過去。她厭惡那些永遠擠得滿滿的電車，人們又愛記仇又愛在車上擠在一起，踩著別人的腳，扯掉別人大衣的扣子，然後辱罵對方。

天空飄著細雨。人們一邊推擠，一邊把傘撐開，霎時間，人行道上亂成一團。雨傘和雨傘碰來碰去。男人們比較有禮貌，從特麗莎身邊走過的時候都知道要把傘舉得很高，讓特麗莎過去。倒是女人們寸步不讓，她們面容僵硬地看著前方，等著別的女人認輸、讓步。雨傘和雨傘的相遇是一種力量的考驗。剛開始特麗莎還會讓一讓，可她發現自己的禮貌永遠得不到回應，於是變得跟其他女人一樣，把雨傘抓得更緊。有好幾次，她的傘猛然撞上迎面而來的雨傘，卻從來沒有人開口說聲抱歉。通常，一切都靜靜地發生；有兩三次她則聽到：『賤人！』或是『狗屎！』

拿雨傘當武器的女人，有年輕的，也有年紀大一點的，不過在女戰士當中，還是那些年輕的比較勇猛無畏。特麗莎想起俄羅斯入侵的那幾天。年輕的姑娘們穿著迷你裙在那兒走過來又走過去，手裡拿著一根杆子，揮舞著國旗。對那些被迫守貞多年的俄國大兵來說，這根本是一種性侵害。來到布拉格，俄國大兵們大概會以爲自己來到了一個科幻小說家創造出來的星球，這星球上的女人優雅至極，在俄國大兵面前露出她們玲瓏有致的長腿，展示著她們的輕蔑。這是所有俄羅斯人在過去五、六個世紀不曾得見的。

在那幾天，特麗莎爲這些年輕姑娘拍了無數以坦克車爲背景的照片。那時她多欣賞她們哪！可是她今天看到的正是同樣的這些女人，她們正惡狠狠地向她迎面撞上來。她們手上抓的不再是國旗，而是雨傘，但是卻帶著相同的驕傲。她們決定用相同的頑強，不管遭遇的是一支外國軍隊，還是一把不肯讓路的雨傘。

4

她到了舊城廣場。廣場上矗立著莊嚴樸素的梯恩大教堂，還有一些排列成不規則四邊形的巴洛克式房子。十四世紀建造的老市政廳，過去曾經占據廣場的一邊，卻在二十七年前成爲廢墟。華沙、德勒斯登、科隆、布達佩斯、柏林都在二次大戰期間遭到嚴重的摧殘，可是這些地方的居民重建了城市，他們時時想著要盡心盡力去復原那些老城區的樣貌。這些城市讓布拉格的人產生了自卑的情結。在布拉格，唯一被那場戰爭摧毀的老建築就是這座老市政廳。布拉格人決定永遠保留所有的殘垣斷壁，就怕哪天會有波蘭人或德國人來責怪他們當年吃的苦頭不夠多。這些赫赫有名的瓦礫得扮演控訴戰爭的永恆證物，瓦礫前面立著一個鐵杆搭成的看台，不論過去或未來，共產黨都在上頭指揮捷克人民的大型政治活動。

特麗莎望著毀壞的市政廳，這景象突然讓她想起母親：展示自己的廢墟，炫耀自己的悲慘，吹噓自己的醜陋，暴露自己被截斷的殘肢，還強迫全世界都要看著它，這種心理需求多麼反常啊。最近這陣子，任何事情都會讓她想起母親，彷彿她十年前逃離的那個母親的世界，又回來跟她會合，從四面八方將她團團圍住了。正因爲如此，她在早餐的時候說了母親唸她的日記，惹得全家人哄笑的事。當朋友之間把酒閒聊的對話都被拿到電台公開播放的時候，這只能說明一件事：世界變成了集中營。

特麗莎幾乎從小就用這個詞來陳述她對家庭生活的看法。集中營，是人與人永遠貼在一起生活的世界，不分日夜。殘酷與暴力在裡面只是一個次要的面向（而且絕對不是必要的面向）。集中營，是對私生活的徹底清除。普洛恰茲卡，連在自己家裡跟朋友把酒閒聊也不得安寧，他生活在集中營裡（卻不自知，這是他致命的錯誤！）。特麗莎住在母親家的時候就是生活在集中營。從那時候開始，她就知道集中營根本沒什麼特別，沒什麼好大驚小怪的，裡頭不過就是一些人家給定的、根本的東西，我們就是在那裡來到人世的，只有使出渾身解數才能逃離。

5

女人們坐在架成階梯狀的三層長板椅上，一個挨著一個，身體都碰在一起。裡頭有個大約三十歲的女人，臉蛋很漂亮，汗水淋漓地坐在特麗莎旁邊。她的肩膀下面掛著兩個令人難以置信的碩大乳房，隨便一動，乳房就晃來晃去。她起身的時候，特麗莎瞥見她的屁股也像兩只龐大的布袋，跟臉蛋一點也不相稱。

或許這個女人，她也會在鏡子前面佇立良久，望著自己的身體，想要穿透進去，瞥見自己的靈魂，就像特麗莎從小一再嘗試的那樣。從前，她一定也傻乎乎地相信自己的身體可以作爲代表靈魂的紋章。可這靈魂若像這個掛了四只大布袋的衣帽架，那該是多麼巨大，多麼嚇人？

特麗莎起身去淋浴，然後到外頭去透透氣。天空一直飄著細雨。她的腳下是一座浮橋，從岸邊伸向伏爾塔瓦河，約莫幾個平方公尺大，四面圍著高高的木板牆，裡頭的女士們才不會被城裡的人看到。她低下頭，瞥見剛才想到的那個女人的臉在水面上浮浮沉沉。

女人對特麗莎微笑。她的鼻子長得很細緻，栗色的眼珠大大的，眼神還帶著一股稚氣。

她爬上樓梯，溫柔的臉龐下，兩只布袋又出現了，搖搖晃晃的，在四周甩出冷冷的水珠。

6

她走去穿衣服，站在一面大鏡子前。

不，她的身體一點也不巨大，一點也不嚇人。她的肩膀下沒有布袋，她的乳房算是很小的。母親嘲笑她，因爲她的乳房不夠大，不像乳房該有的尺寸，她爲此耿耿於懷，直到遇見托馬斯，才消除了她的情結。現在，她可以接受自己乳房的大小了，可是她還是怪那對乳暈太大，顏色太深。如果她可以給自己畫一張身體的設計圖，她會讓自己的乳頭小一點，細緻一點，只從乳房的圓弧上突出來一點點，色澤跟其他部分的皮膚幾乎沒有區別。她覺得這深紅的靶心像是畫猥褻圖片給窮人看的鄉下畫家畫出來的。

她檢視著自己，問自己，如果她的鼻子每天變長一公釐，最後會怎樣？多久以後，她的臉會變得讓人認不出來？

而如果她身體的每個部分都開始變大或變小，變得讓她失去一切與特麗莎相似的地方，那她還是她自己嗎？特麗莎還在嗎？

當然在。就算特麗莎變得一點也不像特麗莎，在她裡面，靈魂還是相同的靈魂，只能在那兒恐懼地看著自己身體的變化。

那麼，特麗莎和她的身體之間存在什麼關係？她的身體有沒有什麼權利可以自稱是特麗莎呢？如果身體沒有這樣的權利，這個名字又該聯繫在什麼上頭？只能聯繫在一個沒有形體、非物質的東西上吧。

（特麗莎從小就一直在腦子裡想著這些問題。畢竟眞正重要的問題都是孩子才想得出來的問題。只有最天眞的問題才是眞正重要的問題。這些質問都是沒有答案的。一個沒有答案的問題就是一道柵欄，柵欄之後再無道路。換句話說：正是這些沒有答案的問題標誌了人類可能性的極限，畫出了我們存在的邊界。）

特麗莎動也不動，在鏡子前面出了神，她看著自己的身體像在看個陌生人；陌生，可是卻派給了她，而不是別人。這身體令她厭惡。這身體無力成爲托馬斯生命中獨一無二的身體。這身體讓她失望，背叛了她。一整夜，她都被困在那裡，在托馬斯的頭髮裡呼吸著另一個女人私處的氣味。

她突然湧現一股渴望，想把這具身體送走，就像辭退一個女傭那樣。她渴望從此只有靈魂跟托馬斯在一起，她渴望把身體驅逐到遠方，讓它同其他女人的身體一樣，隨著男人的身體起舞吧。既然她的身體不知道如何成爲托馬斯心中獨一無二的身體，那就是輸掉了特麗莎生命中最大的一場戰役。好吧！這身體，就讓它走吧！

7

回到家裡，她一點胃口也沒有，站在廚房裡胡亂吃了午餐。三點半，她給卡列寧套上狗鍊，一起到她工作的地方（還是用走的），那是位於市郊的一家旅館。她被雜誌社解聘之後，找到一份在酒吧當女侍的工作。事情發生在她從蘇黎世回來之後幾個月；他們終究還是沒有原諒她一連拍了七天的俄羅斯坦克。她可以找到女侍的工作，還多虧朋友幫忙：一些跟她在同一個時期丟掉工作的人，也在這裡找到棲身之地。做會計的那邊有個人從前是神學教授，接待櫃檯那邊有個人從前是大使。

她又擔心起自己的雙腿了。從前，她在省城當女侍的時候，同事們腿肚上滿是靜脈瘤，看了就教人心驚。這是每個女侍應生都會有的毛病，她們一輩子都在走著、跑著，或站著，兩隻手臂的負荷也很沉重。不過這裡的工作還是比過去在省城的時候輕鬆一點。開始工作之前，她得把一箱箱沉重的瓶裝啤酒和礦泉水搬出來，但是接下來的時間她都待在吧檯後面，給客人倒酒，然後在空檔的時候到酒吧最裡面的小水槽去洗洗杯子。工作的時候，卡列寧一直乖乖趴在她的腳邊。

她把帳算好，交給旅館經理，時間已經過了午夜。她過去跟值夜班的大使說聲再見。長長的接待櫃檯後面有一扇門通往一個小房間，裡頭有張簡單的床可以讓大使小憩一下。床的上方有幾幀加框的相片：看到的都是一些人對著鏡頭微笑或是在跟大使握手，或是坐在他旁邊一起簽署著什麼東西。最顯眼的一張照片上頭，在大使的臉旁邊可以看到約翰·甘迺迪微笑的臉。

這天晚上，他談話的對象不是美國總統，而是一個六十來歲的陌生人，他一見到特麗莎就閉上了嘴。

『是自己人，』大使說。『你放心說吧。』大使又轉過來對特麗莎說：『他兒子剛被判了五年，就是今天的事。』

特麗莎這才知道，在俄羅斯入侵的最初幾天，這老人的兒子跟幾個朋友守在一棟大樓的出入口，當時俄羅斯軍隊的某個特別單位就在那裡。對他來說，從裡頭走出來的捷克人，毋庸置疑，都是給俄羅斯情報單位通風報信的。他跟朋友們跟蹤這些人，記下他們的車牌號碼，然後告訴一家地下電台的記者，讓他們把這些資料公諸於世，提醒捷克民眾注意。他還帶著朋友一起痛毆過其中一個告密的傢伙。

這個六十來歲的老人說：『這張照片是唯一的罪證。他什麼都沒承認，直到他們把這張照片拿給他看。』

老人從胸前的口袋裡拿出一張剪報：『這張照片出現在一九六八年秋天的《時代》周刊。』

照片上看到的是一個年輕人掐著一個男人的脖子，四周是圍觀的人群。照片下面的文字是：懲罰通敵者。

特麗莎鬆了一口氣。不是，這張照片不是她拍的。

她跟卡列寧穿過布拉格黑暗的街巷回到家裡。她想著拍攝坦克車的那些日子。他們多麼天真哪！大家都以爲自己爲了祖國甘冒生命危險，卻沒想到他們在無意間幫了俄羅斯祕密警察的忙。

她在一點半回到家，托馬斯已經睡了。他的頭髮裡有一股女人的氣味，一股性器官的氣味。

8

什麼是調情？我們可以說這是一種誘發的行爲，它讓性的親近關係變得可能，但這種可能又不會被視爲確定。換句話說：調情是一種不保證兌現的性交承諾。

特麗莎站在吧檯後面給客人倒酒，這些人一直想找機會跟她親近。這一輪又一輪的猛攻——說奉承話，語帶雙關，低級趣味的故事，邀約，微笑，眼神——這些事會不會讓她心煩呢？一點也不會。她感受到的是一股無法遏止的欲望，她想要獻出自己的身體（她想把這具陌生的身體驅逐到遠方），把身體獻給這股激越的浪。

托馬斯不斷試著要說服她，愛情和做愛完全是兩回事。她不願接受這種說法。現在，她身邊圍繞著一群引不起她一絲好感的男人。跟他們上床，結果會是如何？她很想試試看，至少試試調情，試試這種不保證兌現的性交承諾。

我們可別搞錯：她不是要想辦法報復托馬斯。她要找的是一個出口，可以讓她從迷宮走出來。她知道自己成了托馬斯的重擔：她看事情太認眞了，她把一切都看得很嚴重，她無法理解輕，無法理解肉體愛慾的歡樂無謂。她想要學習輕！她希望有人可以教她，好讓她別再這麼不合時宜！

對別的女人來說，調情或許只是後天的本能，是微不足道的習慣動作，但是對她來說，調情這回事從此成爲一項重要研究的田野，她得在其中發現自己能力之所及。可是調情被弄得這麼煞有介事，就失去了一切屬於輕的面向，變成強迫、刻意、過度的。在承諾與不保證之間原本存在的平衡（調情眞正高超的境界就在這裡！）因此被破壞了。她承諾得太急，卻沒有清楚地表現出這承諾不具任何約束。換句話說，大家都以爲她非常隨便。後來呢，當男人們要求特麗莎兌現那些似乎已然承諾的事，卻遭遇突如其來的抗拒。男人們不得其解，只好告訴自己，特麗莎喜歡花心思去折磨人。

9

一個約莫十六歲的男孩子坐在吧檯前的高腳凳上。他說了一些挑逗的話，這些句子夾雜在他說的話裡，就像一幅畫裡嵌著一條畫錯的線條，讓人沒辦法接著畫下去，卻又抹不掉。

『你的腿眞漂亮。』男孩說。

特麗莎回敬說：『有人的眼睛好像可以穿透吧檯的木頭！』

『我本來就認識你。我常在街上看見你。』他這麼解釋。

可是特麗莎已經走開，去招呼別的客人了。後來他要點一杯干邑白蘭地，特麗莎不給。

『我剛滿十八歲。』男孩發出抗議。

『好啊，那把身分證給我看！』

『你別想。』男孩應了回去。

『很好！那你就喝檸檬汽水吧！』

男孩什麼也沒說，就從高腳凳上起身走了出去。大約半小時後，他又回來坐在吧檯前。他的動作很誇張，滿嘴的酒氣在三公尺外都聞得到。

『一杯檸檬汽水！』

『你喝醉了！』特麗莎說。

男孩指著特麗莎背後的牆壁，上頭掛著一張告示：**嚴禁販售酒精飲料予未滿十八歲的少年**。

『上面寫著不准你賣酒給我，』他一邊說，一邊用誇張的手勢指著特麗莎，『可是沒有一個字寫的是我不可以喝醉。』

『你在哪裡喝成這個樣子？』特麗莎問道。

『在對面的小酒館！』他放聲大笑，然後又說了一次他要檸檬汽水。

『那你幹嘛不待在那裡？』

『因爲我想看你，』男孩說。『我愛你。』

說這話的同時，他的臉皺成一副怪模樣。特麗莎不明白：他在嘲笑她嗎？還是想親近她？是在開玩笑嗎？還是根本已經醉得不知所云？

她把一杯檸檬汽水擱在他面前，然後就去招呼別的客人了。『我愛你！』這幾個字似乎耗盡了這男孩的氣力，他什麼也沒再說，不聲不響地把錢放在吧檯上就悄悄走了，連特麗莎都沒注意到他的離去。

可是他才走，一個喝到第三杯伏特加的矮禿子說話了。『小姐，你應該知道，你不該賣酒給未成年的孩子。』

『我可沒賣酒給他！他喝的是檸檬汽水！』

『你在他的汽水裡倒了什麼進去，我可是看得很清楚！』

『你胡說什麼！』特麗莎叫道。

『再來一杯伏特加，』禿頭點了酒，又加上一句：『我注意你已經好一陣子了。』

『那好！你有美女可以看，就開開心心地看，然後閉上你的嘴！』一個高個子的男人插了嘴。他剛走到吧檯邊上，看到了整個事情的經過。

『你別攪和！這不關你的事！』禿頭叫道。

『那你說來聽聽，這又關你什麼事呢？』高個子男人問道。

特麗莎把禿頭點的伏特加遞給他。他一口喝完，付了帳就走了。

『謝謝你。』特麗莎對高個子男人說。

『沒什麼。』高個子男人說，然後他也走了。

10

幾天之後，他又出現在酒吧。一看到他，她就像看到朋友一樣，對他微笑：『我得再跟你說一次謝謝。那個禿頭常常來，實在是讓人討厭得要命。』

『別再想那件事了！』

『那天他幹嘛來整我？』

『他不過就是個醉鬼吧！別再想那件事了，好不好？』

『既然你這麼說，我就不想了。』

高個子男人望著她的眼睛說：『你得答應我。』

『我答應你。』

『我喜歡聽你答應我。』高個子男人這麼說，兩眼還是沒離開她的眼睛。

調情的場面熱了：這誘發的行爲讓性的親近關係變得可能，儘管這種可能並不保證兌現，而且完全屬於理論層次。

『在布拉格最醜的地方，怎麼會遇到像你這樣的女人？』

『那你呢？你在這裡幹嘛，在這個布拉格最醜的地方？』

他說他住的地方離這裡不遠，他是個工程師，上回完全是因爲偶然，他下班回家經過酒吧，就進來待了一會兒。

11

她望著托馬斯，目光投射的方向不是托馬斯的眼睛，而是在那之上十來公分的地方，那是托馬斯的頭髮，裡頭散發著另一個女人性器官的氣味。

她說：『托馬斯，我沒辦法再這樣下去了。我知道我不該埋怨的。自從你爲了我回到布拉格以後，我就不准自己再去嫉妒。我也不想要嫉妒，可是我克制不了自己，我沒有足夠的力量。求求你，幫我！』

他挽著她的手臂，帶她走去他們幾年前經常一起散步的小公園。公園裡有幾張長椅：藍的、黃的、紅的。兩人坐下之後，托馬斯說：

『我瞭解你，我知道你要的是什麼。我已經安排好一切。現在，你就到佩特馨山去吧。』

她聽了之後覺得很不安：『到佩特馨山？到佩特馨山要幹嘛？』

『你爬到最上面就知道了。』

她一點也不想去那裡；她的身體這麼虛弱，根本離不開長椅。可是她又不能違背托馬斯。她掙扎著爬了起來。

她回過頭，托馬斯一直坐在長椅上對著她微笑，神情近乎愉快。他做了個手勢，看起來像是給她打氣。

12

佩特馨山在布拉格的市中心，是一片綠油油的山丘。她到的時候愣住了，因爲附近一個人也沒有。太奇怪了，平常不論何時總有一群又一群的布拉格人來這裡透透氣。她心裡有些不安，可是山路如此寧靜，而這寧靜又如此令人安心，她終於敞開自己，以信任的心情投入山丘的懷抱。她往上走，不時停下腳步往下看。在她腳下，看到的是一大堆塔樓和橋樑。教堂上的聖人們揮舞著拳頭，石頭做的眼睛盯著天上的雲朵。這是世界上最美麗的城市。

她到了山頂。在那些平常販賣冰淇淋、明信片和餅乾的攤子後面（小販們今天都沒有來）有一片一望無際的草地，草地上樹木稀疏。她瞥見那裡有幾個男人。她走上前去，靠得越近，腳步就放得越慢。那裡一共有六個人，有的動也不動，有的非常緩慢地走過來又走過去，有點像是高爾夫球選手在球場上檢視地形，掂著球桿的重量，集中精神讓自己在比賽前進入最佳狀態。

她終於來到他們身邊。六個男人裡頭，她看得出來，也很確定，其中有三個跟她來這裡要做的事情一樣：他們都惶惶不安，看起來好像有一大堆問題要問，可是又怕打擾別人，於是他們選擇不說話，用疑問的眼神看著四周。

另外三個男人則散發著一種寬容善良的氣質。其中一個手上拿著步槍，他看見特麗莎，對她點頭微笑說：『沒錯，就是這裡。』

特麗莎也對他點點頭，覺得渾身不自在。

拿步槍的男人又補上一句：『爲了避免錯誤，請問這是**您**想要的嗎？』要說『不，這不是我想要的』其實很簡單；可是她無法想像自己辜負托馬斯的信任。回到家裡，她要拿什麼當藉口呢？於是她說了：『是的。一點也沒錯。這是我想要的。』

拿步槍的男人又說了：『我必須讓您瞭解，爲什麼我要問您這個問題。我們只有確定來找我們的人確實決心要死，才會這麼做。我們只是幫這些人一點忙。』

他詢問的眼神一直停留在特麗莎身上，她只得再說一次，讓他放心：『沒錯，您別擔心！這是我想要的。』

『您想要第一個去嗎？』他問道。

特麗莎想要晚一點被處決，就算是拖一小段時間也好。

『不想。麻煩您，我不要第一個去。有可能的話，我想當最後一個。』

『就依您的意思了。』男人這麼說，然後走到其他人那裡去了。他的兩個助手沒帶武器，只是在那兒招呼著準備就死的人。他們挽著那些人的手臂，陪他們走到草地上。這是一大片鋪滿草皮的空地，一望無際。準備接受處決的人可以決定他們要哪一棵樹。他們停下來，悠悠望著，打不定主意。其中兩個終於選了兩棵法國梧桐，可第三個越走越遠，卻還是找不到一棵適合他赴死的樹。助手輕輕挽著這個男人的手臂，陪著他走，沒有不耐煩的樣子。最後，這個男人沒有勇氣再往前走了，他在一棵枝葉繁茂的槭樹旁邊停下腳步。

助手們用布條把三個人的眼睛蒙上。

於是，這片廣闊無邊的草地上有三個男人背靠在三棵樹上，每個人的眼睛都蒙著布條，仰頭向著天空。

拿步槍的男人瞄準之後開火射擊。除了鳥兒的歌聲，聽不到一點聲音。步槍上裝了滅音器。只看到背靠槭樹的男人倒了下去。

拿步槍的男人沒有離開原地，他轉身朝向另一邊，背靠法國梧桐的男人也無聲無息地倒了下去，過了一會兒（拿步槍的男人在原地轉身），第三個男人也倒在草地上。

13

其中一個助手一言不發地走向特麗莎。他的手上拿著一條深藍色的布條。特麗莎知道他要幫她蒙上眼睛。她搖搖頭說：『不用，我想要看到這一切。』

可是這並非她拒絕的眞正原因。她可完全沒有那種決心赴義、勇敢直視行刑隊的英雄氣概。她只是想推遲自己的死亡。她覺得只要一蒙上眼睛，就等於已經踏進了死神的會見室，再無回頭的希望。

男人沒打算強迫她，只是挽著她的手臂。他們走在那片廣闊無邊的草地上，特麗莎不知道該選這棵樹還是另一棵樹。沒有人逼她加快，可是她知道，無論如何，她是逃不掉了。她瞥見眼前有一棵正在開花的栗子樹，她走了過去，靠在樹幹上，仰起頭來：她看見陽光穿過葉簇落下，她聽見城市在遠方呢喃，微弱而溫柔，彷彿千萬把小提琴的聲音。

男人舉起步槍。

她覺得自己已經沒有勇氣了。她因爲自己的軟弱而絕望，可她卻控制不了這軟弱。她說：『不！這不是**我**想要的。』

男人立刻放低步槍的槍管，非常冷靜地說：『如果這不是您想要的，我們就不能這麼做。我們沒有權利這麼做。』

他的聲音很親切，彷彿爲了特麗莎並非自願而無法行刑在向她道歉。這親切撕裂著她的心；她轉身面向樹幹，開始抽泣。

14

她緊緊抱著大樹，身體因抽泣而顫動，彷彿那樹並不是樹，而是她早已失去的父親，是她不曾謀面的祖父，是她的曾祖父，是她的高祖父，是一個無限老邁的長者，來自最遙遠的時光深處，將他的面容浮現在粗糙的樹皮上。

她轉過身子。三個男人已經走遠了，他們在草地上走來走去，像是高爾夫球選手，而那男人手上拿的步槍也確實讓人想到球桿。

她從佩特馨山的小徑走下來，靈魂深處卻對那男人懷抱著鄉愁——他該開槍殺她，可他卻沒這麼做。她想念他。她需要有人來幫她，到頭來還是這樣！托馬斯是不會幫她的。托馬斯把她送往死亡之地。只有其他人才有可能幫她！

她越靠近城裡，心裡就越是思念這個男人，對托馬斯的恐懼也越深。他不會原諒她沒有信守承諾，他不會原諒她失去勇氣，背叛了他。此刻她已經走上他們家的那條街，她知道自己馬上就要見到托馬斯了。想到這裡，她怕得胃都痙攣了，湧上一股想要嘔吐的感覺。

15

工程師邀過她回家。她已經拒絕了兩次，這一次，她接受了。

她跟平常一樣，在廚房裡站著吃了午餐，然後出門。那時才剛過兩點。

她往他住的地方走去，卻覺得雙腿自動放慢了腳步。

然後她心想，其實是托馬斯送她來這男人家裡的。他不是花了不少時間給她解釋愛情和性愛毫無共通之處嗎？她現在不過是要去驗證他說的話罷了。她聽到托馬斯的聲音對她說：『我瞭解你，我知道你要的是什麼。我已經安排好一切。你往上爬到山頂，然後就會懂了。』

是的，她只是在執行托馬斯的命令。

她只想在工程師的家裡待一下子；只待一杯咖啡的時間，只待到她發現走到不忠的邊界是怎麼回事。她想把她的身體推上這邊界，像在柱子上示眾那樣停留片刻，然後就在工程師想把她擁入懷裡的時候，她會開口，就像在佩特馨山上對那拿步槍的男人說的一樣：『不，不！這不是我想要的。』

男人會放低步槍的槍管，還會用輕柔的聲音說：『如果這不是您想要的，我們就不能這麼做。我們沒有權利這麼做。』

然後她會轉身面向樹幹，開始抽泣。

16

這是一棟二十世紀初的建築，位在布拉格城郊的工人住宅區。她走進一條走廊，兩邊刷過白石灰的牆壁都很髒。樓梯上的鐵欄杆和一級級殘破的石階引著她走上二樓。她往左轉，第二道門，沒有住戶的名牌也沒有門鈴，她敲了敲門。

他打開門。

整個住處就是一間房，在距離門口兩公尺的地方用布簾隔開，讓人覺得有個前廳的樣子；前廳有一張桌子、一個爐子、一台冰箱。再往裡頭走，她看見眼前是長方形的窗戶直立在窄長的房間盡頭；一邊是書架，另一邊則是沙發床和房裡僅有的一把扶手椅。

『我家裡很簡單，』工程師說。『希望沒讓你失望。』

『不會，一點也不會。』特麗莎這麼說，兩眼則盯著牆壁，望著上頭一層層架子擺得滿滿的都是書。這男人沒有像樣的桌子，卻有幾百本書。特麗莎為此感到欣喜；剛才在路上一直困擾她的不安情緒漸漸緩和了。她從小就覺得書是某種祕密兄弟會的暗號。一個擁有這麼多書的人不會傷害她。

工程師問她想喝什麼？來點葡萄酒好不好？

不用，不用；她不想喝葡萄酒。要喝東西的話，就喝咖啡好了。

工程師消失在布簾後頭，特麗莎則是走到書架旁邊。有一本書引起她的注意。那是索福克里斯《伊底帕斯王》的翻譯本。在這個陌生人的家裡看到這本書實在很奇怪！幾年前，托馬斯給了特麗莎這本書，要她好好讀一讀，還跟她說了很多他的看法。後來托馬斯把這些看法發表在報紙上，正是這篇文章把他們的生活搞得風波不斷。她望著這本書的書脊，心裡覺得很平靜，彷彿是托馬斯故意在這裡留下他的痕跡，留下一則訊息，讓特麗莎知道，他已經安排好一切。她拿起書，把它打開。等工程師回來的時候，她要問他怎麼會有這本書？他讀過了嗎？覺得怎麼樣？她將用如此巧妙的對話，讓自己從陌生人住處的危險地帶過渡到屬於托馬斯想法的親密世界。

後來，她感覺有隻手搭在她的肩上。工程師把書從她手裡抽走，一聲不吭地把書放回架上，然後把她帶到床邊。

她想起她在佩特馨山上對行刑者所說的話，於是高聲說了：『不，不！這不是我想要的！』她一直以爲這神奇的咒語可以頓時扭轉情勢，但是在這個房間裡，這句話卻失去了魔力。我甚至覺得這話刺激了男人，讓他的行動變得更堅決：他緊緊摟著她，一隻手放上了她的乳房。

奇怪的是：這碰觸立刻消解了她的不安。彷彿藉由這碰觸，工程師揭露了她身體的存在，而她也才意識到，這場遊戲的賭注，並不是她（她的靈魂），而是她的身體，就是身體而已。這身體早已背叛了她，她已將它驅逐到遠方，任它和別的身體爲伍。

17

他解開她上衣的一顆扣子，心想她會自己解開剩下的幾顆。她並沒有遵從這個期待。她已把身體驅逐到遠方，她不想爲身體負任何責任了。她不要自己褪去衣服，也不抗拒。她的靈魂想藉此表現的是，儘管並不贊同眼前發生的事，但靈魂決定保持中立。

他褪去她衣服的時候，她有氣無力地呆滯在那裡。他吻了她，她的嘴唇卻沒有回應。後來她驚覺自己的下身濕了，她爲此感到沮喪。

她發現自己越是在不情願的情況下被刺激，就越覺得興奮。她的靈魂已經偷偷同意正在發生的這一切，而她也知道，若要延長這高亢的興奮，她就得默許下去。如果她高聲應和，如果她心甘情願地投入這場性愛遊戲，興奮的感覺就會消退。靈魂之所以興奮，正因爲違抗它意願而行動的身體背叛了它，也因爲靈魂在場觀看了這次背叛。

後來他脫下她的底褲；現在，她一絲不掛了。靈魂看著赤裸的身體在陌生人的懷裡，這景象令它無法置信，彷彿在眼前凝望著火星。在這不可置信的光芒照拂下，她的身體第一次失去平庸的樣子；第一次，她著迷地望著自己的身體；她身體的特殊性和無從模仿的獨特性浮現出來了。這並不是所有身體當中最普通的（之前她一直這麼想），而是最特別的。靈魂無法將目光從胎記上移開，這塊圓形的胎記是淡褐色的，就在恥毛的上面；靈魂望著這塊胎記，那是它自己標誌在這身體上的印記，靈魂覺得這景象很褻瀆——就在如此靠近這塊神聖印記的地方，一個陌生人的生殖器在那兒抽動著。

特麗莎抬眼看見男人的臉，她想起自己從來沒有同意要讓身體——靈魂早在上頭刻下標記的這具身體——抱在一個素不相識也不想認識的陌生人懷裡。一股令人暈眩的恨意湧上心頭，她在唇邊含了一大口唾沫，準備往陌生人的臉上吐去。兩人都以相同的熱切看著對方；他發現了她的怒氣，於是加快了他的動作。特麗莎發現一股快意從遠處向她進逼，於是大叫了起來：『不要，不要，不要！』她抗拒著漸漸進逼的高潮，她一邊抗拒，快感卻因爲受到壓抑無處宣洩，反而湧散到全身，久久不息；快感蔓延著，像在血管上扎了一劑嗎啡。她在男人的臂彎裡掙扎著，亂搥亂打，把唾沫吐到他的臉上。

18

現代的抽水馬桶從地面升起，宛如白色的睡蓮。建築師們竭盡所能，要讓身體忘卻它的卑微，要讓人在水箱沖走腸子排泄物的時候，不知被沖走的是什麼。雖然污水管的末端伸進我們的公寓，但是下水道的所有管路卻小心翼翼地隱蔽在我們的目光之外。我們看不見這些屎尿雜流的威尼斯，我們對此一無所知，卻在上頭構築了廁所、臥房、舞廳和議事廳。

這棟位在布拉格城郊工人住宅區的老建築，裡頭的廁所比較不虛僞；地面是灰色的地磚，抽水馬桶孤伶伶又卑微地從地面升起。馬桶的外型並不會讓人想到睡蓮，相反地，只會讓人想起它就是一段污水管放大的開口。上面甚至連個木頭坐墊都沒有，特麗莎只能坐在琺瑯圈上凍得打哆嗦。

她坐在馬桶上，心裡突然湧起一股想把腸子清空的欲望，這欲望渴求的是走向恥辱的最深處，渴求成爲身體，僅僅成爲一具身體，就像她母親以前一直說的，一具只爲吃喝拉撒而存在的身體。特麗莎清空了腸子，這一刻，她感到無盡的悲傷與孤獨。沒有什麼事比她裸身坐在污水管放大的開口上更悲慘了。

她的靈魂失去作爲觀眾的好奇心，失去了惡意與驕矜：再一次，靈魂回到身體的最深處，躲進最隱密的皺襞，絕望地等待有人呼喚它。

19

她從馬桶上站起來，沖了水，然後回到前廳。靈魂在那被遺棄的赤裸身體裡顫抖著。特麗莎還感覺得到肛門上用紙擦過的感覺。

這時發生了一件令人難以忘記的事：她很想到房間裡去找他，她很想聽到他的聲音，聽到他的呼喚。如果他用溫柔而低沉的聲音跟她說話，她的靈魂就會鼓起勇氣衝上身體的表面，她就會放聲哭泣，她就會緊緊擁抱他，就像在夢裡擁抱那棵栗子樹的粗大樹幹。

她在前廳強忍著這股巨大無邊的欲望，她不要在這男人面前痛哭。如果她忍不住哭了出來，她知道，她不想要的事情就會發生。她會愛上這男人。

這時，房裡傳來一個聲音。聽見這個與肉體分離的聲音（聽見聲音的時候看不到工程師高大的身材），她很驚訝：這聲音又尖又細，她竟然從來不曾注意到？

或許正因爲這聲音令她困惑而不悅，她才推開了誘惑。她回到房裡，撿起散亂的衣服，快快穿上然後就離開了。

20

她跟卡列寧買完東西回家，卡列寧的嘴裡叼著一個牛角麵包。那是個冷冽的早晨，還結了一點薄冰。她沿著一片新社區走著，那裡的房子和房子之間都是大塊的土地，人們在上頭開闢了小小的田地和花圃。卡列寧突然停了下來；牠不知望著什麼，看得目不轉睛。特麗莎也往那方向望過去，但是什麼也沒看到。卡列寧一直拉著她，特麗莎也由牠去。終於，在一個荒廢的花壇裡，在結凍的泥土上看見一隻長嘴烏鴉小小的、黑色的頭。這個不見身體的小黑頭緩緩地動著，嘴裡還不時發出斷啞的悲鳴。

卡列寧興奮得連牛角麵包都放開了。特麗莎只好把牠繫在樹上，免得牠弄傷這隻烏鴉。然後她跪下去，試著挖開被活埋的烏鴉周圍的泥土。挖起來還眞不容易。她挖斷了一根指甲，血都流了出來。

這時，一塊石子落在她身邊。她抬起頭，看見兩個大約十歲的小毛頭躲在一棟房子的牆角。她站了起來。兩個小毛頭見她起身，又看見繫在樹上的狗，於是拔腿跑了。

她又跪到地上去挖土，最後終於把烏鴉從牠的墳墓裡救了出來，但是烏鴉已經僵在那裡，走不動也飛不了。她用自己頸上的紅色圍巾把烏鴉裹起來，抓在左手，緊緊靠在身上。她用右手把卡列寧從樹上鬆開，費盡氣力才讓卡列寧靜下來，乖乖地跟在她腳邊。

她摁了門鈴，因爲她空不出手到口袋裡掏鑰匙。托馬斯幫她開了門。她把卡列寧的鍊子遞給他。『拿好！』她命令托馬斯這麼做，然後把烏鴉抱到浴室。她把烏鴉放在洗手台下面的地上。烏鴉掙扎著，可是卻動不了，一股淡黃色的黏液從牠身體裡流出來。特麗莎怕牠被地磚凍著，用一些破布給牠在洗手台底下做了一個窩。烏鴉絕望地拍打凍僵的翅膀；鳥嘴指來指去彷佛在責備著什麼。

21

她坐在浴盆邊上，目光卻離不開那隻垂死的烏鴉。她在烏鴉孤伶伶的身影裡，看見自己的命運，她反覆地自言自語：在這世界上，我只有托馬斯了。

工程師的插曲是不是讓她知道了，性愛的冒險與愛情毫不相干？她是不是知道了，這些冒險都很輕，沒有任何重量？她是不是平靜了一點？

一點也沒有。

她滿腦子都是這樣的畫面：她剛從廁所走出來，她被遺棄的赤裸身體站在前廳，靈魂受到驚嚇，在腸子裡顫抖。這時，如果在房間裡頭的男人跟她的靈魂說了話，她就會開始抽泣，她就會倒在他的懷裡。

她想像托馬斯的某個情婦處在她的位置，站在廁所門口，而托馬斯變成那個工程師。他只要對那個年輕女人說一句話，只要一句話就夠了，然後那女人就會留著眼淚緊緊抱住他。

特麗莎知道，愛情誕生的時刻就像這樣：女人無法抵擋那聲音——呼喚著她受到驚嚇的靈魂；男人無法抵擋那女人——她的靈魂殷切期盼著他的聲音。托馬斯面對愛情的陷阱從來不曾是安全的，特麗莎也只能時時刻刻爲他擔心而顫抖。

她有什麼武器？不過就是她的忠誠罷了。這忠誠，她從一開始，從第一天就獻給了他，彷彿她轉瞬就明白自己沒有別的東西可以給他。他們的愛情是一個極不對稱的建築：這愛情建立在特麗莎絕對確定的忠誠之上，宛如一座巨大的宮殿矗立在一根孤伶伶的柱子上。

現在，烏鴉幾乎不再拍動翅膀了；頂多顫一顫牠裂傷的腳爪。特麗莎不願離開牠，她照顧牠的模樣，像是守在臨終的姊妹的床邊。後來，她還是去廚房草草吃了午餐。

她回來的時候，烏鴉已經死了。

22

他們在一起的第一年，做愛的時候特麗莎會大聲喊叫，就像我先前說的，這叫聲是要讓所有的感官看不見也聽不到。後來，她就叫得少一點了，可是她的靈魂卻一直因爲愛情而目盲，什麼也看不見。她跟工程師上床的時候，愛情的缺席終於讓她的靈魂恢復了視力。

她又回去洗蒸氣浴，又再一次站在鏡子前面。她望著自己，想著想著又看見自己在工程師家做愛的情景。她記得的是，那個男的並不是情人。其實，她甚至無法描述他的樣貌，或許她連他赤身裸體的樣子都不記得。她記得的（以及她現在興奮地站在鏡子前面望著的）是她自己的身體，她的恥毛還有恥毛上頭的胎記。對她來說，這胎記原本一直只是皮膚上的一個缺陷，現在卻刻進了她的記憶。她想要一看再看，看這塊胎記和陌生人的生殖器近得令人難以置信。

我得再強調一次：她並不是渴望看到陌生人的性器官。她想要的是在這性器官的附近看到她自己的私處。她並不渴望別人的身體。她渴望的是她自己突然顯露出來的身體，別人的身體越靠近、越陌生，就越讓她興奮。

她望著她的身體，上頭覆著淋浴留下的細小水珠，心裡想著工程師哪天會來酒吧。她渴望他來，渴望他提出邀約！她懷抱著巨大無邊的渴望。

23

一天又一天，她害怕看到工程師出現在吧檯，害怕自己無力說『不』。隨著日子一天天過去，她不再害怕看到工程師，而是怕他不會再出現了。

一個月過去了，工程師杳無音訊。對特麗莎來說，這是無法解釋的。失望的情緒被不安取代了：他爲什麼沒來？

她招呼著客人。那天晚上指控她賣酒給未成年人的那個矮禿子又來了。他大聲說著一則下流的故事，這故事特麗莎在省城給人端啤酒的時候，早已從那些醉漢的口中聽過幾百遍。她覺得自己又再一次被母親的世界侵襲了，於是她粗魯地打斷矮禿子的話。

矮禿子被惹火了，他說：『你沒資格命令我！我們還讓你在這個酒吧工作已經很好了。』

『你說什麼**我們**？**我們**是誰？』

矮禿子說：『我們就是我們，』然後又點了一杯伏特加。『你記清楚，我可不會再讓你侮辱了。』

話說完，他又指著特麗莎脖子上一串串廉價的珍珠項鍊。

『你說，這是哪兒來的？一定不是你那洗窗戶的丈夫給的吧！他賺的錢哪夠給你買珍珠！是客人給的吧？你用什麼跟人家換的？嗄？』

『住嘴，你馬上給我閉嘴！』特麗莎大聲叫道。

矮禿子還想抓住特麗莎的項鍊，他說：『你可別忘記，在我們這個國家裡，賣淫是犯法的！』

卡列寧站直身子，前腳搭在吧檯上，從喉嚨裡發出低沉的叫聲。

24

大使說：『他是祕密警察。』

『如果他是祕密警察，他應該要低調一點才對呀，』特麗莎這麼說。『一個不祕密的祕密警察有什麼用呢？』

大使在他的小床上，盤坐在兩隻腳板上頭，姿勢像是從瑜伽課上學來的。牆上，甘迺迪總統的微笑給大使說的話戴上了神聖的光環。

『特麗莎女士，』他以父輩的語氣說話，『祕密警察的功能有很多種。第一種是最典型的，就是去聽人們說些什麼，然後匯報給上級。

『第二種功能是恐嚇。他們要讓人知道，我們都是任他們宰割的，他們要讓我們害怕。這是您那位光頭先生想做的事。

『第三種功能是去設計一些狀況，讓我們牽扯進去。現在已經沒有人會指控我們密謀顚覆政府了，這對他們一點好處也沒有，因爲這樣會讓我們得到更多的同情。現在他們比較喜歡在我們的口袋裡找到大麻，或是證明我們強暴了一個十二歲的小女孩。他們總是有辦法找到一個小丫頭來作證。』

特麗莎想起工程師。他從來不曾再回到酒吧，這該怎麼解釋？

大使接著說：『他們得讓人掉進陷阱，然後讓人替他們工作，再利用這些人去給其他人設下陷阱，這樣一而再再而三，漸漸地，他們會把整個民族變成告密者組成的一個巨大組織。』

現在特麗莎心裡只想到一件事：工程師是祕密警察派來的。那麼，跑到對面小酒館喝得醉醺醺，又回來跟她說話不三不四的那個奇怪的男孩，他又是做什麼的！就是因爲這個男孩，祕密警察才來找她麻煩，而工程師才來幫她解圍。這三個人事先串通好，演了一齣戲；目的是要讓她對那男人產生好感，而那男人的任務就是勾引她。

爲什麼她沒有想到呢？那個住處有些地方實在很可疑，跟那個男人一點也不搭調。一個穿著體面的工程師，爲什麼會住在這麼破爛的地方呢？他眞的是工程師嗎？如果是的話，爲什麼下午兩點鐘他沒去工作？工程師怎麼會讀《伊底帕斯王》！不是，那不會是工程師的書架！那房間還比較像是個窮知識分子的——他的住處被充公，人被關在牢裡。特麗莎十歲的時候，他們逮捕了她的父親，還沒收了他的公寓和所有的藏書。此後，誰知道公寓被拿去做什麼用？

現在，她很清楚爲什麼他從此沒有再回來。他的任務已經完成了。什麼任務？那個半醉的祕密警察在他的話裡無意間透露出來：『你可別忘記，在我們這個國家裡，賣淫是犯法的！』而這個冒牌的工程師將會作證，說她跟他上過床，還跟他要錢！他們會用醜聞威脅她，逼她就範，要她揭發來酒吧買醉的人都說些什麼。

大使還是要她冷靜下來：『在我看來，您不幸的遭遇並沒有危險的成分。』

『或許吧。』她的聲音是哽著的。話說完，她走了出去，和卡列寧一起走入布拉格黑暗的街巷。

25

要逃避痛苦，人們最常用的方法就是遁入未來。在時光的路徑上，人們想像了一條線，越過這條線，當下的痛苦就不存在了。可是特麗莎在前方卻看不見這條線，只有往後看才能給她帶來安慰。又是一個星期天，他們一起開車遠離布拉格。

托馬斯坐在駕駛座，特麗莎坐在旁邊，卡列寧則在後座，不時探頭到前面舔舔他們的耳朵。兩個小時以後，他們到了一個溫泉小城。五、六年前他們曾經來這裡待過幾天，他們打算在這裡過夜。

他們把車停在廣場，然後下了車。城裡的一切都沒變。眼前就是他們當年下榻的那家旅館，門前還是那棵老椴樹。旅館的左邊延伸出一排木造拱廊，盡頭有一個人工湧泉的大理石水盤，上頭流淌著泉水。人們還是跟從前一樣，在那兒傾身用手上的杯子取水來喝。

托馬斯指著旅館，那裡多少還是有一點改變。從前，旅館叫做『豪華旅館』，現在呢，從招牌上看來，是『貝加爾旅館』。他們望著樓房邊角上掛的牌子：那是『莫斯科廣場』。後來，他們到他們認得的街上去兜了一圈（卡列寧沒上鍊子，乖乖地跟著），他們看著街道的名字：有史達林格勒街、列寧格勒街、羅斯托夫街、新西伯利亞街、基輔街、敖德薩街，有柴可夫斯基療養所、托爾斯泰療養所、林姆斯基—高沙可夫療養所，有蘇沃洛夫旅館、高爾基電影院，還有普希金咖啡館。所有的名字都來自俄羅斯和俄羅斯的歷史。

特麗莎想起俄羅斯入侵的最初幾天。人們把每個城市裡的路牌和每條路上的交通標誌都拆掉了。整個國家在一夜之間成了無名之地。整整七天，俄羅斯的大軍迷失在全國各地，不知自己身在何方。軍官們到處尋找報社、電視台、電台的所在，想要占領這些建築物，可是卻遍尋不獲。他們問人，人們不是聳聳肩就是告訴他們錯誤的地址，或是指個錯誤的方向。

這麼些年過去了，無名之地的舉措對這個國家似乎不是沒有危害。街道和房舍再也找不回它們原來的名字了。一個波希米亞的溫泉小城一下子成了一個虛幻的小俄羅斯，特麗莎也發現，他們來這裡尋找的過去已經被沒收充公了。他們不可能在這裡過夜。

26

他們默默地走回車上。特麗莎心想，所有的事物和所有的人都帶著一層僞裝：波希米亞的老城被覆上一個個俄羅斯的名字；捷克人拍攝俄羅斯入侵的照片，其實是在幫俄羅斯的祕密警察工作；把她推向死亡的人，臉上戴著托馬斯的面具；祕密警察裝扮成工程師，工程師又想扮演佩特馨山上的那個男人。他住處的那本書放在那裡，根本就是要欺騙她，引她走上歧途。

現在，想起她曾經拿在手上的那本書，她的腦中閃過一件事，臉頰不覺紅了起來：事情到底是怎麼發生的？工程師說他要去弄咖啡。她走到書架旁邊，取下索福克里斯的《伊底帕斯王》。後來，工程師回來，手上卻沒有咖啡！

她反覆回想當時的情況：工程師藉口要去弄咖啡而離開的時候，去了多久？毫無疑問，至少有一分鐘，也說不定有兩分鐘，甚至三分鐘。這麼久的時間，他在小小的前廳裡做什麼？他去了廁所嗎？特麗莎努力回想當時有沒有聽到關門的聲音，或是沖水的聲音。沒有，她確定沒有聽到水聲，她記得很清楚。她也幾乎可以確定沒有聽到關門的聲音。那麼，他在前廳做了什麼？

突然間，事情變得再清楚不過了。爲了讓她掉入陷阱，光靠工程師的證詞是不夠的，得要有個讓她無法辯駁的證據。工程師離開了這麼久，在這段可疑的時間裡，他在前廳架了一台攝影機。或者，更有可能的是，他帶了一個人進來，拿著相機躲在布簾後面，然後這個人就在那兒偷拍他們的一舉一動。

才不過幾星期前，她還很驚訝普洛恰茲卡竟然不知道自己生活在集中營裡，不知道在這裡不能有私人的生活。可她自己又如何？離開了母親的家，她天眞地以爲從此可以主宰自己的私生活。可是母親的屋子卻延伸到整個世界，不管到哪裡都糾纏著她。特麗莎根本無處可逃。

他們沿著花園之間的台階往剛才停車的廣場走去。

『你怎麼了？』托馬斯問道。

她正要開口回答，卻聽見有人跟托馬斯問了聲好。

27

那是個約莫五十歲的男人，一個滿臉風霜的農夫，托馬斯從前幫他動過手術。此後，他每年都可以來這個溫泉小城療養幾天。他邀托馬斯和特麗莎去喝一杯。由於狗不能進入公共場所，特麗莎只好把卡列寧帶去車子裡，男人們則坐在酒館裡等她。她回到酒館的時候，老農夫正說著：『我們那兒，可是風平浪靜。兩年前，他們還選了我當生產合作社的主席咧。』

『恭喜，恭喜！』托馬斯說。

『我們那兒啊，您也知道，就是鄉下地方。大家都往外頭跑。那些在上面的，只要有人願意留下來就謝天謝地了，哪敢把我們從工作崗位上趕走。』

『這地方對我們來說還眞理想。』特麗莎說。

『我親愛的女士，您在那裡會很無聊的。那兒呀，什麼都沒有。眞是什麼都沒有啊！』

特麗莎望著那飽經風霜的臉，覺得這位老農夫非常可親。經過這麼多年，她終於遇到了一個可親的人！一幅田園生活的畫面浮現在她眼前：小村莊和教堂的鐘樓，田野，樹林，一隻在田裡奔跑的野兔，一個戴著綠氈帽看守獵場的人。她從來不曾在農村生活過，這景象是她聽人家說的，或者是書上看來的，不然就是遠古的祖先銘刻在她潛意識裡的。話雖如此，這景象印在她的腦海裡，明澈而清晰，像家族相簿裡的曾祖母照片，或一幅古老的版畫。

『您還會痛嗎？』托馬斯問道。

老農夫指了指頸後頭骨與脊椎相連的地方：『這裡有時候會痛。』

托馬斯坐在椅子上沒起身，輕輕按著老農夫剛才指給他看的地方，然後又問了他的老病人幾個問題。他說：『我已經沒資格開處方箋了，不過您回去的時候就跟您的醫生說，您跟我談過，我建議您吃這個。』他從衣服裡面的口袋拿出記事本，撕下一頁，在上頭用大寫的字母寫下藥名。

28

他們開車駛向布拉格。

特麗莎想著她裸身在工程師懷裡的相片。她試圖安慰自己：就算這張相片眞的存在，托馬斯也永遠不會看見。對這些人來說，這張相片除了拿來威脅特麗莎，沒有其他用處。要是他們把相片寄給托馬斯，這張相片就會立刻失去所有的價値。

但是萬一這些祕密警察覺得特麗莎沒有任何利用價値，結果又會如何？眞是這樣，相片對他們來說就只是個有趣的笑話了，要是有誰想把相片裝進信封寄給托馬斯，尋尋開心，誰也無法阻止他這麼做。

如果托馬斯收到這麼一張相片，結果會怎麼樣？他會把她趕出去嗎？或許不會。應該不會吧。可是他們脆弱的愛情建築就會完全毀壞了，因爲這建築唯一的支柱就是她的忠誠，而愛情就像是帝國：一旦作爲帝國基礎的信念消逝，帝國也會隨之滅亡。

她的眼前出現了一個畫面：一隻在田裡奔跑的野兔，一個戴著綠氈帽看守獵場的人，還有矗立在樹林之上的教堂鐘樓。

她想跟托馬斯說，他們倆應該離開布拉格。遠離那些活埋烏鴉的孩子，遠離祕密警察，遠離那些拿雨傘當武器的姑娘。她想跟托馬斯說，他們倆應該到農村去生活。這是他們得救的唯一一條路。

她轉頭望著托馬斯，可是托馬斯兩眼盯著前方的碎石路，默默不語。這道靜默的圍籬樹立在兩人之間，她跨不過去。她失去了開口的勇氣。她此刻的狀態就和那天從佩特馨山下來的時候一樣。她的胃痙攣，而且想要嘔吐。托馬斯讓她感到害怕。他對她來說太強了，而她自己又太弱了。他下了一些她不明白的命令，她努力要執行這些命令，可是不知道該怎麼做。

她想要回到佩特馨山，要那個拿步槍的男人讓她蒙上眼睛，靠在栗子樹的樹幹上。她很想要死。

29

醒來的時候，她發現家裡只有自己一個人。

她出門往河堤的方向走去。她想看看伏爾塔瓦河。她想站在河岸上，久久望著河水，因爲水流會讓人平靜，撫平痛苦。河水一個世紀流過一個世紀，人間事就在河岸上不斷發生，發生之後，第二天就被遺忘，而河水依然滔滔流過。

她靠在護欄上，望著下方。那是布拉格的郊區，伏爾塔瓦河已經穿過市區，把布拉格城堡與教堂的輝煌壯麗拋在後頭，像個下了戲的女伶，一臉倦意，若有所思。河水沿著骯髒的河岸流著，岸邊築著柵欄和矮牆，後頭是廢棄的工廠和遊樂場。

她望著河水良久，這兒的水似乎又更悲傷、更陰鬱了；後來，她突然發現河中央有個奇怪的東西，一個紅色的東西，是了，是一張長椅。那是一張鐵腳的木頭長椅，就像布拉格的公園裡常見的那種。長椅緩緩漂流在伏爾塔瓦河的中央。接著後頭又漂來另一張長椅。接著又是另一張，接著還有一張，特麗莎終於明白，原來她看見的是布拉格的公園裡的長椅順著河水流出市區，水裡的長椅很多很多，水裡的長椅越來越多，它們漂在水上就像秋天的落葉，讓流水載著它們遠離森林，有一些是紅色的，有一些是黃色的，有一些是藍色的。

她轉身想找人問問這是怎麼回事，爲什麼布拉格的公園長椅都順著河水流走了？可是人們從她身旁走過，一副漠不關心的樣子，對他們來說，一條河不就是這麼流著嗎？一個世紀流過一個世紀，流過他們轉瞬即逝的城市。

她再次凝望著河水。她感到無盡的悲傷。她明白自己看到的是什麼，這是一場告別。這是向生活告別，生活帶著它的色彩列隊離去了。

長椅的隊伍終於消失在她的視界之外。她又看見幾張零零落落遲來的長椅，後來又有一張黃色的長椅，然後又是一張，藍色的，最後一張。

第五部

輕與重

1

特麗莎突然來到布拉格，出現在托馬斯家的時候，托馬斯跟她做了愛。我在第一部也說過，見面當天，他們在見面的頭一個小時就做了愛，接著特麗莎就發燒了。她躺在托馬斯的床上，托馬斯倚在床頭，他相信那是一個被人放在籃子裡，順著流水送來給他的孩子。

從此，他鍾愛這棄嬰的畫面，經常想到曾經出現這畫面的古老神話。或許正是這畫面隱藏的主題，促使他去找來索福克里斯《伊底帕斯王》的譯本。

伊底帕斯的故事大家都知道：牧羊人撿到一個棄嬰，他把嬰兒帶去給波里布斯王，這個國王把棄嬰扶養長大。伊底帕斯長大以後，在山路上遇見一位坐著馬車旅行的陌生君王。他們之間發生了爭執，伊底帕斯殺死這位君王。後來，他娶了王后喬嘉斯塔爲妻，成爲底比斯的國王。他並不知道自己當年在山裡殺死的男人就是他的父親，也不知道跟他同床共枕的女人是他的母親。這時，命運正狂虐地欺凌著他的子民，把惡疾散布給他們。伊底帕斯終於明白，他們之所以受苦，罪魁禍首正是他自己，他於是用針刺瞎自己的雙眼，終生目盲，他也離開了底比斯。

2

有人認爲中歐那些共黨政權都是一群罪犯創造出來的，這種想法把一個根本的眞相遺留在暗影裡：這些罪惡的政權並不是由罪犯打造的，而是由狂熱分子打造的，這些人確信自己發現了通往天堂的唯一道路。他們英勇地捍衛這條道路，爲此處決了很多人。後來，事情很清楚，天堂並不存在，所以這些狂熱分子其實是殺人犯。

於是，每個人都在責怪共產黨人：你們給這個國家帶來了不幸（它變得貧窮破敗），你們害這個國家失去了獨立（它被俄國人控制了），你們利用司法審判殺人！

被控訴的人則這麼回應：我們原先不知道啊！我們都被騙了！我們一直相信著哪！在內心深處，我們是無辜的！

爭論最後歸結到這個問題：他們原先是眞的不知道？還是裝作什麼都不知道？

托馬斯（跟一千萬捷克人一樣）一直注意著這些爭論，他心想，在這些共產黨人裡頭，一定有人不是這麼徹底無知（他們至少也該聽說過後革命時代的俄羅斯所發生並且不斷在發生的種種恐怖吧）。但是很有可能他們當中的大部分人確實什麼也不曉得。

托馬斯心想，最根本的問題不是：他們知道或不知道？而是：他們不知道，就是無辜的嗎？一個坐在王位上的笨蛋是不是就不必負任何責任，只因爲他是個笨蛋？

在一九五〇年代初期對無辜的被告宣判死刑的捷克檢察官，就算他是被俄羅斯的祕密警察和自己國家的政府矇騙了，可是現在人們知道那些控訴是荒謬的，那些被處以死刑的人是無辜的，那麼同一個檢察官難道還可以爲自己靈魂的純眞辯解，難道還可以拍著胸脯保證：我的良知沒有污點，我原先並不知道，我一直相信著哪！他所說的『我原先並不知道，我一直相信著哪！』不正是他無法彌補的過錯之所在嗎？

於是，托馬斯想起伊底帕斯的故事：伊底帕斯並不知道和他同床共枕的女人是自己的親生母親，然而，當他知道發生了什麼事，他並沒有覺得自己無辜。他無法忍受這個因爲自己無知而釀成的悲劇，他自己刺瞎了雙眼，目盲的他，離開了底比斯。

托馬斯聽到共產黨人大吼大叫在爲自己靈魂的純潔辯解，他心想：因爲你們的無知，這個國家或許失去了幾個世紀的自由，而你們卻在大喊你們是無辜的？怎麼，你們身邊發生的事你們還看得下去嗎？怎麼，你們難道不覺得可怕嗎？或許你們沒有眼睛可以看到這一切！如果你們有眼睛，你們就應該把自己刺瞎，然後離開底比斯！

他非常喜歡這個比擬，跟朋友談話的時候經常提起。他的說法越來越尖刻，用詞越來越高雅。

當時，他跟所有的知識分子一樣，習慣讀一份印量大約三十萬，由捷克作家聯盟出版的周報。這份周報在共黨體制下，還擁有相當的自主權，可以說些別的報紙不能公開說的事。這份作家聯盟的報紙甚至還刊登了一些文章，追問共產黨執政初期的政治審判中利用司法殺人的事件，究竟誰該負責？迫害的範圍究竟到了哪裡？

在這些討論裡，問題始終回到同一個點上。他們知道還是不知道？由於托馬斯覺得這個問題是次要的，有一天他就把他關於伊底帕斯的想法寫下來，寄了過去。一個月後，他收到回信，他們請他到編輯部去一趟。他到的時候，出來接待他的記者個頭不高，挺直的身軀像棍棍子，他建議托馬斯把一個句子的句法調整一下。不久，這篇文章就出現在倒數第二頁的『讀者來信』當中了。

托馬斯看了以後很不滿意。他們當初只是爲了請他改一個句子，就覺得該找他去報社，可後來卻連問都沒問，就把他的文章剪了一大段，把他的想法簡化到剩下一個基本主題（有點太簡略也太霸氣），他一點也不喜歡。

這事發生在一九六八年的春天。那時執政的是亞歷山大．杜布切克，他身邊圍繞著一些有罪惡感的共產黨人，他們想要做些什麼來彌補自己的過錯。可是其他大吼大叫說自己無辜的共產黨人，卻擔心憤怒的人民會把他們送去審判。這些人每天都去跟俄羅斯大使訴苦，乞求他支持。托馬斯的讀者信刊登出來的時候，他們大聲嚷著：看看事情到了什麼地步！竟然有人敢公開寫文章要我們把眼睛刺瞎！

兩三個月後，俄國人決定不再容忍附庸國的大鳴大放，於是他們的軍隊在一夜之間占領了托馬斯的國家。

3

從蘇黎世回來之後，托馬斯又重拾他在布拉格那家醫院的工作。可是沒過多久，外科主任就找他去談話。

『總之呢，我親愛的同事，』外科主任對他說，『您既不是作家，也不是記者，也不是民族救星，您是醫生，是科學家哪。我不希望失去您，無論如何我都會想辦法把您留在這裡。可是他們說您得收回您寫的那篇關於伊底帕斯的文章。那篇文章對您這麼重要嗎？』

『老闆，』托馬斯這麼說，他想起他的文章被砍掉三分之一，『那篇文章是世界上最不重要的東西。』

『您知道他們這麼做是什麼意思嗎？』外科主任說。

他知道：天平的兩端有兩樣東西：一邊是他的榮譽（要求他不要否認自己寫過的東西），另一邊則是他習以爲常，視之爲生命意義的東西（也就是他作爲科學家、作爲醫生的工作）。

外科主任接著說：『要人收回他寫過的東西，這是中世紀的作法。「收回」，這是什麼意思？在現代，我們無法收回一個想法，我們只能駁斥它。而且，我親愛的同事，收回一個想法根本是不可能的，這純粹是口頭的、形式的、變戲法的，我不明白您爲什麼不照他們的要求去做。在一個恐怖統治的社會裡，聲明根本不代表什麼，那些聲明都是用暴力強索的，正直的人有義務不去理會、不去聽這些東西。我跟您說，我親愛的同事，爲了我也爲了您的病人，您得繼續待在這個工作上。』

『老闆，您說得確實沒錯。』托馬斯一臉愁容。

『那麼？』外科主任努力要猜出托馬斯在想什麼。

『我害怕自己丟臉。』

『在誰的面前丟臉？您這麼看重在您身邊的這些人，所以擔心他們的想法？』

『不是，』托馬斯說。『我沒那麼在乎人們的看法。』

『還有，』外科主任又說，『他們跟我保證過，不必做公開的聲明。這些人都是官僚，他們要的只是在檔案夾裡有個什麼東西可以證明您並沒有反對政府，萬一哪天有人來指責他們讓您留下來工作的話，他們才有個憑據。他們答應過我，您的聲明只有您和當局知道，他們沒打算把它公開。』

『給我一個星期想想吧。』托馬斯用這句話給這次的談話作結。

4

他被視爲醫院最好的外科醫生。已經有人在說，外科主任快到退休的年紀了，再過不久，他就會把位子讓給托馬斯。上頭要求托馬斯做一份自我批評聲明的流言傳開之後，大家都認爲他會聽命照辦。

這是讓他驚訝的第一件事：儘管他從來沒做過什麼事可以支持這樣的假設，但是人們寧可在他不正直的這邊押注，甚於相信他的正直。

另一件讓他驚訝的事情，是人們面對這個假設的行爲的反應。我可以大略把這些反應分成兩類：

第一種反應出現在自己（他們自己或是親朋好友）曾經在事後否認過某些東西的那些人身上，也就是曾經被迫公開聲明他們贊同占領軍政權的人，或是正準備要這麼做的人（當然是心不甘情不願的；誰會歡天喜地這麼做？）。

這些人對他露出一抹詭異的微笑，這種笑容他還從來不曾看過：那是祕密共謀的靦腆微笑。那是兩個男人在妓院不期而遇的微笑；他們覺得有點羞恥，但同時又覺得高興，因爲他們的羞恥是共通的。他們之間產生了一種猶如兄弟情誼的聯繫。

由於托馬斯從來就是個不守成規的人，他們因此更樂意對他露出微笑。假設他接受了外科主任的提議，那就可以證明懦弱正慢慢地、必然地成爲行爲的常規，再過不久就會失去它原來的意義了。這些人從來就不是他的朋友。托馬斯想到就害怕，他知道，如果他眞的寫了人家要他寫的聲明，這些人就會邀他去家裡喝一杯，而且會想要多跟他來往。

第二種反應是自己（他們自己或是親朋好友）遭受迫害的那些人的反應，他們拒絕跟占領軍有任何形式的妥協，雖然沒有人要求他們妥協或發表聲明（可能因爲他們太年輕，還沒有捲入什麼事），但他們確定自己不會同意這麼做。

S屬於這些人其中的一員，他是個非常聰明的年輕醫生。有一天他問托馬斯：『那麼，他們要的東西你寫好了嗎？』

『拜託，你是什麼意思！』

『我是說你的聲明啊，』S說。他說話的語氣裡並沒有惡意。他甚至還是微笑的。在琳瑯滿目的微笑標本集裡，這種微笑很不一樣：這是屬於得意的精神優越感的微笑。

『告訴我，』托馬斯說，『你對我的聲明知道多少？你看過嗎？』

『沒有。』S回答。

『那你在這裡胡說些什麼？』托馬斯說。

S的臉上始終掛著相同的得意微笑：『哎呀！大家都知道那是怎麼回事。那些聲明書都是用信寄給主任或是部長或是什麼人，他們答應不把信公開，不要讓寫聲明的人覺得羞愧。是這樣吧，嗄？』

托馬斯聳了聳肩，等著他說下去。

『然後呢，聲明書就會被小心翼翼地歸檔，可是寫聲明的人知道這封信隨時都有被公開的可能。在這樣的情況下，這個人永遠也不能說什麼了，永遠也不能批評什麼，永遠也不能抗議了，不然聲明就會被公開，他在大家眼裡就名譽掃地了。不過話說回來，這種方法還算是客氣的，要糟的話，還有更糟的呢。』

『是啊，這種方法非常客氣，』托馬斯說。『不過我很好奇，是誰告訴你我寫了聲明的。』

這個同事聳了聳肩，臉上的微笑依然沒有消失。

托馬斯發現了一件奇怪的事：**所有人**都對他微笑，**所有人**都希望他寫聲明書，收回那篇文章會讓**所有人**都高興！有些人開心是因為懦弱的人數擴增，可以讓他們自己的行為變得普遍，可以讓他們恢復失去的名譽。有些人則習於視自己的名譽為特權而不願放棄，這些人對懦弱的人也有一種祕密的喜愛，如果沒有懦弱的人，他們的勇氣就只是一種平凡無用的努力，沒人會欽佩他們。

托馬斯受不了這些微笑，他覺得不管走到哪兒都看得到，連街上的陌生人也對他微笑。他睡不成眠。什麼？他把這些人看得這麼重要？完全不是這麼回事。他一點也不在乎他們，他氣自己被他們的目光搞得心煩意亂。這種事完全沒道理，他這麼看不起別人，怎麼會被別人的評判影響到這個地步呢？

在他選擇工作的時候，或許他內心深處對人的不信任（恐懼人們有權決定他的命運，恐懼人們評判他）已經起了作用，讓他可以不必暴露在眾人的目光下。選擇政治人物這類工作當職業的人，自願把公眾變成他們的審判者，這些人懷抱著天眞的信仰，自認可以擄獲人心。人們偶有不悅，只會激發他們繼而做出難度越來越高的表演，托馬斯在診斷中被疑難雜症刺激到的時候也有相同的反應。

醫生（跟政治人物或演員不一樣）只會被他的病人和最相近的同業評判，所以，這種評判是在屋子裡，面對面的。面對這些評判的目光，他可以在同一時間回答、解釋或辯解。可是托馬斯現在（這是他這輩子第一次）的處境是：盯在他身上的目光多得讓他無法掌握。他無法以自己的目光回應，也無法以言詞回應。他只能任人宰割。人們在醫院裡談他，在醫院外也談他（布拉格是個敏感的城市，誰因爲軟弱而讓步了，誰揭發了別人，誰去通敵了，所有的八卦消息就像非洲人用手鼓傳信那樣，在城裡以異常敏捷的速度咚咚咚地流傳著），他知道人們在談論他，可卻完全無力阻止。他自己也很驚訝，這事竟然可以讓他無法忍受到這個地步，可以讓他陷入這般驚惶。眾人對他的興趣讓他很不自在，像是被一大群人擠壓著，或像在惡夢裡，碰到一群人要扯掉我們的衣裳。

他去找外科主任，告訴他，他什麼聲明也不會寫。

外科主任握了他的手，握得比平常用力得多，說他就知道托馬斯會做這樣的決定。

托馬斯說：『老闆，就算沒有聲明書，或許您也可以試著把我留在這裡。』托馬斯這麼說是想要暗示外科主任，如果他被迫離開，只要所有同事都以辭職來威脅，事情就可以解決了。

可是沒有人想到要拿辭職來抗議，所以過沒多久，托馬斯只得離開他在醫院的工作了（外科主任握了他的手，握得比上次還要用力；他的手都瘀青了）。

5

他先是在距離布拉格八十公里的一個省城的診所找到工作，每天都搭火車去上班，然後拖著疲憊不堪的身軀回來。一年之後，他在布拉格郊區的一家義診中心找到一個比較輕鬆但是職位很低的工作。他不能再做外科手術，只能當一般門診的醫生。候診室裡人滿為患，每個病人只能花五分鐘來看，他給他們開阿斯匹靈，幫他們寫診斷書跟雇主請假，或者把他們送去專門醫院看診。在他看來，他不再是醫生，而是辦公室雇員。

一天，看診時間快要結束了，一位大約五十歲的先生來拜訪他。這位先生胖墩墩的身形帶著嚴肅的氣息，他自我介紹說是內政部的主任官員，然後邀托馬斯到對面的小酒館去喝一杯。

他點了一瓶葡萄酒。托馬斯推辭說：『我開車。要是碰上警察，他們會沒收我的駕照。』內政部來的人笑著說：『如果您遇到什麼麻煩，就報上我的名字。』他遞給托馬斯一張名片，上頭有他的名字（當然是假的）還有部裡辦公室的電話號碼。

後來，他花了很長的時間跟托馬斯解釋自己有多麼敬重他。在部裡，所有人都惋惜這麼一位優秀的外科醫生竟然淪落到郊區的義診中心給人開阿斯匹靈。他甚至有意無意地讓托馬斯知道，雖然警察不能大聲說出來，但是對於專家們被如此粗暴地從工作崗位上趕走，他們也覺得遺憾。

由於托馬斯已經很久沒聽到人家對他的讚美，於是非常專心地聽著這個挺著肚腩的矮男人說話，發現他對自己在外科方面的成就瞭若指掌，托馬斯覺得很驚喜。面對奉承的時候，人們多麼沒有戒心啊！托馬斯沒辦法不把這個內政部官員說的話當回事。

可這也不只是因爲虛榮，主要還是因爲沒有經驗。眼前是一個親切、恭敬又彬彬有禮的人，而我們卻要時時刻刻說服自己這個人說的話**沒有一句**是眞的，**沒有一句**是誠懇的。這種事實在很難。要做到**不去相信**（持續而且有系統地，一秒也不遲疑），必須付出極大的努力，還要訓練，也就是說得常去接受警察審問。這種訓練正是托馬斯所欠缺的。

內政部的人接著說：『大夫，我們知道，您在蘇黎世過得非常好。您回到國內我們都敬佩得很。這對您來說也是好事，您知道您是屬於這裡的。』他又加上一句，彷彿是在責怪托馬斯：『可是您是屬於手術房的。』

『我很同意您所說的。』托馬斯說。

短暫的停頓之後，內政部的人以悲痛的語氣說：『可是，大夫，請告訴我，您眞的認爲得要刺瞎共產黨人的眼睛嗎？您不覺得這話出自您的口中很奇怪嗎？您幫那麼多人找回了健康。』

『這麼說簡直是莫名其妙，』托馬斯反駁：『您好好讀一讀我寫的東西吧。』

『我讀過了。』內政部的人用一種刻意表現出悲痛的語氣說。

『那我有寫說要刺瞎共產黨人的眼睛嗎？』

『大家都是這麼理解的。』內政部的人說著，聲音變得越來越悲痛。

『如果您從頭到尾讀過我當初寫的那篇完整的文章，您就絕對不會這麼想了。那篇文章被刪掉了一些。』

『怎麼會呢？』內政部的人說話的時候，耳朵都豎起來了。『他們沒有按照當初您寫的那個樣子刊登嗎？』

『有些地方他們刪掉了。』

『刪了很多嗎？』

『大概三分之一吧。』

內政部的人一副眞心憤慨的樣子：『他們這麼做，實在是不太道德。』

托馬斯聳了聳肩。

『您當時應該跟他們抗議啊！您應該立刻要求更正啊！』

『還能怎麼樣呢！沒過多久俄國人就來了。大家都有別的事情要操心。』托馬斯說。

『爲什麼要讓人們以爲，像您這樣的醫生會希望別人眼睛瞎掉呢？』

『算了吧！我的文章刊登在報紙的最後面，跟其他的讀者來信刊在一起，根本沒有人會注意到，除了俄羅斯的大使館，當然啦，這樣他們就有事做了。』

『大夫，您別這麼說！有很多人也跟我談過您的文章，他們都覺得很驚訝，您竟然會寫這樣的東西。可是您跟我解釋說，您的文章見報的時候跟您當初寫的並不是完全一樣，這樣我就清楚多了。有人慫恿您寫這篇文章嗎？』

『沒有，』托馬斯說，『是我自己寄給他們的。』

『您認識這些人嗎？』

『哪些人？』

『刊登您大作的那些人。』

『不認識。』

『您從來沒跟他們說過話嗎？』

『我只見過他們一次。是他們要我去編輯部走一趟。』

『爲什麼？』

『爲了那篇文章。』

『您跟誰說了話？』

『跟一個記者。』

『他叫什麼名字？』

托馬斯這才明白，這是一場審問。他心想，他說的每一句話都可能害某個人陷入險境。他當然知道那個記者的名字，但是他說：『我不知道。』

『不會吧，大夫！』內政部的人覺得托馬斯的回答不誠懇，他的語氣裡充滿憤怒：『他至少也有自我介紹吧！』

這種事眞教人啼笑皆非，我們良好的教養在此刻恰好成了祕密警察的幫凶。我們不懂得如何撒謊。『說實話！』爸爸媽媽反覆地把這命令灌輸給我們，讓我們自然而然地以說謊爲恥，即便在祕密警察審問我們的時候也有相同的反應。要我們跟祕密警察吵架、辱罵他們（這麼做毫無意義），比直截了當地撒個謊（這才是唯一該做的事）要容易得多。

托馬斯聽出內政部的人怪他不誠懇，幾乎產生了罪惡感；他必須克服某種心理障礙，才能把他的謊話說下去：『可能有自我介紹吧，』他說，『可是他的名字一點也不特別，我一下就忘了。』

『那他長什麼樣子？』

當時跟他見面的那個記者是個小個子，頭髮是金黃色的，剪了個平頭，托馬斯卻故意說了一些完全相反的特徵：『他個子很高，一頭黑色的長髮。』

『哦，是嗎？』內政部的人說。『下巴像個鞋拔子對不對？』

『沒錯。』托馬斯說。

『那傢伙還有點駝背。』

『沒錯。』托馬斯又重複了一次，他知道內政部的人心裡已經想到了某個人。托馬斯不僅揭發了一個倒楣的記者，而且他的揭發還是個謊言。

『可是他找您去做什麼？你們見面說了些什麼？』

『他們想要修改其中一個句子的句法。』

這回答聽來像是可笑的託詞。再一次，內政部的人因爲托馬斯不願意跟他說實話而生氣：『不會吧，大夫！您剛剛才告訴我，他們砍掉您三分之一的文章，現在您卻說你們討論的是怎麼去調整一個句子的句法！這種事說不過去吧！』

這會兒，托馬斯要回答就容易多了，因爲他說的都是眞的：『這種事確實說不過去，可是事情就是這樣，』他笑著說：『他們爲了修改其中一個句子的句法來問我同不同意，後來卻把文章的三分之一給砍了。』

再一次，內政部的人搖搖頭，像是無法理解這麼不道德的行徑，然後說：『這些人對您太無禮了。』

他喝乾杯子裡的葡萄酒，然後下了結論：『大夫，您被他們利用了。很遺憾，是您和您的病人們付出了代價。您的能力我們非常清楚啊，大夫。我回去看看能怎麼處理這件事。』

他把手伸向托馬斯，懇切地告辭。他們走出小酒館，各自上了他們的車。

6

這次會面讓托馬斯的心情黯淡。他怪自己被那輕鬆愉快的談話氣氛給騙了。他沒拒絕跟祕密警察談話也就罷了（他對於這樣的狀況沒有心理準備，不知道哪些事是法律允許的，哪些又是法律禁止的），至少他也該拒絕跟那警察去小酒館喝一杯，像朋友似的！萬一有人看見他這麼做，而那個人又剛好認得這傢伙！人家一定會以爲托馬斯在幫祕密警察工作！他爲什麼要告訴那個祕密警察，說他的文章被刪過！他爲什麼無緣無故就告訴祕密警察這件事呢？他對自己非常不滿。

半個月之後，內政部的人又來了。他跟上次一樣，問托馬斯要不要去小酒館喝一杯，可是托馬斯覺得在診療室比較好。

『我明白您的顧慮，大夫。』內政部的人笑著說。

這句話讓托馬斯的心頭一震。內政部的人方才說話的樣子，就像個棋手要讓對手知道，他剛才那著棋下錯了。

他們面對面坐在椅子上，中間隔著托馬斯的辦公桌。他們的話題繞著當時正在肆虐的流行性感冒打轉，這麼聊了十分鐘之後，內政部的人說：『我們審查過您的案子，大夫。如果事情只跟您一個人有關的話，那就好辦了，可是我們得考慮到輿論。不管您是有意還是無意，您的文章都煽動了歇斯底里的反共情緒。不瞞您說，爲了那篇文章，有人甚至建議我們將您送去接受司法審判。法律裡頭有這麼一條，煽動群眾暴力。』

內政部的人停頓了一下，看著托馬斯的眼睛。托馬斯聳了聳肩。內政部的人語帶安慰地說：『我們不同意這個想法。不管您該負什麼樣的責任，就社會的利益來說，我們還是希望您可以在發揮您長才的地方工作。您從前的外科主任非常器重您，您的病人們也這麼告訴我們，您是一位了不起的專家啊，大夫！沒有人可以要求醫生懂政治啊。您給人耍了，大夫。這事得想個辦法來解決。也就是因爲這樣，我們替您準備了一份聲明書，依我之見，您應該把這份聲明書交給媒體，然後呢，其他該做的事就交給我們，時候到了，就讓它刊登出來。』他一邊說，一邊把一張紙遞給托馬斯。

托馬斯看了紙上寫的東西，吃了一驚。這比兩年前外科主任要他寫的東西還糟。不僅是要收回那篇關於伊底帕斯的文章，上頭還有一些句子提到對蘇聯的熱愛，提到對共產黨的忠誠，還有對知識分子的譴責，說他們想要帶著這個國家走向內戰，更過分的是，上頭還連名帶姓地揭發了作家周報那位高個子的駝背記者（托馬斯從來沒見過他本人，只認得他的名字和照片），說他濫用職權，刻意扭曲他文章的原意，藉此號召反革命；這些人都是懦夫，上頭寫著，他們自己想要寫一篇這樣的文章，卻想方設法躲在一個無辜的醫生背後。

內政部的人在托馬斯的眼中看見不安的神情。他傾身向前，在辦公桌下拍了拍托馬斯的膝蓋：『大夫，這只是草稿而已！您回去想一想，看看有沒有那個句子要改的，我們可以再商量，一定沒問題的。畢竟，這是**您的**聲明書啊！』

托馬斯把那張紙遞還給祕密警察，好像生怕在手上多留一秒鐘。他幾乎已經開始想像，有人會在紙上尋找他留下的指紋。

內政部的人並沒有把那張紙接過去，反倒是攤開雙臂，裝出一副驚訝的樣子（這手勢是教宗高高站在陽台上，賜福給群眾的動作）：『欸，大夫，您爲什麼把它還給我呢？您該把它收好啊。您回去再冷靜地想一想。』

托馬斯搖搖頭，捺著性子伸著手，拿著那張紙。內政部的人不再學教宗賜福給群眾的手勢了，他只能讓步，把那張紙接過去。

托馬斯原本想要非常堅決地告訴他，他絕不會寫，也絕不會簽任何東西。但是他在最後一刻改變了心意。他平靜地說：『我又不是不識字，我爲什麼要在不是我寫的東西上頭簽字？』『很好，大夫，我們可以把程序倒過來做。您自己先寫些東西，然後我們再一起來研究研究。您剛才讀到的這份聲明書，至少可以給您做個範本。』

爲什麼托馬斯沒有斷然拒絕祕密警察的提議呢？

他很快就做出這樣的推論：除了這類以打擊每一個國民的士氣（俄國人總體戰略的方向就是如此）爲目標的聲明書之外，祕密警察在他的案子上，極可能還有一個更明確的目的：說不定他們正在策劃一場審判，對象是托馬斯投稿的那家周報的記者們。如果事情眞是這樣，托馬斯的聲明就成了物證，而他們也可以利用這份聲明在媒體上圍剿那些記者。如果他斷然拒絕的話，祕密警察很可能會把他們事先準備的聲明書直接刊登出來，在上頭僞造他的簽名。到時沒有任何一家報紙會刊登他的更正啓事！世界上沒有人會相信他沒寫也沒簽過那份聲明！他早已明白，人們在他人因爲失德而受辱的時候可以得到的樂趣太多了，所以沒有人會聽任何解釋來破壞自己的興致。

他讓祕密警察抱著希望，說他會自己寫一份聲明，藉此爭取一點時間。第二天，他就寫了辭職信。他猜想（這麼想是對的），只要他自願把自己降到社會的最底層（當時成千上萬不同領域的知識分子都不得不降到那裡去了），祕密警察就不會再找他麻煩，也不會再對他有興趣了。這樣的話，他們就不會刊登那份宣稱有他簽名的聲明書了，因爲這麼做絕對沒有人會相信。畢竟伴隨這些可恥的公開聲明而來的，一向是聲明者的升遷，而非降級。

不過由於在波希米亞，醫生都是公務員，政府當然可以准許他們辭職，但也不是一定就要照准。幫托馬斯處理辭職手續的人知道他的名氣，也很敬重他。他力勸托馬斯不要離開他的職位。托馬斯突然意識到，自己一點也不確定這樣的選擇究竟對不對。但是，他已經感覺到自己和這個決定之間，連結著某種忠誠的誓言，於是他堅持了。就這樣，他成了洗窗戶的清潔工。

7

幾年前，從蘇黎世開車往布拉格的路上，托馬斯輕輕重複著『Es muss sein!非如此不可！』心裡想著自己對特麗莎的愛。車子一越過邊界，他卻開始懷疑是否眞的非得如此：他明白，將他推向特麗莎的不過是發生在七年前的一連串可笑的偶然（因爲外科主任的坐骨神經痛而開始的），這些偶然將他帶進一個牢籠，讓他無法脫逃。

難道結論是，他的生命裡沒有『Es muss sein!非如此不可！』，沒有偉大的必需嗎？依我看來，還是有那麼一個。那並不是愛情，而是他的工作。把他帶進醫生這一行的，不是偶然也不是理性的計算，而是內心深層的欲望。

如果有什麼方法可以把人的存在分類，那肯定是根據這些深層的欲望，這些欲望引領人們走向他們一生都在從事的某種活動。每個法國人都不一樣，但是世界上所有的演員都很相似——巴黎的、布拉格的，甚至最素樸的鄉下戲院裡的。演員就是從小認定自己可以在無名的公眾面前暴露自己的那種人。少了這項與天賦無關卻又比天賦更深層的基本認定，一個人是無法成爲演員的。同樣的，醫生就是認定自己不論發生什麼事，都願意用一生的時間照顧人類身體的那種人。正是這種基本的認定（完全與天賦或技巧無關），讓托馬斯在大學的第一年進入了解剖室，並且在六年之後成爲醫生。

外科醫學把醫生這個職業根本的內在命令提升到極限，提升到人類與神界接觸的極限。如果我們用木棍猛敲一個人的腦袋，這個人會倒在地上，永遠停止呼吸。可是人或早或晚，總有一天會停止呼吸，這殺人的行爲不過是提早執行上帝自己安排在稍晚才會發生的事。我們可以假設，上帝已經考慮到殺人的事，可是沒有考慮到外科醫學。祂沒有料到，祂發明的這部機械，外頭裹著一層皮，封得密密實實，根本讓人看不穿，可是人類竟然敢把手伸進機械裡。托馬斯第一次將解剖刀貼在一個麻醉之後昏睡的患者皮膚上，接著是一個有力的手勢，劃開這塊皮膚，在上頭裁出一道精準的直線（像在裁一塊沒有生命的布料、一件大衣、一條裙子、一片布簾），他感受到一種褻瀆神明的感覺，短暫而強烈。可是吸引他的肯定就是這個！正是這種必需，這個在他心裡根深柢固的『非如此不可！』，而推動他的，不是偶然，也不是外科主任的坐骨神經痛，完全不是來自外部的原因。

那麼，他如何能這麼迅速、這麼絕決又這麼輕易就放下這麼深層的東西呢？

他會告訴我們，他這麼做是爲了讓祕密警察不要再來利用他。可說實在的，就算理論上說得通（這類的例子確實發生過），警察公開一份僞造的聲明還附帶他的簽名，這種事實在不太可能會發生。

就算是不太可能發生的危險，我們還是可以害怕。我們就接受這樣的假設吧。我們也可以假設他是在生自己的氣，氣自己那麼笨拙，於是不想再跟祕密警察打交道，因爲這樣只會加重他的無力感。我們再假設他其實已經失去了他的專業，因爲他在義診中心給人開阿斯匹靈的機械工作和他對於醫生這一行的想像根本毫不相干。儘管有這一切的假設，他突如其來的決定還是讓我覺得奇怪。其中是不是藏著什麼更深層的東西？藏著什麼逃脫他理性思考的東西？

8

托馬斯是爲了討特麗莎的歡心才開始喜歡貝多芬的，但他並非十分熱中，而我也懷疑他是否知道貝多芬著名的『Muss es sein?非如此不可嗎？Es muss sein!非如此不可！』的眞正意義。

事情是這樣的：有一位叫做鄧布舍的先生欠了貝多芬五十塊錢，永遠都缺錢的貝多芬跑來跟他討債。『Muss es sein?非如此不可嗎？』可憐的鄧布舍先生嘆了一口氣，貝多芬則開心地笑著回答說：『Es muss sein!非如此不可！』然後把這幾個字和旋律都寫在記事本上。後來他以這個寫實的動機爲基礎，寫了一首四個聲部的短曲：三個聲部唱著『Es muss sein, ja, ja, ja』，非如此不可，非如此不可，是的，是的，是的，然後第四個聲部加上一句：『Heraus mit dem Beutel!把你的錢包拿出來！』

一年之後，相同的動機成了最後四重奏第四樂章（作品第一三五號）的核心動機。貝多芬的腦子裡已經完全沒有鄧布舍先生的錢包了，對他而言，『Es muss sein!非如此不可！』所展現的調性越來越莊嚴，彷彿直接出自命運之神的口中。即使是一句『早安！』，到了康德的語言裡，讓他正經八百地說出來，也會像是一個形而上的主題。德文是一種屬於沉重的字句的語言。『Es muss sein!非如此不可！』已不再是玩笑話，而是『Der schwer gefasste Entschluss，莊嚴而沉重的決定。』

於是貝多芬把一個滑稽的靈感變成嚴肅的四重奏，把一段玩笑話變成形而上的眞理。這是從輕過渡到重的一個有趣的例子（也就是說，根據巴門尼德的講法，這是從正面到負面的改變）。奇怪的是，這變化並沒有讓我們感到驚訝。相反的，如果貝多芬做的事情是把他嚴肅的四重奏變成四個聲部的卡農曲，內容是關於鄧布舍先生錢包的輕盈笑話，我們就會感到憤慨了。但是這麼一來卻完全符合了巴門尼德的精神：他會把重的變成輕的，把負面的變成正面的！開始的時候（以未完成的草圖形式呈現）是一個形而上的偉大眞理，到最後（作爲已經完成的作品）是輕得不能再輕的一則笑話！只可惜，我們已經不會再用巴門尼德的那一套來想事情了。

我相信托馬斯心底早就被這莊嚴肅穆又霸氣的『非如此不可！』給惹惱了，他有一股深切的欲望想要做出改變——依照巴門尼德的精神，把重的變成輕的。大家都還記得吧，從前，他在片刻之間就決定永遠不再見他的前妻和兒子，後來他知道父母親跟他斷絕關係之後，反而鬆了一口氣。這些人想跟他確立關係，把關係變成沉重的義務，變成『非如此不可！』，他之所以會把這些人推開，只是突如其來的無理舉動，還是有其他原因？

很顯然的，有一個外在的『非如此不可！』被社會習俗強加在他身上，而他熱愛醫學的『非如此不可！』則是一種內在的必需。正因爲如此，事情就更糟了。因爲內在的命令比外在的還要強，這只會更激起我們更猛烈的反叛。

當外科醫生，就是打開事物的表面，去看看藏在裡頭的東西。或許正是這種欲望讓托馬斯想去看看，在『非如此不可！』的**外頭**還有什麼？換句話說，他想去看看，一個人如果擺脫了一向視爲使命的一切事物，那麼，生命還剩下什麼？

但是，當他來這裡報到，在這位負責布拉格窗戶和櫥窗清洗工作的和藹可親的女主任面前，他的決定所帶來的後果卻一下子出現在所有的現實之中，簡直把他嚇壞了。他在驚恐之中度過了新工作的頭幾天，等克服了新生活令人驚懼的陌生之處（大約在一個星期後），他才豁然明白，自己的生活是長長的假期。

他做的都是一些他覺得一點也不重要的事情，這種感覺眞美。有些人（從前他一直覺得這些人很可憐）的工作並沒有受到內心『非如此不可！』的駕馭，一下班就把工作忘得一乾二淨，現在他可以體會這些人的幸福了。他過去從來不曾感受到這種不當一回事的幸福。從前，如果手術的結果不如意，他就會很沮喪，睡不成眠，甚至還常常因此失去對女人的興致。他在工作上的『非如此不可！』就像個吸血鬼，時時吸吮著他的血液。

現在，他扛著洗櫥窗的長杆走遍布拉格，他驚訝地發現，他竟然覺得自己年輕了十歲。百貨公司的售貨小姐都叫他『大夫』（布拉格傳播八卦消息的系統完美無缺），還請教他一些關於傷風感冒、腰痠背痛、經期不順的問題。她們看到他在櫥窗上灑水，把刷子裝在長杆上頭，準備開始洗的時候，心底就會泛起一股近乎羞愧的感覺。如果她們能棄顧客於不顧，她們一定會從他手上把長杆接過來，替他清洗玻璃。

托馬斯的工作以百貨公司爲主，不過他工作的單位也會派他去普通人家。這個時期，人們對於捷克的知識分子受到迫害還是抱著一種同仇敵愾的激憤。托馬斯過去的病人們知道他成了洗窗工人，紛紛打電話給他工作的單位，指名要他。他們會開一瓶香檳或白蘭地款待他，在他的工單簽上他洗了十三個窗戶，然後跟他聊天乾杯度過兩個小時。他離開這裡要去別人家或是別的商店工作時，心情眞是愉快極了。俄羅斯軍官的家人陸續來到這個國家定居，內政部官員代替被解雇的新聞記者在電台播報著威脅恫嚇的講稿，而他，他卻步履蹣跚地穿過布拉格的街巷，從一瓶葡萄酒晃到另一瓶，心情是從一場宴會串到另一場。這是他偉大的長假。

他回到單身生活的時代。因爲他突然少了特麗莎，他只有在夜裡才會見到她。她從酒吧回來，他半夢半醒地睜開一眼看看她，然後是天亮以後，特麗莎睡眠惺忪，托馬斯卻趕著要去上工。他有十六個小時是自己的，這等於給了他一塊意想不到的自由空間。對托馬斯而言，從少年時代開始，自由的空間就意謂著女人。

9

朋友問他有過幾個女人，他總是顧左右而言他，朋友追問的話，他就說：『應該有兩百個左右吧。』一些嫉妒他的人說他誇張，他爲自己辯解：『這不算什麼吧。我跟女人打交道也差不多有二十五年了，兩百除以二十五，每年只增加差不多八個女人，哪裡算多？』

可是自從他跟特麗莎一起生活以後，他在規劃情色活動的時候就遇到了一些困難；他只能（在手術室和他家之間）留出一小段時間做非常高密度的利用（就像山裡的農人勤奮地耕種他小小的一塊地），這跟他突然意外獲得的十六個小時是不能相比的。（我說十六個小時，因爲即使是他有窗玻璃要洗的那八小時也給他提供了千百個機會去多認識一些售貨小姐、女雇員或是家庭主婦，並且跟她們約會。）

他在這些女人身上尋找什麼？這些女人身上有什麼東西吸引著他？性愛難道不是同一件事的永恆重複嗎？

絕對不是。每一次的性愛都會有少許百分比是無從想像的。看到一個衣著整齊的女人的時候，很顯然他多少可以想像出她裸身的模樣（在這方面，他當醫生的經驗和當情人的經驗相得益彰），但是在大致的意念和精確的現實之間始終存在一塊無從想像的小小空白，而正是這空白讓他不得安寧。而且，對於這無從想像的空白的追尋不會因爲裸體的顯露而滿足，這種追尋要求的更多：她脫衣服的時候是什麼神情？她跟他做愛的時候會說什麼話？她喘息的時候是什麼調子？她高潮的時候臉上會糾結出什麼表情？

人類有些無從想像的部分，『我』的獨特性就是藏在這裡頭。我們能想像的，只有大家都相同、都共通的部分。個別的『我』，有別於普遍的部分，所以讓人在事前猜不到、算不出來，必須到別人身上才能揭露、發掘、征服。

在過去十年的醫生工作中，托馬斯管的就是人類的大腦，他知道世界上最難的事情就是要瞭解『我』。在希特勒和愛因斯坦之間，在布里茲涅夫和索忍尼辛之間，相似處遠多於相異處。如果可以用數字來表達的話，他們之間有百萬分之一的不同，有百萬分之九十九萬九千九百九十九的相似。

托馬斯執迷於這樣的欲望：他想要去發掘並且占有這百萬分之一。在他看來，這正是他迷戀女人的意義之所在。他不是執迷於女人，而是執迷於每個女人都有無從想像的部分，換句話說，他執迷的是這百萬分之一的不同，它讓一個女人有別於其他的女人。

（或許在這裡，他對外科醫生工作的熱情跟他追求女人的熱情是相連相繫的。即使跟情婦在一起，他也放不下這把想像的解剖刀。他渴望占有隱藏在她們內在深處的某些東西，所以他得要撕開她們包覆在表面的東西。）

我們當然可以問，爲什麼他只在性之中尋找這百萬分之一的不同，難道他不能在她們的步履，在她們的烹膳品味，在她們的美感偏好這類事情裡頭找嗎？

當然，這百萬分之一的不同呈現在人類生活的所有領域之中，只是它在每一處都是公開顯露的，我們不需要去發掘它，也不需要用到解剖刀。一個女人喜歡乳酪勝過糕點，另一個女人受不了花椰菜，這確實代表某種獨特，可是我們立刻會發現，這些獨特之處根本不足爲道，對這種事情感興趣，還要在上頭找出什麼價值，只會浪費時間。

只有在性之中，這百萬分之一的不同才顯得珍貴，因爲它在大庭廣眾之下是看不到的，它得要用征服的。半世紀之前，這種征服還得花上很長的時間（幾星期，甚至好幾個月！），而被征服者的價值則取決於征服過程中所耗費的時間。即使到了今天，儘管征服的時間大幅縮短，性依然像個保險櫃，裡頭隱藏著屬於女性的『我』的祕密。

所以，讓托馬斯縱身追逐女人的，不是感官享樂的欲望（感官上的享樂只是額外的獎賞），而是占有世界的欲望（以解剖刀劃開世界橫陳的軀體）。

10

追逐眾多女人的男人可以分成兩類。一類是在所有女人的身上尋找自己的夢想，尋找他們對於女人的主觀想像。另一類則是被某種欲望驅使，想要占有客觀女性世界無窮無盡的不同類型。

第一類男人的執迷是一種**抒情詩式的**執迷：他們在女人身上找的，是他們自己，是他們的理想，他們總是一再一再地失望，因爲理想啊，我們也知道，就是那種永遠不可能找到的東西。失望之情把他們從一個女人推到另一個女人身上，這讓他們對愛情的不專一得到某種通俗劇般的託詞，很多多愁善感的女士會覺得他們堅持不懈的多妻生活很感人。

另一類執迷則是一種**史詩式的**執迷，女人們在其中就看不到什麼感人的東西了：因爲這樣的男人並沒有把主觀的想像投射在女人身上，他們對一切都感興趣，但卻沒有任何事情會讓他們失望。確實，這種無法陷入失望的狀態本身是有點惹人非議。在人們眼裡，史詩式的花花公子的執迷是無可救藥的（因爲這種執迷沒有失望來贖救）。

由於抒情詩式的花花公子總是追逐同一類型的女人，人們甚至不會注意到他又換了情人；朋友們看不出他的女伴之間有何不同，總是用同樣的名字叫喚她們，結果是不斷地引起誤會。

史詩式的花花公子（很顯然我們該把托馬斯歸在這一類）在追求女人的時候，距離典型的女性美（他們一下就膩了）越來越遠，最後他們無可避免地成了獵奇者。他們知道這一點，也對此感到有些難爲情，而爲了避免讓朋友不自在，他們不會帶情人在公開場合露面。⑩

托馬斯當洗窗工人當了將近兩年，有一天，他被派去一個新的女主顧那裡。他第一次在公寓門口看見她的時候，就立刻被她古怪的模樣給迷住了。這種古怪既不突出也不張揚，還在某種令人愉快的平庸限度裡（托馬斯對奇特事物的喜好跟費里尼對怪人的鍾愛完全是兩碼子事）：這女人的個頭極高，比托馬斯還高，鼻子的線條很細緻也很長，長相奇特到不可能讓人說她美（不然所有人都會抗議！）但是也不能說她一點都不美（至少托馬斯覺得）。她穿的是長褲和白色上衣，看起來像是纖瘦男孩加上長頸鹿和鸛鳥的奇異組合體。

她用探索的眼神專注地、久久地望著托馬斯，眼裡甚至還閃爍著譏諷慧黠的光芒。

『請進，大夫。』她說。

他明白這女人知道他是誰。他不動聲色，問道：『我可以在哪裡接點水？』

她打開浴室的門。托馬斯看見洗手台、浴缸、抽水馬桶就在眼前；浴缸前面、洗手台前面、馬桶前面都鋪了粉紅色的小地毯。

像長頸鹿又像鸛鳥的女人瞇著眼睛對他微笑，她說的每一句話彷彿都帶有某種寓意或是暗藏譏諷。

『浴室完全任您使用，大夫，』她說。『您高興怎麼用都行。』

『我泡個澡也可以嗎？』

『您喜歡泡澡嗎？』她問道。

他把水桶裝滿熱水，然後回到客廳。『您希望我從哪裡開始？』

『看您喜歡從哪裡開始囉。』她聳聳肩說。

『我可以看看其他房間的窗戶嗎？』

『您想參觀我的公寓嗎？』她笑了，彷彿洗窗戶這件事是托馬斯自己心血來潮，而她卻完全沒有興趣。

他走進隔壁房間，那是一間臥房，窗戶很大，兩張床挨在一起，牆上還掛著一幅夕陽照著幾棵樺樹的秋日風景畫。

他回到客廳的時候，桌上多了一瓶已經打開的葡萄酒和兩只杯子。『您做這麼粗重的工作之前要不要先提提神哪？』她問道。

『我非常樂意。』托馬斯一邊說，一邊坐了下來。

『您這樣到人家家裡去應該很有意思吧？』她說。

『不算太壞。』托馬斯說。

『您到哪兒都會遇到一些女人，她們的丈夫去上班不在家吧？』

『最常遇到的都是一些老祖母和做岳母的。』托馬斯說。

『那您不想念過去的工作嗎？』

『不如聽您說說人家怎麼講我過去的工作。』

⑩法文譯本為理解之便，將『抒情詩式的花花公子』改譯為『浪漫的好色之徒』，將『史詩式的花花公子』改譯為『放蕩的好色之徒』。可參見《小說的藝術》第六部：〈抒情詩的〉詞條。

『您的老闆很以您為傲。』鸛鳥女人說。

『到現在還在說嗎？』托馬斯很驚訝。

『我打電話請他們派個人來幫我洗窗玻璃的時候，他們問我是不是要找您。聽起來您似乎是個很重要的外科醫生，被人家趕出了醫院。我就對您的事情產生了興趣！』

『您還眞是好奇得不得了。』他說。

『這種事看得出來嗎？』

『可以啊，從您看人的樣子就知道了。』

『那我是怎麼看人的？』

『您瞇著眼睛。而且您不停地提問題。』

『您不喜歡回答嗎？』

多虧這女人，談話的氣氛一下子就變得像在說笑。她所說的一切都跟外面的世界無關，她說的話只跟他們兩人有關。他們談話的主題立刻確定了，以他們兩人為主，而塡補話語空隙最簡單的方法，就是輕輕的觸摸，托馬斯一邊才說到她瞇起的雙眼，一邊就輕輕撫了上去。而她也用她的輕撫回應托馬斯的每一次觸摸。她的動作不是自發的，反而比較像是持續刻意在做一件事，彷彿他們在玩『你對我做什麼，我也對你做什麼』的鏡像遊戲。他們面對面坐著，兩人都把手放在對方身上。

當托馬斯試圖把手放到她兩腿之間的時候，她才開始反抗。他分辨不出她的反抗是不是認眞的，可是他已經在這裡耗了不少時間，而且再過十分鐘他就得到下一個主顧那裡去了。

他起身跟她說他得走了。她的臉頰紅滾滾的。

『我得在您的工單上簽字。』她說。

『可我什麼也沒做啊。』托馬斯不同意。

『都是我不好，』她這麼說，接著又用柔緩天真的聲音補上一句：『下回我得再請他們派您來，好讓您完成我害您沒能動手做的事。』

托馬斯不願意把工單拿給她簽，她於是溫柔地說（那語氣像是在請他幫忙）：『付錢的不是我而是我丈夫，領錢的也不是你而是你的單位。這筆交易跟我們兩個都沒有關係。』

11

像長頸鹿又像鸛鳥的女人有一種奇怪的不協調刺激著托馬斯，他滿腦子想的都是：調情與笨拙的結合；天眞坦白的性慾伴隨著一抹譏諷的微笑；公寓的平庸無奇和屋主的獨特。她做愛的時候是什麼樣子？他試著去想像，可是這並不容易。一連幾天，他心裡只想著這個。

當她第二次邀他去她家的時候，葡萄酒已經和兩只酒杯一起在桌上等著了。但是這一次，一切都發生得很快。他們一下就在臥房裡面對面（夕陽在樺樹的風景裡西沉），擁吻對方。他對她說了他常說的『把衣服脫掉！』可是，她沒有照做，卻說：『不要，您先脫。』她發出這樣的命令。

他並不習慣這麼做，顯得有點慌張。她開始解開他長褲上的鈕釦。『把衣服脫掉！』他又對她下了幾次命令（結果並不成功，還有點滑稽），最後也只能妥協了；依照她上次已經規定好的遊戲規則（『你對我做什麼，我也對你做什麼』），她褪去他的長褲，他褪去她的裙子，然後她脫下他的襯衫，他再脫下她的上衣，一直脫到他們裸裎相向。他的手放在她濕潤的陰部，然後把指頭滑到肛門，這是他在女人身上最鍾愛的地方。她的肛門凸得很厲害，讓人清清楚楚地想到，這是長長的消化管終結於此處微微的隆起。他輕觸這個結實而健康的圓圈，這肉環，最美麗的肉環，用醫學的語言來說是括約肌，這時，他忽然感覺到那女人的手指也放到他屁股上的同一個地方。她像鏡子一樣，準確地重複他所有的動作。

雖然，就像我前面所說的，他有過兩百個左右的女人（而且自從他成爲洗窗工人之後，人數又增加了許多），但他還從來沒遇過比他高的女人神氣活現地出現在他眼前，瞇著眼睛摸他的肛門。爲了克服這種尷尬，他猛然把她撲倒在床上。

這突如其來的動作令她措手不及，她高大的身軀仰天倒下，滿是紅色雀斑的臉龐露出了失去平衡的驚恐表情。他站在她面前，抓住她的膝蓋，把她微張的雙腿抬得高高的。猛然一看，會讓人覺得那雙腿像士兵在敵人揮舞的武器前高舉雙臂投降。

笨拙與狂熱結合，狂熱與笨拙結合，托馬斯亢奮極了。他們做愛做了好長的時間。他望著她滿是紅色雀斑的臉龐，在上面尋找一個被人絆倒的女人驚恐的表情，這無可比擬的表情剛剛讓亢奮的激流沖上他的腦門。

完事之後，他到浴室去沖洗。她陪他一起去，她跟他解說香皀放在哪裡，洗澡用的海綿放在哪裡，熱水要怎麼放，說了很久。他覺得很奇怪，這女人竟然用這麼多的細節跟他解釋這些簡單的事情。他說他明白了，他想自己一個人待在浴室裡。

『您不讓我看您洗澡嗎？』她用哀求的語氣說。

他終於把她弄了出去。他沖洗著身體，在洗手台上撒了尿（捷克的醫生經常這麼做），他感覺到她在浴室門口不耐地走來走去，想找藉口闖進來。他關上水龍頭的時候，發現一股全然的寂靜占據著整間房子，他想她正在偷看他。他幾乎可以確定，門上頭有個洞，而她正瞇著她美麗的眼睛靠在上面。

離開她的時候，他的心情非常愉快。他努力地回想這個女人的本質，努力地把記憶濃縮成可以定義這個女人獨特之處（那百萬分之一的不同）的化學方程式。最後他終於找出一道方程式，由三項要素構成：

一、笨拙與狂熱的結合；

二、某人失去平衡跌倒時驚恐的表情；

三、高高抬起的雙腿，像士兵在敵人揮舞的武器前高舉雙臂投降。

他反覆想著這道方程式，心裡感受到喜悅，因爲他又多占有了一小塊的世界；他又用想像的解剖刀在宇宙無窮無盡的布幕上，割下了一片細細的布條。

12

這是差不多發生在同一個時期的事：他跟一個年輕女子幽會了好幾次，地點是一個老朋友借給他的公寓，他每天都可以在那裡待到半夜。這麼過了一兩個月以後，她跟他說起他們曾經有過的一次幽會：他們在窗前的地毯上做愛，她說，窗外雷電交加。他們做愛一直做到暴風雨停歇，她說，那眞是美得令人難忘。

托馬斯聽她說著，心裡卻感到驚訝：是的，他記得他們在地毯上做愛（在他朋友的單間公寓裡只有一張窄窄的沙發床，他在上頭並不舒服），可他卻完全忘了那場暴風雨！說也奇怪：他記得自己跟那年輕女子的那麼幾次幽會，甚至還清清楚楚地想起他們做愛的姿勢（她拒絕讓他從後面跟她做愛），他也記得她在做愛的時候說的那幾句話（她總是要他抱緊她的屁股，要他不要一直看著她），他甚至記得她內衣的款式——可是他怎麼也想不起暴風雨。

他對風流韻事的記憶，只錄下性的征服過程所行經的崎嶇窄路：從第一次言詞挑逗，第一次輕觸，他對她說的第一句猥褻話以及她對他說的第一句猥褻話，到他一點一點逼她接受的變態把戲，以及她不願意做的變態把戲。剩下的就被排除在記憶之外了（仔細的程度近乎學究）。他甚至忘記他第一次遇見哪個女人是在什麼地方，因爲嚴格說起來，性的征服在那個時刻還沒開始。

年輕女子提起暴風雨，臉龐沉浸在夢幻的微笑裡，他望著她，驚訝又近乎羞愧：她經歷了某種屬於美的東西，而他卻沒有同她一起經歷。他們對於這場黑夜暴風雨的記憶分歧，充分表現出愛情與非愛情之間可能會有的一切差異。

關於非愛情，我可無意要說托馬斯對這年輕女子做了什麼厚顏無恥的事，或像大家常說的，他只把這女人當作一個性的對象。相反的，他喜歡她就像喜歡一個朋友那樣，他欣賞她的個性和聰明，只要她有需要，他隨時都願意幫助她。並不是托馬斯對這女人不好；是托馬斯的記憶對她不好，記憶把她排除在愛情的領域之外，托馬斯也無可奈何。

大腦裡頭似乎有一塊極其特殊的區域，我們可以稱之爲**詩情記憶**，這塊區域記錄著所有讓我們著迷，讓我們感動，賦予我們生命美感的事物。自從托馬斯認識特麗莎以後，就沒有任何女人有權在他腦中的這塊區域留下印記，即便是轉瞬即逝的印記也不行。

特麗莎有如專制的君主，占據著他的詩情記憶，並且把其他女人留下的痕跡掃得乾乾淨淨。這並不公平，因爲，舉個例來說好了，暴風雨的時候跟托馬斯在地毯上做愛的年輕女子不見得比特麗莎配不上這詩意。她對托馬斯喊著：『閉上眼睛，抱住我的屁股，抱緊我！』她受不了托馬斯在做愛的時候睁開眼睛，用專注、探索的眼神望著她，也受不了他在她身上微微拱著身體，沒有和她的肌膚緊貼在一起。她不希望他研究她。她想要把他帶進狂喜的浪潮，這浪潮，只有閉著眼睛才能進入。她不願意四肢俯跪，因爲用這種姿勢的話，他們的身體幾乎不會有什麼接觸，而托馬斯則可以在將近五十公分的距離觀察她。她討厭這種距離。她想要跟他融爲一體。她還執拗地望著他的眼睛，堅稱她沒有達到高潮，儘管整塊地毯都因爲她的高潮而濕了，她還是說：『我要的不是高潮，我要的是幸福，沒有幸福的高潮不算高潮。』換句話說，她正在敲扣托馬斯的詩情記憶之門。然而門是關著的。在托馬斯的詩情記憶裡，沒有屬於她的位子。只有在地毯上，才有她的位子。

托馬斯和特麗莎的情史開啓的時刻，正是托馬斯和其他女人的風流韻事終結的時刻。他們的情史跟那催迫托馬斯去征服女人的內在命令完全是兩回事。托馬斯並不想在特麗莎身上揭開任何東西。他遇見她的時候，她已經全都揭開了。他還來不及抓起那把可以劃開世界橫陳軀體的想像解剖刀，就已經和她做愛了。他還來不及問自己，她做愛的時候會是什麼樣子，就已經愛上她了。

愛情故事在這之後才開始：她發了燒，而他不能像對待其他女人那樣開車把她送回家。他跪在床頭，心底浮現這樣的想法：她是被人放在籃子裡順水漂流過來的。我前面已經說過，隱喻很危險。愛情就是從一則隱喻開始的。換句話說：當一個女人用一句話把她登錄在我們的詩情記憶之中，這一刻，愛情就開始了。

13

她又留下了新的印記：她跟每天早上一樣去買牛奶，他幫她開門的時候，看見她用紅色圍巾裹著一隻烏鴉，緊緊抱在胸口。吉普賽人就是用這種方法把孩子抱在懷裡。他永遠忘不了烏鴉巨大的嘴在她臉頰旁邊，像在控訴著什麼。

她發現烏鴉的時候，烏鴉已經被活埋了半截。從前，哥薩克人就是這樣對待他們的俘虜。『是孩子們做的。』她這麼說，話裡的意思不只是單純的描述；那是一種對於人類突如其來的厭惡。他記得她最近才對他說過：『我開始覺得，我眞該感謝你，因爲你從來沒想過要有孩子。』

前一天，她才抱怨說，在她工作的酒吧有個傢伙對她出言不遜。那傢伙抓住她廉價的項鍊，硬說她一定是去賣淫換來的。她爲這事情很心煩。托馬斯認爲她大可不必如此。突然間，他覺得心裡很難受，他想到自己這兩年來很少見到特麗莎，甚至沒有機會好好握住她的手，讓她的手不再顫抖。

早上，托馬斯去辦公室報到的時候，腦子裡想的都是這些事。辦公室的女職員負責給洗窗工人安排一天的工作，她告訴托馬斯有個主顧指名要他過去洗窗戶。托馬斯懷著惡劣的心情到了指定的地址，怕不要又是個女人找他過來。他滿腦子想的都是特麗莎，風流韻事對他毫無誘惑。

門打開的時候，他鬆了一口氣。眼前是個男人，身材高大，微駝。這男人的下巴像個鞋拔子，看上去似乎有點眼熟。

他微笑著說：『大夫，請進。』然後把托馬斯引進客廳。

一個年輕人在裡頭等著，他站在那裡，一張臉紅通通的，他望著托馬斯，努力要在臉上擠出一絲微笑。

『你們兩位，我想就不必幫你們介紹了。』那個男人說。

『是不必了。』托馬斯這麼說，臉上並沒有笑容，只是對那年輕人伸出手。那是他的兒子。下巴像鞋拔子的男人這時才做了自我介紹。

『我就覺得您看起來有點眼熟！』托馬斯說。『難怪！我當然知道您！我知道您的名字。』

他們在扶手椅上坐了下來，中間是一張矮桌。托馬斯想到，面對他的這兩個男人都是他不情不願創造出來的。他在妻子的強迫下，生了一個兒子，他在審問他的祕密警察強迫下，描繪出這個高大駝背男人的樣貌。

爲了驅散這些念頭，他說：『好吧！那我該從哪一扇窗戶開始？』

他對面的兩個男人都大笑起來。

是的，很明顯，事情跟窗戶完全無關。他們不是邀他來洗窗戶的，他們的邀請是個陷阱。他從來不曾跟他兒子說過話，這是他第一次握他的手。他只認得他的長相，也不想再多知道他更多的事。他希望對他兒子的事情一無所知，也希望他兒子對他的態度跟他一樣。

『很漂亮的海報，是不是？』記者指著一幅加了框的畫，畫很大，就掛在托馬斯對面的牆上。

托馬斯進屋之後，這還是第一次抬起眼睛。牆上掛著一些頗有意思的畫，還有不少攝影作品和海報。記者指的那幅畫曾經刊登在一九六九年的某一期周報上，是周報被俄國人查禁之前的最後幾期，模仿的是一九一八年俄羅斯內戰時期號召群眾加入紅軍的一張著名海報——一名士兵戴著鑲有一顆紅星的軍帽，目光嚴峻地看著你的眼睛，還用食指指著你。原本的俄文說的是：『公民，你還沒加入紅軍嗎？』取而代之的捷克文說的則是：『公民，你也一樣，你也在〈兩千字宣言〉上簽了名嗎？』

這眞是個絕妙的玩笑！〈兩千字宣言〉是一九六八年布拉格之春第一份偉大的宣言，它要求共黨政權徹底民主化。先是一群知識分子在上頭簽了名，接著是一般人也簽了名，後來簽名多到根本數不清。紅軍入侵波希米亞之後，政治清算開始了，質問公民的其中一個問題就是：『你也一樣，你也在〈兩千字宣言〉上簽了名嗎？』承認自己簽過名的，當場就被解雇。

『畫得漂亮。這個我還記得。』托馬斯說。

記者微笑說：『希望紅軍弟兄沒在那兒聽我們說話。』

他用嚴肅的語氣接著說：『我就攤開來說吧，大夫：這裡不是我家，是我朋友的公寓，我也不確定警察是不是正在偷聽我們說話。不過，這也只是有可能而已。但是如果我邀請您來我家，那就肯定有人偷聽了。』

接著，他又換了比較輕鬆的語氣說：『不過，我的基本原則是我們沒有什麼事要對誰隱瞞。而且，想想這對未來的捷克歷史學家多麼有用！他們可以在警方的檔案裡找到一些錄音帶，瞭解所有被竊聽的知識分子的生活！您知道一個研究文學史的歷史學家，要花多少工夫才能重構一個伏爾泰、巴爾札克或是托爾斯泰的性生活？可是要研究捷克作家的話，文學史家就沒什麼事好懷疑了。一切都錄在錄音帶上了，連最輕聲的喘息也不放過。』

接著，他轉身面對那些藏在牆壁裡的想像竊聽器，提起嗓門說：『各位先生，依照慣例，在這樣的場合裡，我要爲你們的工作打打氣，並且以我個人和未來歷史學家的名義向你們致謝。』

他們三個都笑了，記者又開始長篇大論地講起他們的周報被查禁前後的一些事。他提到當初突發奇想畫了這幅諷刺作品的畫家，也提到其他畫家、哲學家、作家在做什麼。俄羅斯入侵之後，這些人都被剝奪了原來的工作，成爲洗窗工人、停車場管理員、守夜的門房、公共住宅的鍋爐工，最好的就是去開計程車了，而且還得要靠關係。

記者說的事情並不乏味，可是托馬斯無法集中精神聽他說話。他想著他的兒子。他想起幾個月前曾經在街上碰到他，那顯然不是偶然的。不過眞正讓他驚訝的是看到他此刻跟這位被迫害的記者在一起。托馬斯的前妻是忠誠的共產黨員，托馬斯自然會推想，他的兒子應該受到母親的影響。他對兒子一無所知。他當然可以問他跟母親的關係如何，可是他又覺得不好當著陌生人的面，問這麼不得體的問題。

記者終於說到了正題。他說有越來越多人不過是捍衛了自己的言論，就遭到逮捕，他用這句話給他的報告作結：『最後，我們想，是該要做點什麼了。』

『那你們要做什麼呢？』托馬斯問道。

這時候，他的兒子接話了。這是他第一次聽到他說話。他很驚訝，他兒子說話會結巴。

『就我們所知，』他說，『政治犯都受到虐待。有些人的情況是眞的很危險了。所以，我們想，如果可以擬一份請願書給捷克最著名的知識分子連署，應該是件好事，這些人的名字在捷克還有一定的影響力。』

不，那不是結巴，讓他的雄辯滔滔緩下來的，應該是打嗝，所以他說的每個字都不由自主地頓著，逐字逐字地加強著語氣。他自己當然也察覺了，因爲他的兩頰才剛剛恢復了正常的顏色，卻又再一次漲得通紅。

『你們是希望我告訴你們，在我這個專業裡有哪些人可以去找，是不是？』托馬斯問道。

『不是，』記者笑了。『我們要的不是建議，而是您的簽名！』

再一次，他有一種被恭維的感覺！再一次，他因爲還有人沒忘記他是外科醫生而感到開心！他推辭了一下，但那只是因爲謙虛：『等等！不能因爲他們把我踢出來，就說我是個名醫啊！』

『我們可沒忘記您在我們周報上寫過的東西。』記者帶著微笑對托馬斯說。

托馬斯的兒子一臉熱切，輕輕說了聲：『對呀！』但是托馬斯可能沒聽到。

『我看不出來，』托馬斯說：『我的名字出現在一份請願書上會對政治犯有什麼幫助。該簽名的應該是那些還沒失寵，還對當權者有點影響力的人吧，您不覺得嗎？』

『當然，這些人是應該簽名！』記者說完之後笑了笑。

托馬斯的兒子也笑了——他要讓人知道，這微笑來自一個經歷過不少世事的男人——他說：『只是啊，這些人絕對不會簽！』

記者接著說：『就算這樣，我們還是會去找他們！我們沒那麼好心讓他們省去裝模作樣的工夫，』他說：『眞希望您可以聽到他們推託的理由，那可眞是精彩！』

托馬斯的兒子發出贊同的笑聲。

記者接著說：『當然啦，他們一定都會強調，他們很同意我們所有的看法，只是呢，同意歸同意，實際上還是得採取其他方法：要用比較有策略的方法，要更理智些，更謹愼些。他們害怕簽名，又怕不簽名會讓我們看不起。』

托馬斯的兒子和記者一起笑了起來。

記者遞給托馬斯一張紙，上頭有一篇短文，要求總統特赦政治犯，語氣還算客氣。

托馬斯很快在腦子裡想了一下：特赦政治犯？非常好。可是他們會因爲幾個被共黨政權踢出去的人（也就是有可能成爲政治犯的人）對總統提出請求，就將政治犯特赦嗎？這種請願唯一可能的結果，就是政治犯不會獲得特赦，就算人家正好要特赦他們，也會因此作罷！

托馬斯的兒子打斷了他的思緒，他說：『最重要的，是要讓大家知道，在這個國家裡還有一些人並不害怕，要讓大家知道誰跟誰是一邊的，麥苗和芒草要分清楚。』

托馬斯心想：是的，確實應該如此，可是這和政治犯有什麼關係！兩個只能選一個：要嘛是要求特赦，要嘛是把麥苗和芒草分清楚。這兩件事根本兜不在一起。

『您還在猶豫嗎？』記者問道。

沒錯，他還在猶豫。可是他害怕這麼說。他對面牆上掛的圖像，上頭的士兵指著他，威脅說：『你還在猶豫要不要加入紅軍嗎？』或者是：『你還沒在〈兩千字宣言〉上簽名嗎？』或者是：『你也一樣，你也在〈兩千字宣言〉上簽了名嗎？』又或者是：『你不想在特赦請願書上簽名嗎？』不管這士兵說什麼，都是威脅。

記者剛剛才說出他對那些人的看法（他們一方面說是應該特赦政治犯，一方面卻找了千百種理由不肯在請願書上簽名），他認爲這些理由都只是託詞，藏在背後的是懦弱。他都這麼說了，托馬斯還能說什麼？

空氣裡依然沉寂，不過這次是托馬斯自己笑著打破了沉默。他指著牆上的畫說：『你們看看這傢伙，他在威脅我，問我要不要簽名。被這種目光盯著，實在很難想事情！』

他們三人都笑了一下。

托馬斯又說：『沒問題，我會好好想一想，我們過幾天再見個面吧？』

『我隨時都很樂意再見到您，』記者說：『可是這份請願書的時間已經不多了。我們明天就想把它交給總統。』

『明天？』

托馬斯想到那個胖警察，他給了他一份文件，要他揭發的正是這個下巴像鞋拔子的男人。所有人都要逼他簽名，而要簽名的文件都不是他自己寫的。

他的兒子說：『反正也沒什麼好考慮的吧！』

他說的話很霸道，語氣卻近乎哀求。這一次，他們四目相望，托馬斯發現他兒子凝神看他的時候，上唇左邊的嘴角會微微上揚。他認得這似笑非笑的表情，他照鏡仔細檢查鬍子刮得乾不乾淨的時候，在自己的臉上看過這表情。現在，他在另一個人的臉上看到同樣的表情，這種不舒服的感覺讓人揮不去。

如果我們一直跟自己的孩子生活在一起，對這些相似之處就會覺得習慣，就會覺得很正常，有時不小心留意到了，還會覺得很好玩。可這是托馬斯這輩子第一次跟他兒子說話！他不習慣跟自己似笑非笑的表情面對面坐在一起！

試想有人把您的一隻手截下來，移植在另一個人的身上。一天，這個人跑來坐在您對面，用這隻手在您眼前揮來揮去，您應該會覺得見了鬼吧。儘管您對這隻手如此熟悉，儘管這是您自己的手，您還是會害怕被這隻手摸到！

托馬斯的兒子接著說：『我想，你跟被迫害的人是站在同一邊的吧！』

在整個談話的過程裡，托馬斯一直自問，他的兒子會用生疏的『您』還是親近的『你』來稱呼他。他的兒子也一直繞著他的句子，避開該做選擇的狀況。可這一次，終於，他做出選擇了。他用『你』稱呼托馬斯，而托馬斯這才恍然確定了一件事，這齣戲跟特赦政治犯根本毫不相干，這齣戲的關鍵是他的兒子：如果他簽上名字，他們兩人的命運就會連結起來，或多或少，托馬斯會被迫去接近他。如果他不簽名，他們的關係就不會存在，就像從來的情況一樣，可這一次，事情不是取決於他的意願，而是他兒子的意願，他兒子將因爲他的懦弱而否定他。

他像個陷入敗局、無著脫困的棋手，只能放棄這場棋局。終究，不論他簽或不簽，事情都會回到原來的樣子，他的命運完全不會改變，政治犯的命運也不會。

他說：『給我吧。』然後把紙接了過去。

14

記者像是要獎勵托馬斯所做的決定，他對托馬斯說：『您寫的那些關於伊底帕斯的文字，眞是好。』

托馬斯的兒子遞給他一枝筆，還加上一句：『那篇文章裡的一些觀念，犀利得簡直可以殺人。』

記者的讚美他很受用，可是他兒子用的比喻卻讓他覺得誇大而不適切。他說：『很不幸，殺掉的人只有一個：那就是我。爲了這篇文章，我不能再幫我的病人動手術了。』

這些話聽來冷冷的，幾乎帶著敵意。

爲了拂去這陣短暫的不和諧，記者提醒大家（一副向人道歉的模樣）：『可是您的文章幫助了很多人啊。』

對托馬斯來說，『幫助人』這幾個字打從他童年開始，只等同於一件事：醫學。一篇報刊上的文章能幫助什麼人？這兩個傢伙想讓他相信什麼？他們要把他的一生歸結爲一個關於伊底帕斯的想法，一個不値得一提的想法，甚至比這想法還少：歸結爲他面對共黨政權所發出的，一個簡簡單單的『不』字。

他說（聲音一直是冷冷的，但他並不自覺）：『我不知道這篇文章幫助了誰，不過，在外科醫生的工作上，我救過不少人的性命。』

談話再次陷入沉寂。這次是托馬斯的兒子打破了僵局，他說：『觀念也同樣可以救人性命啊。』

托馬斯看著他自己的嘴在他兒子的臉上，心想：看到自己的嘴在那兒結結巴巴，眞是件怪事。

他的兒子繼續說下去，大家都看得出他很賣力：『你的文章裡有些東西很棒：像是拒絕妥協。這種分辨善惡的能力，我們正一點一點地流失。人們不再知道何謂罪惡感。共產黨人找到了一個藉口，說是史達林欺騙了他們。一個殺人犯推說是因爲母親不愛他，他很沮喪。這時候你突然跳出來說：沒有任何藉口！在靈魂和良知上，沒有人比伊底帕斯更無辜，可是當他知道自己做了什麼事，他自己動手處罰了自己。』

托馬斯設法讓自己的目光離開他在兒子臉上所看到的嘴唇，並且試著把注意力集中到記者身上。他被惹惱了，很想反駁他們。他說：『你們也知道，這一切不過是個誤解。善惡之間的邊界非常模糊，我沒有主張要懲罰任何人，這完全不是我想說的。懲罰一個不知道自己在做什麼的人，那是野蠻的行爲。伊底帕斯的故事是一則美麗的神話，可是用這種方法把它……』他原本還想多說些什麼，可是卻想到自己所說的一切可能會被竊聽。他毫無野心要讓自己的話被幾個世紀之後的歷史學家引述，他反倒害怕祕密警察引述他說的話。因爲他們要他做的，正是去譴責這篇文章。他不希望祕密警察最後終於從他的口中聽到這些話。他知道在這個國家，每一句說出口的話都有可能在某一天被人拿去電台廣播。他於是閉上了嘴。

『是什麼讓您改變了想法？』記者問道。

『我倒是想問問我自己，是什麼讓我動手寫了這篇文章。』托馬斯這麼說，話才說完他就想起：她像個孩子一樣，被人放在籃子裡順水漂流過來，擱淺在他的床榻水岸。是的，正因爲如此他才會去找這本書；他才會再去看羅慕洛⑪、摩西、伊底帕斯的故事。突然間，她出現在這裡，他看見她就在面前，用紅色圍巾裹住那隻烏鴉，緊緊抱在胸口。這景象讓他感到安慰，彷彿是要來告訴他，特麗莎活著，此刻她和他在相同的城市裡，除此之外，什麼都不重要了。

記者打破了沉默，他說：『大夫，我理解您的心情。我也一樣，我不喜歡人們處罰誰，可是我們並沒有主張要懲罰呀，我們要求的是赦免懲罰。』

『我知道。』托馬斯說。他知道自己在幾秒鐘之後要做的事情或許很仁慈，但肯定是完全無用的（因爲這對政治犯沒有任何幫助），而這件事對他個人來說又讓他那麼不舒服（因爲他是在被迫的情況下才做的）。

他的兒子又說了（語氣近乎哀求）：『你有責任要簽！』

責任？他的兒子竟然提醒他的責任？這是他最不想聽到的字眼啊！特麗莎把烏鴉緊擁懷裡的畫面又出現在他眼前。他想起來了，特麗莎跟他說過，有個祕密警察昨天來酒吧找她的麻煩。她的手又開始顫抖了。她老了。對他來說，什麼都不重要了。只有她是重要的。她，是六個偶然的產物，她，是外科主任的坐骨神經痛所生成的花朵，她，在所有『非如此不可！』的另一邊，她，是他唯一眞正在乎的。

何必還問自己要不要簽名呢？一切決定只存在唯一的判準：不要做任何會傷害特麗莎的事。托馬斯拯救不了政治犯，但他可以帶給特麗莎幸福。不，他甚至連這個也做不到。但是，如果他在請願書上簽了名，他幾乎可以確定祕密警察會更常來找特麗莎的麻煩，她的手就會顫抖得更厲害了。

他說：『把一隻被活埋的烏鴉挖出來，比起寄請願書給總統重要多了。』

他知道這句話沒人聽得懂，可是他卻因此而更滿足。他感到一種突如其來的陶醉。那天，他向妻子明白說出他永遠不想再看到她和兒子，那時候，他也感到同樣黑色的陶醉。那天，他把信投入郵筒，從此永遠放棄醫生的職業，那時候，他也感到同樣黑色的陶醉。他一點也不確定這麼做對不對，可是他很確定他做了他想做的事。

『對不起，』他說，『我不簽了。』

⑪羅慕洛（Romulus）：傳說中羅馬的建立者和第一個國王。出生後和孿生弟弟一同被丟入台伯河，河水將籃子沖上淺灘，被一頭母狼救起，在山洞裡哺養，後來被牧人帶回家撫育成人，建立了羅馬城。

15

幾天之後，所有的報紙都在談論請願書的事。

當然，報紙上完全沒提這是一次委婉溫和的請求，爲的是要求政府釋放政治犯。沒有一份報紙引述這篇簡單扼要的短文當中的任何一句話，反倒是含混卻又語帶威脅，長篇大論地說這是一次顚覆性的號召行動，是要給新的反社會主義鬥爭作跳板。連署的人都被連名帶姓地報導出來，名字後頭則是惡意中傷與攻擊，讓人看得背脊發涼。

顯然，這是意料中的事。除非是共產黨籌畫的活動，否則一切群眾活動（集會、請願、街頭示威）都會被當作違法的行爲，不管誰去參加都會陷入險境。這是眾所周知的。正因爲如此，托馬斯就更爲自己沒有在請願書上簽名而自責了。究竟爲什麼，他沒有簽名？連他自己也不太確定，讓他做出決定的動機是什麼。

再一次，我看見他如同小說開場時出現在我眼前的模樣，他站在窗前，隔著天井望著對面樓房的牆壁。

他誕生於這個畫面。我也說過，小說的人物不是像一般的生物那樣，誕生自母親的身體，而是誕生於一個處境、一個句子、一個隱喻，其中孕育著人類某種根本的可能性，這是作者自己想像出來的，還沒有被人發現，或是還沒有人論及這種可能性的本質。

可是，人們不都說作者能寫的只有自己的事嗎？

無力地望著天井，不知何去何從；在愛情激揚的時刻聽見自己的肚子一個勁兒地咕嚕咕嚕；背叛，卻又不懂得在如此美麗的背叛之路上逗留；在偉大的進軍隊伍裡舉起拳頭；在祕密警察隱藏的竊聽器前表現自己的幽默：我熟悉這一切，我自己也經歷過這種種處境；但是我自己這個人物（也就是從我的履歷表上看到的這個人物）並非出自其中的任何一個處境。我的小說人物都是我自己沒有實現的一些可能性。正因如此，我愛我筆下所有的人物，而他們讓我害怕的程度也不相上下。他們每個人都越過了一個邊界，而我卻只是繞道而行。吸引我的正是這被跨越的邊界（越過這邊界，我的『我』就終止了）。也只有在邊界的另一頭，小說所要追問的神祕事物才開始。小說不是作者的告白，而是在這已然成爲陷阱的世界裡探索人類的生活。說夠了吧。回頭來看托馬斯。

他站在窗前，隔著天井望著對面樓房那片骯髒的牆壁。那個下巴像鞋拔子的記者，還有他的那些朋友，他們讓托馬斯的心底泛起一股鄉愁——他和這些人素不相識，也不屬於同一個圈子。他就像在車站月台上邂逅了一位陌生女子，還來不及上前搭訕，陌生女子就登上一節臥舖車廂，往里斯本或伊斯坦堡去了。

他陷入沉思：當時他究竟該怎麼做呢？就算撇開那些撩動他情感的因素（他對那位記者的敬意，他兒子惹惱了他），他還是不知道該不該在他們拿給他看的文件上簽名。

如果有人試圖逼迫你沉默，你是不是應該拉高嗓門？是啊。

可是換個角度來看：爲什麼報紙花了這麼多的版面來談論請願書的事？媒體（完全受政府操控）大可以對整件事不置一詞，根本沒有人會知道。媒體會談論這件事，是因爲這正中統治者的下懷！對那些統治者來說，這眞是天上掉下來的禮物，他們可以拿這件事來大作文章，發動另一波新的迫害。

那麼，當初他究竟該怎麼做呢？簽名，還是不簽？

這問題也有另一種提法：高聲呼喊加速滅亡好呢？還是保持沉默延緩死期好呢？

這樣的問題只有一個答案嗎？

再一次，他腦中浮現了我們已然熟知的一個想法：人的生命只有一次，我們永遠無法檢證哪一個決定是好的，哪一個決定是壞的，因爲，在所有的處境裡，決定的機會都只有一次，我們沒有第二次、第三次、第四次的生命可以給不同的決定做比較。

在這方面，歷史和個人生命是相似的。捷克人只有一個歷史，它跟托馬斯的生命一樣，總會完成於某一天，沒有機會重來第二次。

西元一六一八年，波希米亞的貴族鼓起勇氣，決定捍衛他們的宗教自由，他們狂熱地對抗安坐在維也納的皇帝，他們把代表皇帝的兩個高官從布拉格城堡的窗戶丟出去，於是『三十年戰爭』從此開啓，最後幾乎導致整個捷克民族的毀滅。捷克人當時需要的是不是更多的謹愼而不是勇氣？答案似乎很簡單，可是事實並非如此。

三百二十年後，西元一九三八年，慕尼黑會議結束後，全世界決定犧牲捷克人的國家，把它獻祭給希特勒。這時，他們該不該試圖獨力去對抗一個在數目上比他們強大八倍的敵人呢？跟他們在一六一八年所做的事比起來，這次他們展現了較多的謹愼而不是勇氣。他們的屈服標誌了第二次世界大戰的開啓，最後他們徹底喪失了作爲一個國族的自由，時間長達數十年甚或數百年。當時，他們需要的是不是更多的勇氣而不是謹愼？他們到底該怎麼做？

如果捷克的歷史可以重新來過，那麼每次都試試另一種可能性，然後再去比較兩個結果，一定很有趣。少了這樣的實驗，所有推論都只是假設的遊戲。

Einmal ist keinmal，一次算不得數，一次就是從來沒有。波希米亞的歷史無法重新再來一次，歐洲的歷史也不能。波希米亞的歷史和歐洲的歷史是人類注定無經驗的畫筆所畫出來的兩張草圖。歷史一如個人的生命那麼輕，不能承受的輕，輕如鴻毛，如浮塵，如朝生暮死的蜉蝣。

托馬斯心裡又湧起一股近乎愛情的鄉愁，懷念起那位身材高大的駝背記者。這個人行動的時候，彷彿不把歷史當作一張草圖，而是一幅已經完成的畫。他行動的時候，彷彿覺得自己的所作所爲都會在永劫回歸之中重複無數次，於是他對自己的行爲毫不懷疑。他確信自己是對的，他在自己的行爲裡看到的不是一個有限的心靈的展現，而是美德的標記。他活在不同於托馬斯的另一個歷史裡：他活在一個不是草圖的歷史裡（或者說他的歷史沒有意識到自己是一張草圖）。

16

不久之後，他又有了這個想法，我把它記在這裡，好解釋上一節提到的東西：假設宇宙中有一個星球，人們會在那兒重生，而且，還清清楚楚地記得在地球上的前世，記得所有在地球上得到的經驗。

或許還存在著另一個星球，所有人都會在那裡第三次降生，還帶著兩個前世的所有經驗。

或許還有更多更多的星球，人類會在那裡重生，而每次重生都會在成熟的程度上提高一級（也就是多了一趟人生的經驗）。

這是托馬斯關於永劫回歸的想法。

至於我們，在地球上（在編號第一號的星球上，在無經驗的星球上），我們對於其他星球上的人可能發生的事，顯然只有一個非常模糊的概念。他們會比較有智慧嗎？對他們來說，變得成熟是不是輕而易舉的事呢？他們能不能藉由重複一次又一次的生命而變得成熟呢？

正是在這幅烏托邦的景象之中，悲觀主義和樂觀主義的概念有了一點意義：樂觀主義者，就是設想人類的歷史在第五號星球上會變得比較不血腥的那些人。悲觀主義者，就是不相信這種想法的人。

17

托馬斯小時候很喜歡儒勒・凡爾納⑫的一本著名的小說，書名叫做《兩年的假期》，而兩年也確實是假期的最大極限。托馬斯成爲洗窗工人就快要三年了。

這幾個星期裡，他意識到（既悲傷又帶著點神祕的笑意）自己在生理上開始疲憊了（他每天都會發動一場——有時是兩場——性愛之戰），他的慾望一點也沒有流失，但他爲了擁有那些女人所付出的代價卻是把全副的氣力繃到極限。（我補充一下：這跟他的性能力完全無關，這裡說的是他的體力；問題完全不在於他的生殖器，而在於他接不接得上氣，讓他覺得有點滑稽的地方就在這裡。）

有一天，他正想安排下午的約會，可是，有時候就是這麼不巧，竟然沒有一個女朋友在家，於是他的下午有可能會虛度。他爲此非常沮喪。他打了十幾通電話給一個年輕的女人——一個非常迷人的戲劇系學生，她的身體炫耀著完美的古銅膚色，那是南斯拉夫某個天體海灘的陽光給她鍍上去的，均勻得像是叉在一把精準無比的電動烤肉叉上轉呀轉，慢慢烤出來的。

他每到一個店家工作就打電話給她，結果還是徒勞。將近四點的時候，他剛結束工作，正要走回到辦公室去繳回簽了名的工單，卻在布拉格市中心的街上被一個陌生女子叫住。她微笑

⑫儒勒・凡爾納（Jules Verne，1828～1905）：法國科幻小說家，著有《環遊世界八十天》、《地心遊記》和《海底兩萬里》等書。

著對他說：『大夫，您躲到哪兒去了？我幾百年都沒看到您了！』

托馬斯努力回想自己在哪裡認識了這個女人。是他從前的病人嗎？從她說話的樣子看來，他們似乎是很熟的朋友。他試著用此話應付過去，免得露出一副不認識她的樣子。他才在心裡想著，該怎麼說動她一起去朋友的公寓（鑰匙就在他的口袋裡），忽然靈光一閃，他想起這女人是誰了：就是他努力不懈地打了一整天電話都找不到的那個女人——那個一身完美古銅膚色的戲劇系學生。

這樁不順心的情事讓他覺得又好玩又害怕：他疲憊了，不只是身體疲憊，心裡也累了；兩年的假期，不能無限期地延長下去。

18

沒有手術檯的假期也是沒有特麗莎的假期：平常的日子裡，他們一整天都見不到對方，星期天的時候，終於在一起了，慾望滿滿，兩人卻距離遙遠，就像托馬斯從蘇黎世回來的那天晚上，他們費了好大的工夫才開始碰碰對方，擁吻對方。性愛給他們帶來歡愉卻沒有帶來安慰。特麗莎不再像從前那樣大叫，高潮的時候，她扭曲的表情似乎表達著痛苦和某種奇怪的失神狀態。只有在夜裡，在睡眠裡，他們才溫柔地結合在一起。他們總是手牽手，她也忘卻了那道分隔著他們的鴻溝（白晝的光所形成的鴻溝）。可是這些夜晚並沒有讓托馬斯有時間或有辦法去保護她、照顧她。早上，他看見特麗莎的時候，他的心揪著，他爲她擔心——她看起來悲傷又有病容。

有個星期天，特麗莎提議開車去鄉下走走。他們來到一個溫泉小城，發現那裡所有的街道都被換上了俄國名字，他們還在那裡遇到一個托馬斯的老病人。這次相遇打亂了托馬斯的心情。突然間，又有人跟他說話的時候當他是醫生了，有那麼一瞬間，他以爲自己又回到過去的生活，令人安心的規律作息，診療的時間，病人們信任的眼神，這樣的眼神他看似毫不在意，其實卻帶來他所需要的滿足。

回家的路上，托馬斯一面開車，心裡一面反覆想著他從蘇黎世回到布拉格是個天大的錯誤。他兩眼僵直地望著路面，不想看到特麗莎。他的心裡在怪她。他覺得特麗莎出現在身旁，是因爲那讓人無法承受的偶然性。爲什麼在他身旁的是她？是誰把她放在籃子裡順水漂流的？

爲什麼她得要停靠在托馬斯的床榻水岸？爲什麼是她而不是其他女人？

車子繼續開著；一路上誰也沒開口。

回到家，兩人默默地吃了晚餐。

沉默梗在他們之間猶如某種厄運，隨著時間一分一秒過去，變得更加沉重。爲了避免尷尬，他們早早去睡了。夜裡，托馬斯把特麗莎叫醒，把她從啜泣之中拉回現實。

她對他說：『我被埋在地下。好久好久了。你一星期會來看我一次。你敲敲墳墓我就出來了。我的眼睛裡都是泥土。

『你說：「你什麼都看不見。」然後你幫我把眼睛裡的泥土撥掉。

『我回答說：「不管怎麼弄，我還是什麼都看不見。眼睛那裡成了兩個洞。」

『後來，你離開了很久，我知道你跟別的女人在一起。幾個星期過去了，你還是一直沒來。我一分鐘也沒睡，因爲我怕你回來的時候我在睡覺。有一天，你終於回來了，你敲敲墳墓，可是我已經筋疲力盡了，我一整個月都沒睡，幾乎沒有力氣走出來。等我終於走了出來，你卻是一臉失望的樣子。你說我的臉色很難看。我感覺自己很讓你討厭，因爲我的臉頰凹陷，我的動作生硬又突兀。

『爲了道歉，我對你說：「請原諒我，我這段時間都沒睡。」

『你用安慰的聲音跟我說話，可是聽起來像是裝的，你說：「你看，你需要休息。你應該去度一個月的假。」

『我心裡很明白，你說度假是什麼意思！我知道你想要有整整一個月看不到我，因爲你要跟別的女人待在一起。你離開之後，我又走回墳墓底下，我知道我爲了等你，又要有一整個月不睡覺了，我也知道，等你回來，也就是一個月以後，我會變得更醜，而你會更失望。』

托馬斯從來不曾聽過比這更讓人心碎的話。他把特麗莎緊緊抱在懷裡，感覺到她的身體在顫抖，他知道自己已經無力再擔負起他對特麗莎的愛了。

地球可以因爲炸彈爆炸而晃動，祖國可以因爲一個新的入侵者而日日遭受劫掠，一個地方的居民可以全部被帶到行刑隊面前，要他承受這一切還比較容易，只是他不敢承認。然而，僅僅是特麗莎的一個夢，夢境裡的悲傷卻讓他無法承受。

他回到特麗莎剛剛說給他聽的夢境之中。他看見自己在她面前：他輕撫著她的臉頰，小心翼翼，幾乎沒讓她察覺，他撥去她眼眶裡的泥土。然後他聽到這個句子，這個最讓人心碎的句子：『不管怎麼弄，我還是什麼都看不見。眼睛那裡成了兩個洞。』

他的心揪著；他覺得自己就快要心肌梗塞了。

特麗莎又睡著了；可他卻無法成眠。他想像特麗莎死了。她死了，並且作著可怕的夢；可是因爲她死了，托馬斯無法將她喚醒。是的，死亡就是這樣：特麗莎睡著，她作著殘酷的夢，而他卻無法將她喚醒。

19

自從俄羅斯軍隊入侵托馬斯的國家，五年以來，布拉格改變了很多：托馬斯在街上遇到的人都跟以前不一樣了。他的朋友有一半已經移居國外，而留下來的有一半已經死了。這種事沒有任何歷史學家會記錄下來：俄羅斯入侵之後的那幾年，是屬於葬禮的年代；死亡率從來不曾這麼高。我說的不僅僅是像揚．普洛恰茲卡一樣被逼上絕路的人（這樣的例子並不多見）。就在收音機開始日日播放普洛恰茲卡私人談話錄音的半個月後，他住進了醫院，癌症在他體內可能已經悄悄地潛伏了一段時間，現在像一朵玫瑰那樣盛放開來。手術在警察的監視下進行，警察見這位小說家離死期不遠，也就對他失去了興趣，讓他死在妻子的懷抱裡。可是死亡也侵襲了那些沒有直接受到迫害的人。絕望彌漫在這個國家，穿透人們的靈魂，占據並且壓垮人們的肉體。有些人則是絕望地想要逃離共黨政權的恩寵，不想讓黨的榮耀加身，不想被迫跟那些新的領導班子並肩出現在公開場合。詩人弗朗提謝克．赫魯賓（Frantisek Hrubine）就是這樣死的——為了逃離黨對他的厚愛。而他費盡氣力想要逃避的文化部長，最後還是在棺材裡逮到了他。部長在葬禮上發表了演說，主題是這位詩人對蘇聯的愛。或許他這般荒謬的言語是為了要把詩人喚醒。不過這世界如此醜陋，沒有人願意從死裡復活。

托馬斯去火葬場參加一位著名生物學家的葬禮，這位學者生前被逐出了大學和科學院。為了不讓葬禮變成示威，當局禁止訃聞上告知儀式舉行的時間，親友們直到最後一刻才知道死者將在清晨六點半進行火化。

走進火葬場的時候，托馬斯搞不清楚到底發生了什麼事：大廳裡燈火通明，像個攝影棚似的。他四下一看，驚見廳裡每個角落都安置了攝影機。不，這不是電視台的攝影機，來拍片子的是警察，這樣他們才能指認來參加葬禮的是哪些人。過世的這位學者有個老同事，當時還是科學院的院士，竟然有勇氣在棺木前致詞。他沒有想到這樣會讓他成爲電影明星。

葬禮結束之後，所有人都跟死者家屬握手致意，托馬斯在大廳角落的一小群人裡瞥見那位身材高大的駝背記者。他的心裡又泛起了某種鄉愁，爲的是這些無所畏懼的人，當然，這些人會連結在一起，是因爲一股偉大的情誼。他走近那位記者，帶著微笑，想跟他問聲好，可是這身形高大的駝背男人卻對他說：『小心哪，大夫，您最好不要靠近我。』

這句話很奇怪。他在其中感覺到眞誠而友善的提醒（『留神一點，有人在攝影，如果您說了什麼話，一定會被叫去審問。』），可是也不乏某種嘲諷的意圖（『您沒有勇氣在請願書上簽名，您還是理智一點，不要跟我們有什麼接觸吧！』）。不管怎麼解釋才對，托馬斯聽了話，悄悄地走了。他覺得，那個在車站月台上邂逅的美麗陌生女子登上一列快車的臥舖車廂，就在他正要對她表達仰慕之情的時候，她把一根指頭放在唇上，叫他不要說話。

20

下午他又遇到一件有趣的事。他在一家鞋店洗櫥窗的時候，一個還算年輕的男人在他旁邊停下腳步。年輕人靠在舖面的櫥窗上研究標籤上的價錢。

『全都漲價了。』托馬斯說，手裡的海綿還繼續抹著濕淋淋的玻璃。

年輕人轉過頭來。那是他醫院的一個同事，就是以爲托馬斯寫了自我批評而有些悻悻然，卻又在臉上掛著微笑的那個人，我在前面把他叫做『S』。托馬斯遇到他很高興（僅僅是出乎意料的事情所帶來的單純喜悅），可是他卻在同事的眼神裡（在S還來不及控制自己反應的第一瞬間）發現了某種不悅的驚訝之情。

『最近好嗎？』S問道。

托馬斯還沒開口回答，就已經意識到S對他自己的問候感到難爲情。一個始終在執業的醫生去問一個正在洗櫥窗的醫生『最近好嗎？』這問題顯然很蠢。

『好得不能再好了。』爲了不要讓S難堪，托馬斯答話的時候盡量表現出開心的樣子，可他立刻就發現了，儘管無意如此，這句『好得不能再好了』卻有可能讓人理解成挖苦的話（特別是因爲他刻意用愉快的語氣）。

於是他趕緊補上一句：『醫院最近怎麼樣？』

『沒怎麼樣，一切都很正常。』S答道。

即使S想用最平淡的方式回答，但是說出來的話還是很不對勁，兩人都感覺到了，而且也感覺到對方覺得不對勁：兩個醫生當中，有一個在洗窗玻璃，怎麼可能一切都很正常呢？

『主任還好嗎？』托馬斯探問。

『你們沒見過面嗎？』S問道。

『沒有。』托馬斯說。

這是眞的。雖然他們過去合作得那麼愉快，也幾乎將彼此視爲朋友，但是自從他離開醫院以後，就再也沒見過外科主任了。不管他心裡怎麼想，他剛說出口的這句『沒有』就是有那麼點悲哀的味道，托馬斯猜想S會因爲他提出這個問題而不高興，因爲S自己也跟外科主任一樣，始終沒有來問過托馬斯的近況，也不曾問過他是不是需要什麼。

兩個老同事之間的談話就快要撐不下去了，儘管兩人（尤其是托馬斯）都爲此感到遺憾。他並不在意同事們忘了他，他很願意立刻對這位年輕的醫生解釋，他很想對他說：『別一副那麼尷尬的樣子。這很正常啊，事情本來就應該是這樣的，你們沒來找我串門子是很正常的！別把這種事放在心上！碰到你我很高興！』可是連這些話他也不敢說，因爲他所說的每一句話都背離了他的原意，而他的老同事也可能會懷疑他誠心誠意的話裡暗藏著諷刺。

『對不起，』S終於這麼說：『我趕時間，』然後向托馬斯伸出手說：『我再打電話給你。』

從前，同事們因爲認定他懦弱怕事而瞧不起他，那時他們見到他的時候都帶著微笑。現在他們不能再瞧不起他，甚至不得不敬佩他，可是他們卻躲開他。

而且，他的老病人們也不再邀他去暢飲香檳了。落魄知識分子的處境已經沒有什麼特別了；那是一種恆常的狀態，讓人看了覺得礙眼。

21

他回到家裡，躺在床上，睡著的時間比平常快。大概過了一個小時，胃裡一陣翻攪把他痛醒了。那是他的老毛病，每次他沮喪的時候就會發作。他打開藥櫃，咒罵了一句。裡頭沒有藥。他忘記去拿藥回來放在家裡。他試著用意志力制住胃痛，這努力多少有點用，但他再也睡不著了。凌晨一點半左右，特麗莎回來了，他很想和她聊聊。他把葬禮的事告訴她，說了記者不跟他講話的那段，說了他遇到老同事S的事。

『布拉格變得好醜陋。』特麗莎說。

『確實是。』托馬斯說。

片刻的沉默之後，特麗莎低聲說：『最好的辦法就是離開這裡。』

『是啊，』托馬斯說：『可是我們哪兒也去不了。』

托馬斯穿著睡衣坐在床上；特麗莎走過來坐到他身邊，伸手摟住他的腰。

『到鄉下去吧。』特麗莎說。

『到鄉下？』托馬斯有些驚訝。

『在那裡，只有我們。你不會遇到那個記者，也不會遇到那些老同事。在那裡，會有不同的人，還有大自然，大自然還是跟以前一樣。』

這時，托馬斯感覺胃裡還是隱隱作痛；他發現自己老了，他覺得自己什麼欲求都沒有，只想圖個清靜。

『或許你是對的。』他說得很辛苦，胃痛的時候他總是接不上氣。

特麗莎又說：『我們會有一間破房子還有一片小花園，卡列寧會玩得很開心。』

『是啊。』托馬斯說。

於是他試著想像，如果他們眞的去鄉下生活，會是什麼光景。在小村莊裡，一個星期換一個女人很難。那會是他性愛冒險的終結。

『只是啊，你只跟我一個人待在鄉下會很煩。』特麗莎猜到他在想什麼。

胃痛翻攪得越來越厲害。他說不出話了。他心想，他對女人的追逐也是一種『非如此不可！』，是一個將他貶爲奴隸的內在命令。他渴望假期。可是他渴望的是完完全全的假期，告別**所有的**內在命令，所有的『非如此不可！』既然他可以永遠告別醫院的手術檯，那他爲什麼不能告別這世界的手術檯？爲什麼不能放下這想像的解剖刀，不要再去打開那封藏著女性自我的珠寶盒，在裡頭尋找虛幻的百萬分之一的不同？

『你胃痛是不是？』特麗莎終於注意到。

托馬斯點點頭。

『你打針了嗎？』

他搖搖頭說：『我忘記買藥了。』

特麗莎說了他兩句怪他沒記性，說完輕輕撫著他冒汗的額頭。

『現在好多了。』托馬斯說。

『你躺下吧，』特麗莎幫他把毯子蓋上。她去了浴室，過了一會兒，她也過來躺在他身邊。

托馬斯靠在枕頭上，轉頭看著特麗莎，他很驚訝：特麗莎眼裡透露的悲傷簡直令人難以忍受。

他說：『特麗莎，告訴我，你怎麼了？你這陣子怪怪的。我看得出來。我知道你有心事。』

她搖搖頭說：『沒有啊，我沒怎麼樣。』

『你別不承認！』

『還不就是那些事。』這句話的意思是說，她還是在嫉妒，而他始終對她不忠。

托馬斯還是堅持：『不是，特麗莎，這次不一樣，我從來沒見過你像現在這樣。』

特麗莎回嘴說：『好啊！你要我說我就說吧：去把你的頭洗乾淨！』

他不明白。

特麗莎說得很悲傷，不帶刺，近乎溫柔：『這幾個月，你的頭髮味道都很重，聞起來都是下體的臭味。我本來不想跟你說的。可是你看，你讓我聞你情婦下體的氣味聞了多少個晚上？』

聽到這些話，胃裡的痙攣又翻攪起來。這種事眞令人沮喪，他洗得那麼徹底！他認眞地搓洗了全身，洗了雙手，洗了臉，爲的就是不要留下一絲陌生女人的氣味。在別人家的浴室裡，他不用那些香皀，他總是帶著自己的馬賽肥皀。可是他卻忘了頭髮。不，不是忘了，頭髮，他根本就沒想到！

他想起那個在他臉上叉開雙腿的女人，她要他用整張臉和頭頂跟她做愛，他現在眞是恨透她了！多蠢的念頭啊！他看是沒辦法不承認了，唯一能做的就是傻笑，然後去浴室把頭洗一洗。

特麗莎輕輕撫著他的額頭。『你在床上躺著。不必洗了。反正我已經習慣了。』

他的胃還在痛，他只渴望清靜。

他說：『我要寫信給上次在溫泉鎮上遇到的那個老病人。你知道他那個村莊在哪裡嗎？』

『不知道。』特麗莎說。

托馬斯痛得說不出話來，只能勉強說出：『樹林……山丘……』

『對呀，就是這些。我們要離開這裡。但是現在先別說了。』她依然輕撫著他的額頭。兩人並肩躺著，不再說話。胃痛緩緩退去。不久，兩人都睡著了。

22

他在半夜醒來，驚訝地發現自己竟然做了春夢。他只記得最後一個夢的細節：一個巨大的女人在游泳池裡裸泳，身材比他高五倍，腹部從肚臍到胯間覆著一片濃密的長毛。他在池邊望著她，興奮至極。

他的身體被胃痙攣弄得虛弱無力，這時候，他爲什麼會興奮？這女人，托馬斯若在清醒時看到只會覺得反胃，爲什麼在夢裡看到會興奮？

他心想：大腦的鐘錶結構有兩個反向轉動的齒輪。一個齒輪上頭是影像，另一個上頭是身體的反應。刻著裸體女人的那個齒輪緊緊扣接在另一個反向的齒輪上，這個齒輪上頭刻著勃起的命令。不知爲了什麼緣故，有個齒輪滑脫了一齒，結果興奮的齒輪接上了一個畫著燕子展翅高飛的齒輪，於是我們一看到燕子，性器官就豎了起來。

而且，托馬斯還看過一份研究報告，是一位專攻睡眠領域的同事做的，結論是，不論夢的內容是什麼，男人作夢的時候總是勃起的。所以，勃起和裸女的連結不過是造物主爲了校正人類腦袋裡的鐘錶結構，而在千百種可能性裡頭挑選出來的一個基準模式。

而這一切與愛情有共同之處嗎？完全沒有。如果托馬斯腦袋裡的一個齒輪滑脫了一齒，如果他從此只有看到燕子才會興奮，他對特麗莎的愛並不會有任何改變。

若說興奮這個機制是造物主拿來消遣用的，那麼愛情恰好相反，愛情只屬於我們，而且我們藉它來逃脫造物主。愛情，是我們的自由。愛情超越了『非如此不可！』。

但這也不對，這種說法不盡眞切。即使愛情不同於性慾的鐘錶結構，即使性慾是造物主想出來做消遣的，愛情還是連結在性慾上，像個溫柔的裸女連結在一座巨大時鐘的鐘擺上。

托馬斯心想：把愛情連結在性慾上，這眞是造物主最奇怪的一個想法。

他心裡又這麼想：要把愛情從愚蠢的性慾裡拯救出來，唯一的方法就是把我們腦袋裡的時鐘調成另一個樣子，讓我們看到燕子就會興奮。

他帶著這個甜美的想法慢慢入睡。在半夢半醒之際，在意象混沌的迷魅之境，他恍然悟到自己剛剛發現了一切謎樣事物的解答，發現了一切神祕事物的關鍵，發現了一個新的烏托邦，發現了天堂：在這個世界，人們可以因爲看到燕子而勃起，在這裡，他可以愛特麗莎而不要受到愚蠢霸道的性慾干擾。

他睡著了。

23

他在一群繞著他打轉的半裸女人中間，他覺得累了。爲了擺脫她們，他打開一扇通往隔壁房間的門。他發現面前有一個年輕女子躺在沙發床上，她也是近乎赤裸，只穿了一條底褲；她用手肘支著頭，側躺在那裡。她望著他微笑，彷彿知道他會走進來。

他走上前去。一股無邊的幸福感湧上心頭，因爲他終於找到她，可以和她在一起了。他在她身邊坐下，跟她說了幾句話，她也跟他說了幾句話。她散發著寧靜的氣息。她的手，動作柔軟而平緩。他一輩子都渴望著這些平靜的手勢。他一輩子想要的就是這種女性的寧靜。

可是這時候他卻從夢境滑入半醒。他進入這 *no man's land* ⑬，不再睡了，可是也還沒進入清醒的狀態。他絕望地看著這個女人消失，心想：天哪！我可不能失去她！他使盡全力回想，自己在哪裡遇到過她，跟她一起經歷過什麼事。既然他對她如此熟悉，怎麼會想不起來呢？他決定立刻打電話給她。可是才這麼想，他就發現自己不能打電話給她，他顫抖著，因爲他不記得她的名字。一個如此熟悉的女人，他怎麼會忘記她的名字呢？後來，他幾乎完全醒了，兩眼睜著，對自己說：我在哪裡？是的，我在布拉格，可是這女人也是布拉格人嗎？我不是在別處遇見她的嗎？會不會是在瑞士認識的？他過了好一陣子才明白，他並不認得這個女人，她既不是蘇黎世人也不是布拉格人，她不是任何地方的人，她來自夢中。

這場夢把他弄得心神不寧，他起身坐在床沿，特麗莎在他身旁深深地呼吸。他心想，夢裡那個年輕女子跟他這輩子認識過的任何女人都不像。這個讓他覺得如此熟悉的年輕女子，其實是素不相識的。可是他一直渴望的女人就是她。如果有一天他找到屬於自己的天堂（假設這天堂眞的存在），他應該會生活在這女人的身邊。這個年輕女子是他的夢，是屬於他愛情的『非如此不可！』

他想起柏拉圖《會飲篇》裡著名的神話：從前，人類是雌雄同體的，上帝把人分成兩半，這兩個一半的人從此在世界各地漂泊遊蕩，尋找對方。愛情，就是因我們失去的另一半而生的渴望。

就當事情是這樣的吧；假設我們每個人在世界的某個地方都有一個伴侶，從前我們跟這個伴侶就是一個完整的身體。托馬斯的另外一半，是他夢到的年輕女子。可是沒有人找得到自己的另外一半。代替這另外一半的，是人家裝在籃子裡順水漂送過來的特麗莎。可是萬一他後來眞的遇見他命中注定的那個女人，遇見他的另外一半，結果會是如何？他該選誰？選籃子裡的那個女人？還是選柏拉圖神話裡的女人？

他想像自己跟夢裡的女人活在一個理想的世界。這時，特麗莎從他們別墅的窗外走過。她形單影隻，在外頭的行道上停步，遠遠地，用她無限悲傷的目光望著他。而他，他無法承受這目光。再一次，他在自己內心感受到特麗莎的痛苦！再一次，他被同情心俘虜了，他墮入特麗莎的靈魂深處。他從窗口跳了出去，可是特麗莎卻淒苦地對他說，他留在他快樂的地方就好了，她那些生硬突兀的動作總是惹他不高興，讓他覺得討厭。他抓住她緊張的雙手，用自己的

⑬ no man's land：英文：無人地帶；眞空地帶；非武裝區。

手緊緊握著，好讓那雙手平靜下來。他知道自己隨時都可以離棄他的幸福之屋，他隨時都可以離棄他和夢裡的年輕女子在一起生活的天堂，他將背叛他愛情的『非如此不可！』，就爲了跟特麗莎一同離去，爲了這個誕生自六個荒誕偶然的女人。

他坐在床上，望著睡在身旁的女人，她在睡夢中握著他的手。他感覺自己對她有一種不可名狀的愛。這一刻，或許她睡得並不沉，因爲她睜開了雙眼，望著他，眼神有些驚慌。

『你在看什麼？』她問道。

他知道不該讓她醒來，應該再哄她去睡；他試著說些話，讓她的思緒閃現新的夢境的靈光。

『我在看星星。』他說。

『別騙人，你不是在看星星，你在往下看。』

『因爲我們在飛機上，星星都在我們下面。』

『喔。』特麗莎把托馬斯的手握得更緊，又睡著了。托馬斯知道，特麗莎正從飛機的舷窗向外望，飛機在群星之上高高飛翔。

第六部

偉大的進軍

1

直到一九八〇年，我們才在《周日泰晤士報》上刊登的一篇文章裡得知史達林的兒子雅可夫是怎麼死的。二次世界大戰期間，他被德國人俘虜，跟一些英國軍官拘禁在同一個戰俘營裡。他們的廁所是公用的。史達林的兒子老是把廁所弄得很髒。那些英國人不喜歡看到他們的廁所被大便弄髒，就算大便來自當時全宇宙最有權力的人的兒子也一樣。他們經常罵他，他為此感到不快。他們一再指責他，逼他把廁所弄乾淨。後來他生氣了，跟他們吵了一架，還大打出手。最後，他去求見戰俘營的指揮官，希望他能來仲裁他們的糾紛。可是德國人太自以為是，根本不屑跟他們討論大便的事。史達林的兒子受不了這種侮辱，仰天破口大罵了幾句俄羅斯粗話，然後衝向那圍繞在戰俘營四周的高壓鐵絲網。他倒在鐵絲上，身體掛在上頭，永遠不會再把英國人的廁所弄髒了。

2

史達林的兒子一生過得並不順遂。他的父親跟一個女人生下他，可一切證據都顯示，他父親最後槍決了這個女人。所以小史達林既是上帝之子（因爲他的父親被尊崇得有如上帝），同時也被這個上帝貶入凡塵。人們對他有一種雙重的恐懼：他的權力可以害人（畢竟他是史達林之子），他的友誼也可以害人（父親可能不會懲罰這個被上帝棄絕的兒子，而是拿他的朋友當代罪羔羊）。

天譴與特權，幸與不幸，沒有人比史達林的兒子更具體地感受到，這些對立的東西，在什麼點上是可以相互替換的，而人類存在處境的正反兩極之間，差距又是多麼狹小。

戰爭剛開始，他就被德國人俘虜了，其他戰俘正是來自他打從心底厭惡的一個國家，他厭惡他們那種令人不解的拘謹，他們卻指控他骯髒。他肩上扛負的悲劇，是人們所能想像的悲劇當中最崇高壯麗的（他既是上帝之子，又是墮落天使），可他現在卻受人評判，爲的不是什麼高貴的東西（跟上帝和天使有關的事物），而是爲了一些大便，事情一定要這樣嗎？最高貴的悲劇和最粗俗的小事，難道是這麼令人暈眩地相近嗎？

令人暈眩地相近？相近這種事會讓人暈眩嗎？

當然會。當北極向南極接近，近到快要碰上的時候，地球就會消失，而人類將處在一片空無之中，這空無會讓人頭暈目眩，讓人向墜落的誘惑投降。

如果天譴和特權是同一回事，如果高貴和卑賤沒有分別，如果上帝之子可以因爲大便而受人評判，人類的存在就會失去所有的維度，變成不能承受之輕。於是，史達林的兒子衝向通電的鐵絲網，把身體拋擲在上頭，像扔在天平的秤盤上，秤盤被一個沒有維度的世界的無限之輕托起，可憐兮兮地向上浮升。

史達林的兒子爲了大便獻出生命。可是爲大便而死並不是一種毫無意義的死。德國人爲了向東延伸帝國版圖而犧牲生命，俄國人爲了將祖國勢力向西推得更遠而死，是的，這些人才是爲了蠢事而死，他們的死毫無意義，一點道理也沒有。相反的，史達林之子的死，在戰爭的普世愚行之中，是唯一具有形而上意義的死。

3

我還是小毛頭的時候，常翻一本寫給孩子看的《舊約聖經》，裡頭有古斯塔夫・杜雷（Gustave Doré）的木刻插畫，我看到上帝站在一朵雲上。那是一個老先生，有眼睛、鼻子、長長的鬍子，還有，我心想，既然祂有一張嘴，那祂就應該會吃東西，而如果祂會吃東西，那祂也要有腸子才行。可是一想到這個我就害怕，因爲儘管我出身於一個不信神的家庭，我還是覺得想到上帝有腸子是在褻瀆神明。

像我這麼一個沒受過任何神學教育的孩子，已經自己知道大便和上帝是不能並存的，所以呢，我也明白了『人是依照上帝的形象造出來的』這種屬於基督宗教的人類學基本論點有多麼脆弱。兩個只能選一個：要嘛人類是依照上帝的形象造出來的，這樣上帝就有腸子，要嘛是上帝沒有腸子，這樣人類就不像祂。

古老的諾斯替教派的信徒們跟五歲的我一樣，清楚地感覺到了這事。爲了解決這個被詛咒的問題，西元二世紀諾斯替教派的偉大宗師瓦倫廷（Valentin）強調，耶穌『吃，喝，但是不排便』。

大便是一個比『惡』還要棘手的神學問題。上帝給了人類自由，所以我們可以同意，祂不必爲人類的罪行負責。可是大便的責任還是完全落在人類的創造者身上，而且也只有祂能負責。

4

西元四世紀，聖哲羅姆（Saint Jérôme）徹底否定了亞當和夏娃曾經在伊甸園裡做愛的看法。相反的，西元九世紀著名的神學家司各特·埃里金納（Jean Scot Erigène）則接受這個看法。可是根據他的說法，亞當幾乎隨時都可以隨心所欲地豎起他的陰莖，就像舉手抬腳那麼容易。我們可別在這說法背後探尋人類籠罩在性無能威脅下的永恆夢想。司各特·埃里金納的看法另有深意。如果男人的陰莖可以因爲大腦的一個指令就豎起來，那也就是說我們不需要興奮了。陰莖不是因爲我們感到興奮而豎起，而是因爲我們命令它。偉大的神學家認爲，跟伊甸園這個天堂樂園無法並存的其實不是性交以及隨之而來的快感，跟天堂樂園無法並存的，是興奮。我們得好好記住這句話：天堂樂園裡有快感，但是沒有興奮。

我們可以在司各特·埃里金納的論證之中找到一個爲大便辯護的神學解釋（換句話說，是某種神義論）。只要上帝還允許人類留在伊甸園裡，那麼要嘛（依據瓦倫廷的理論，跟耶穌一樣）人不排便，要嘛（這個看起來比較像眞的）大便不會被當作什麼令人厭惡的東西。上帝將人逐出伊甸園的同時，向人揭示了大便不潔的本質及其噁心之處，於是人類開始把那些讓他難爲情的東西藏起來，而只要一揭開遮蔽物，人就會被強光照得頭昏眼花。所以，人類發現何謂不潔之後，也立刻發現了興奮。沒有大便（就字面意義和引申義來說），性愛就不會是我們所認識的樣子：伴隨著強烈的心跳節奏和目眩神搖。

在這本小說的第三部，我提到半裸的薩賓娜，頭上戴著圓頂禮帽站在穿戴整齊的托馬斯身旁。可是有件事我沒說。正當他們照著鏡子的時候，也就是薩賓娜因爲自己可笑的處境而興奮時，她心裡幻想托馬斯會要她戴著圓頂禮帽坐在馬桶上，而她會在托馬斯面前把腸子裡的東西排乾淨。她的心開始卜卜跳，她的腦子裡一片混沌，她把托馬斯推倒在地毯上；片刻之後，她發出歡愉的嗥叫。

5

有人堅持宇宙是上帝創造的，有人認爲宇宙是自己出現的，這論辯牽涉到一些超乎我們理解也超乎我們經驗的東西。同樣的，有人懷疑人的存在是否如初（不管這存在是如何被賜予人的，也不管是誰賜予的），有人則毫無保留地贊同人的存在始終如初，這兩種想法之間的差別也難有定論。

在歐洲所有的信仰裡，不論是宗教的還是政治的，都有創世紀的第一章，由此衍生的是，世界被創造出來是必然的，人的存在是美好的，所以生育也是一件好事。我們就把這種根本的信仰稱作**對於存在的全盤認同**好了。

一直到最近，大便這個詞在書裡還是用刪節號來代替，這並不是爲了道德的理由。畢竟我們沒聽過有人主張大便是不道德的吧！不認可大便是形而上的問題。排便的那個瞬間就是日常的證據，證明創世論無法讓人接受。兩個只能選一個：要嘛大便是可以接受的（那麼您上廁所的時候請不要鎖門！），要嘛我們就是被一種無法接受的方式創造出來的。

因此，**對於存在的全盤認同**的美學理想是一個否認大便的世界，是一個人人假裝大便並不存在的世界。這種美學的理想叫做**媚俗**（kitsch）。

這是一個德文詞，出現在多愁善感的十九世紀中葉，後來傳到了所有的語言裡。可是在通常的用法裡，這個詞最初的形而上價值已經被抹去了，也就是說：媚俗，就本質而言，是對大便的絕對否定；字面意義則如同引申義：媚俗將人類存在本質上無法接受的一切事物都排除在它的視野之外。

6

薩賓娜內心對共產主義的第一次反叛並不是倫理性的，而是帶有美學的性質。共產世界的醜陋（城堡變成關牲畜的地方）她還沒那麼厭惡，她真正厭惡的是，共產世界用美麗的假面遮掩自己——換句話說，就是共產主義式的媚俗。這種媚俗的典型，就是叫做『五一勞動節』的慶典。

在人們還有熱情（或者還盡力表現出熱情）的年代，她看過五一勞動節的遊行隊伍。從陽台和窗戶看下去，女人們穿著紅色、白色或藍色的襯衫，組成了各式各樣的圖案：五角的星星、心形、字母。遊行隊伍裡不同的分隊之間，走著一個個小型樂隊，給隊伍的行進提供節奏。遊行隊伍接近看台的時候，就算是最憂愁的臉孔也會綻放笑容，彷彿想要證明他們歡欣至極，或者，說得更精確些，他們**認同**至極。而這不只是對於共產主義單純的政治認同，而是對存在本身的一種認同。五一勞動節的慶典大口豪飲的是**對於存在的全盤認同**這個深水源頭。遊行隊伍祕而不宣的口號不是『共產主義萬歲！』而是『生命萬歲！』。共產政治的強大與狡詐，就在於它壟斷了這個口號。正是這愚蠢的同義反覆（『生命萬歲！』），在共產黨的遊行隊伍裡推動著那些對共產主義毫無興趣的人。

7

十年之後（那時她已經住在美國了），一個美國的參議員（是她朋友的朋友）開了一輛巨大的車子載她去兜風。四個小毛頭擠在後座。參議員把車停好；孩子們下車，跳上一大片草地，衝向運動場上的一棟建築，那裡有個人工滑冰場。參議員留在駕駛座，一臉夢幻地望著四個小小的身影在那兒奔跑；他轉頭對薩賓娜說：『看看他們！』他用手畫了一個圓圈，把運動場、草地和孩子們都圈了進去：『這就是我所謂的幸福。』

這句話不只是因爲看到孩子奔跑，看到草兒長高而表現出歡樂，這句話還展現了對於一個來自共產國家的女人的理解，參議員相信，在那裡草兒不長，孩子不跑。

就在這一刻，薩賓娜想像這位參議員高高站在布拉格某個廣場的看台上。參議員臉上掛著跟那些共產黨的國家領導人一模一樣的笑容，他們高高站在看台上，對那些也帶著同樣笑容的市民們微笑。

8

參議員怎麼知道孩子就意謂著幸福？他能讀透他們的靈魂嗎？如果，這四個孩子才剛走出他的視線，其中三個就把另一個狠狠揍了一頓，那又怎麼說呢？

只有一種論據是站在參議員這邊的：那就是他的感性。心靈說了話之後，理性要提出反駁是很不得體的。在媚俗的王國裡，實施的是心靈的獨裁統治。

很顯然，媚俗激發出來的感情必定是大多數人都能分享的感情。所以媚俗毋需驚世駭俗；媚俗召喚的是根植在人類記憶深處的一些關鍵形象：不孝順的女兒、被遺棄的父親、在草地上奔跑的小孩、被背叛的祖國、初戀的回憶。

媚俗讓人一滴接一滴，流出兩滴感動的眼淚。

第一滴眼淚說：孩子們在草地上奔跑，多美啊！

第二滴眼淚說：可以跟全人類一起，因爲看到孩子們在草地上奔跑而感動，多美啊！

只有這第二滴眼淚，造就了媚俗之所以爲媚俗。

也只有在媚俗的基礎上，才能建立全人類的博愛情誼。

9

沒有人比政治人物更懂這種事了。只要一有照相機接近，政治人物就會立刻追著他瞥見的第一個孩子，要去把他抱起來，在懷裡親吻他的臉頰。媚俗是所有政治人物、所有政治運動的美學理想。

在一個社會裡，如果諸多思潮並存，而且影響力相互抵銷、限制，那麼我們還多少有可能逃脫媚俗的專橫，還有可能保有個人的獨創性，藝術家也可以創作出讓人意想不到的作品。但只要政治運動掌握了一切權力，我們就會置身在極權的媚俗的王國裡。

我會說極權，是因爲一切有損於媚俗的事物，都會被生活驅逐出境：所有個人主義的展現（因爲所有不調和的行爲都是在博愛情誼的笑臉上吐口水），所有的懷疑主義（因爲開始對一個小細節產生懷疑的人，最終會開始對生命本身產生懷疑），所有嘲諷（因爲在媚俗的王國裡，一切都該認眞看待），當然還有拋棄家庭的母親，或是喜歡男人勝過女人的男人（因爲他們威脅到神聖不可侵犯的口號：『你們要生育繁殖』⑭）。

從這個觀點看來，我們喚作古拉格⑮的地方也可以被視爲一個化糞池，極權的媚俗把它的糞便倒在裡頭。

10

第二次世界大戰之後十年，是最可怕的史達林恐怖時代。特麗莎的父親就是在那個時期因爲一點小事被逮捕的，十歲的小女孩特麗莎於是被趕出家門。薩賓娜當時二十歲，在美術學院讀書。馬克斯主義的教授爲她和同學們解釋了社會主義藝術的基本前提：蘇維埃社會已經這麼進步，因此在這社會裡的根本衝突已不再是善惡之間的衝突，而是好與更好之間的衝突。所以，大便（也就是說那些本質上就讓人無法接受的東西）只能存在於『另外一邊』（譬如說，美國），只有從『另外一邊』，只有從外面，只有作爲一個外來的異物（譬如說，間諜），大便才能滲透到這個屬於『好與更好』的世界。

事實上，在這個最殘酷的年代，所有共產國家的戲院都充斥著蘇聯的電影，而這些電影總是彌漫著一種令人無法置信的純眞。兩個俄國人之間有可能發生的最嚴重衝突，就是情人的誤會：他想像她不再愛他，她也跟他想著同樣的事。最後，他們投入對方的懷抱，眼角流淌出幸福的淚水。

現在大家對這些電影的公認解釋是這樣的：它們描繪的是共產主義的理想，然而共產主義

⑭語出《聖經・創世紀》第一章第二十八節：天主祝福他們說：『你們要生育繁殖，充滿大地，治理大地，管理海中的魚、天空的飛鳥、各種在地上爬行的生物！』

⑮古拉格（goulag）：俄語『勞動改造營總管理局』的縮寫。

的現實卻比電影陰暗得多。

這樣的詮釋讓薩賓娜很反感。想到蘇維埃媚俗的世界有可能成爲現實，而她也有可能被迫生活於其中，這念頭讓她起了雞皮疙瘩。她連一秒鐘也毋需遲疑，她知道自己寧可活在現實的共產體制裡，儘管有這一切的迫害，儘管肉舖的門前總是大排長龍。在現實的共產世界裡，她還活得下去。在實現了共產主義理想的世界裡，在這個到處都是白癡在傻笑的世界裡，她根本沒辦法跟人說上一句話，她會在一個星期之內因爲恐怖而死。

在我看來，薩賓娜心裡被蘇維埃的媚俗所喚醒的感覺，跟特麗莎在夢裡感受到的驚恐很相似。夢裡，特麗莎跟一些裸身的女人排隊繞著游泳池行進，還被迫唱著歡樂的歌曲。屍體浮在水面上。在夢裡，特麗莎沒辦法跟任何人說上一句話，提出一個問題。唯一的回答是下一段的歌詞。她也沒辦法對任何人偷偷使個眼色。那些女人會立刻指著她，讓那個站在游泳池上方的大籮筐裡的男人對她開槍。

特麗莎的夢揭露了媚俗的眞正功能：媚俗是一座屛風，遮掩著死亡。

11

在極權的媚俗的王國裡，所有答案都是預先給定的，並且排除了一切新的問題。因此，極權的媚俗的眞正敵手就是提出問題的人。問題像一把刀，割裂了畫著布景的布幕，讓我們看到藏在後頭的東西。薩賓娜就是這樣跟特麗莎解釋了她那些畫作的意義：前面是明白易懂的謊言，後面穿透出來的是無法理解的眞相。

只是，那些跟所謂的極權制度抗爭的人沒辦法用懷疑和提問題的方法來抗爭。他們也需要他們堅定的確信和簡化的眞理，這些東西要能讓大多數人理解，並且要能激起一種集體分泌淚液的效果。

有一天，德國的一個政治運動團體幫薩賓娜辦了一場畫展。薩賓娜拿起展出的目錄一看：她的相片上畫了幾條帶著鐵蒺藜的鐵絲。目錄裡面，她的生平被人寫得像是殉道者或是聖徒的傳記：她經歷過苦難，她曾經和不公不義作鬥爭，她被迫離棄她受苦的國家，而她繼續在戰鬥。『用這些畫，她爲自由而戰。』文章的最後一句話這麼說。

她提出抗議，可是他們不明白她在抗議什麼。

怎麼？難道共產主義迫害現代藝術不是眞的嗎？

她憤怒地回答：『我的敵人不是共產主義，是媚俗！』

從此，她在介紹她生平的文字裡故弄玄虛，後來，到了美國以後，她甚至不讓人家知道她是捷克人。那是一種絕望的努力，她要逃脫媚俗，逃脫人們意圖用她生命炮製的媚俗。

12

她站在畫架前，上頭擺著一幅還沒完成的畫。一個老先生坐在她後方的一張扶手椅上，細看著她畫下的每一筆。

後來他看了看手錶說：『我看我們該去吃晚飯了。』

她放下調色盤，到浴室很快地梳洗了一下。老先生從扶手椅上起身，拿起靠在桌邊的枴杖。工作室的門一打開就是一片草地。天色漸漸黑了。另一頭，約莫二十公尺處有一幢白色的木屋，樓下的窗戶透出燈光。看見兩扇窗戶在暮色中發光，薩賓娜感動了。

她一輩子都堅稱她的敵人就是媚俗。可是在生命的深處，她自己是不是也帶著媚俗？她的媚俗，是看見一個寧靜、甜美、和諧的家庭，家裡有深情的母親和充滿智慧的父親。這幅景象誕生在她父母親過世之後。她的生命歷程跟這美麗的夢想相去甚遠，所以她更能感受到這夢想的魔力。在電視上、在濫情的電影裡，不孝的女兒把被人遺棄的父親抱在懷裡，幸福人家的窗戶在暮色裡透出燈光，她不只一次爲此濡濕雙眼。

她在紐約認識了這位老先生。他很有錢，也喜歡畫。他的太太跟他同樣年紀，兩人住在一個鄉間的別墅裡。別墅對面是從前關牲畜的地方，地也是他的，他把這地方改建成工作室，邀請薩賓娜過來畫畫，從此，老先生整天都待在那裡看著薩賓娜揮動的每一筆。

現在，他們三人正在吃晚餐。老婦人管薩賓娜叫『我的乖女兒！』，可是不管怎麼看，事情似乎剛好相反：應該說薩賓娜在這裡就像個母親，帶著兩個黏在她身邊的孩子，孩子們很崇拜她，只要她下個命令，他們都會乖乖聽話。

她是不是在臨老之前，找到了她在少女時期被奪走的父母？她是不是終於找到了從來不曾擁有過的孩子？

她很清楚那不過是個幻象。她住在這兩個可愛老人的家裡，不過是暫時的歇息罷了。老先生病得很重，老太太一旦沒了他在身邊，就會到加拿大去跟兒子一起住。薩賓娜就要再踏上背叛之路，在她心底最深處，在不能承受的生命之輕裡頭，將會不時響起一首濫情又可笑的歌曲，唱的是那兩扇透著燈光的窗戶，幸福的一家人生活在這兩扇窗的後頭。

這首歌讓她感動，可是她沒把她的感動當回事。她非常清楚，這首歌只是個美麗的謊言。媚俗一旦被人當作謊言，媚俗置身的情境就是非媚俗了，它會失去一切極權的力量，變得跟所有人類的弱點一樣動人。因爲我們當中沒有任何人是超人，也沒有人可以完全逃脫媚俗。不論我們如何輕蔑媚俗，媚俗終究是人類境況的一部分。

13

媚俗的源頭，是對存在的全盤認同。

可是存在的基礎是什麼？是上帝？是人？是鬥爭？是愛情？是男人？是女人？關於這個問題，有各式各樣的看法，於是就有了各式各樣的媚俗：天主教的、基督教的、共產黨的、法西斯的、民主的、女性主義的、歐洲的、美國的、民族的、國際的。

從法國大革命的時代開始，有半個歐洲就叫做**左派**，而另一半則得到**右派**的稱謂。這兩種概念都有一些賴以成立的理論原則（不管是什麼原則），但實際上，要依據這些原則去定義這一派或那一派，根本不可能。這並不讓人驚訝：政治運動的基礎並不是合理的態度，而是一些表現、一些形象、一些話語、一些典型，這些東西的整體構成了各式各樣的**政治媚俗**。

偉大的進軍，這是弗蘭茨喜歡沉醉其中的想法，這想法正是將所有時代、所有不同傾向的左派人士聯合起來的政治媚俗。偉大的進軍，就是這般氣勢雄偉地向前行進，走向博愛，走向平等，走向正義，走向幸福，還要走得更遠，無視一切障礙，因爲就是要有一些障礙，進軍才能成其爲偉大的進軍。

無產階級專政還是民主？拒絕消費社會還是增加生產？斷頭台還是廢除死刑？這些東西一點也不重要。一個左派之所以能被造就爲左派，不是因爲這樣或那樣的理論，而是在於他有沒有能力把隨便哪一種理論都融入這喚作偉大進軍的媚俗之中。

14

我如此陳述，並不是要說弗蘭茨是個媚俗的人。偉大的進軍的想法在他生命中扮演的角色，幾乎跟那首濫情的歌曲（裡頭提到兩扇透出燈光的窗戶）在薩賓娜生命裡扮演的角色是一樣的。弗蘭茨會投票給哪個政黨？我很擔心他根本不會去投票，而且在選舉那天，他寧可離開城裡去爬山。這並不是說偉大的進軍不再令他感動。這夢是美好的，夢想著自己加入一群遊行的人，一起跨越世世代代向前進軍，弗蘭茨從來不曾忘記這美好的夢。

有一天，幾個朋友從巴黎打電話給他。他們組織了一個向柬埔寨進軍的活動，邀請弗蘭茨加入他們。

那時，柬埔寨的內戰剛結束，美國的轟炸、當地的共產黨人所犯下的殘酷罪行，讓這個小國家的人口減少了五分之一，最後是鄰國越南的占領，而越南在當時不過是俄羅斯的工具。柬埔寨正在鬧飢荒，人們面臨死亡的威脅卻得不到醫療照護。國際的醫療團體已經數度申請進入這個國家，可是越南人都拒絕了。西方一些偉大的知識分子於是決定在柬埔寨的邊界組織一場進軍，藉由這場在全世界觀眾眼前所做的盛大演出，迫使越南人允許醫生們進入這個被占領的國家。

打電話給弗蘭茨的這個朋友，從前也和弗蘭茨一起在巴黎街頭參加過示威遊行。弗蘭茨先是因爲朋友的提議而熱血沸騰，繼而他的目光落在女學生的身上。她坐在他對面的一張扶手椅上，在她時髦的眼鏡後頭，眼睛看起來似乎更大了。弗蘭茨覺得她的眼睛向他乞求著不要離開。於是他婉拒了。

可他才掛上電話，就後悔了。他滿足了他塵世情人的願望，可是卻棄他超越塵世的愛情於不顧。柬埔寨不正是薩賓娜祖國的一個變體嗎？一個被鄰國共黨軍隊占領的國家！一個被俄羅斯鐵拳擊垮的國家！他心裡突然這麼說，這個幾乎被他遺忘的朋友會打電話給她，是因為薩賓娜的祕密訊號。

超越塵世的生物們知道一切，也看得到一切。如果他參加這次進軍，薩賓娜會看到，會因此高興。她會知道他對她一直是忠誠的。

『如果我還是要去，你會不會生氣？』他問了他那戴眼鏡的女朋友——她只要一天看不到他就咳聲嘆氣，可又事事都順著他。

幾天之後，他出現在巴黎機場的一架大飛機上。乘客當中有五十個知識分子（教授、作家、國會議員、歌手、演員，還有市長）簇擁著二十位醫生，加上四百個隨行的文字和攝影記者。

15

飛機在曼谷降落。四百七十個醫生、知識分子和記者到了一家國際飯店的大廳，那裡已經有更多的醫生、演員、歌手、文獻學家在等著了，還加上另外幾百個記者帶著他們的記事本、錄音機、照相機和攝影機。大廳的盡頭有個台子，台上有一張長桌，二十來個美國人已經坐在那裡開始主持會議了。

弗蘭茨加入的那些法國知識分子覺得自己被邊緣化、被侮辱了。向柬埔寨進軍，這是他們的主意，可現在這些美國人竟然大剌剌地把所有事情都攬在手裡，更過分的是，他們還說英語，也不問問法國人或丹麥人聽不聽得懂。當然了，丹麥人早已忘了他們曾經建立過一個國家，所以只有法國人會想到要抗議。這些有原則的法國人拒絕用英語抗議，他們用自己的母語跟那些坐在台上的美國人說話。他們說的話，美國人一個字也聽不懂，於是用和藹可親又讚許的微笑回應。最後，法國人實在沒辦法，只好用英語提出抗議。『爲什麼這場會議只說英語？這裡也有法國人哪！』

美國人顯得非常驚訝，竟然會有這麼奇怪的抗議，但他們還是繼續微笑，也同意將所有的討論翻譯出來。大家找了很久才找到一個口譯員來讓會議得以繼續進行。接下來，由於每個句子都得先聽英語再聽法語，會議花了兩倍的時間。老實說，會議的時間不只兩倍，因爲所有的法國人都懂英語，他們不停地打斷口譯員，糾正他，爲了每一個字跟他爭論。

一個美國女明星出現在台上，把會議推到高潮。爲了她，又有一群手拿相機或攝影機的記者湧進大廳，這位女演員發出的每一個音節都伴隨著相機快門的『喀嚓』聲。女演員談到受苦的孩童，談到共黨獨裁政權的野蠻行徑，談到保障生命安全的人權，談到那些威脅文明社會傳統價值的事物，談到個人自由，也談到美國的卡特總統爲了發生在柬埔寨的事情感到悲痛。說到最後這幾個字的時候，她已經哭了。

此刻，一個蓄著紅棕色鬍鬚的法國醫生站起來大聲叫罵：『我們來這裡是爲了拯救那些垂死的人！不是爲了榮耀卡特總統！這場示威不該墮落成美國政治宣傳的馬戲班！我們不是來抗議共產主義，而是要來照顧病人的！』

其他法國人也加入了這位蓄鬍的醫生。口譯員很擔心，不敢把他們說的話翻譯出來。台上的二十個美國人就跟剛才一樣，帶著滿是善意的微笑望著他們，其中還有幾個點了點頭表示贊同，其中一個還舉起了拳頭，因爲他知道歐洲人在集體欣快的時刻很喜歡做這個手勢。

16

怎麼會有左派的知識分子願意參加進軍（蓄著髭鬚的醫生就是左派的），對抗一個共產國家的利益?當時，共產主義一直還是屬於左派的一部分啊！

當這個名爲蘇聯的國家作惡多端，惡名昭彰的時候，左派人士面臨了一個抉擇：要嘛在自己過去的生命上頭吐口水，放棄示威遊行，要嘛（多少帶著點尷尬）把蘇聯也當作是偉大進軍途中的一個障礙，然後繼續走自己的路，走在行伍裡。

我已經說過，一個左派之所以能被造就爲左派，是因爲偉大進軍的媚俗。媚俗的認同並非取決於政治策略，而是藉由一些形象、一些隱喻、一個詞彙。所以違背習慣去參加對抗某個共黨國家利益的示威遊行是可以的。但是要用其他的話來取代原來的話，那就不可能了。可以高舉拳頭威脅越南軍隊，但是不可以對他們高喊：『打倒共產主義！』。因爲『打倒共產主義！』是偉大進軍的敵人的口令，不想丟臉的人就該忠於他自己的媚俗的純正性。

我這麼說，只是爲了說明法國醫生和美國女明星之間的誤解。美國女明星基於自我中心，認爲自己被欺負是因爲有人嫉妒，還有人仇視女人。事實上，這位法國醫生表現了一種極爲敏感的美學感受：『卡特總統』、『我們的傳統價值』、『共產主義的野蠻行徑』這些語彙，都是**美國式媚俗**的語彙，跟偉大進軍的媚俗毫不相干。

17

第二天早上，所有人都登上大巴士，穿越泰國的國境，往柬埔寨邊界前進。晚上，他們到了一個小村莊，已經有人幫他們安排了幾座吊腳樓。那裡的河水經常暴漲，村民們不得不住在樓上，而樓下，也就是吊腳樓的底層，就讓豬在裡頭擠來擠去。弗蘭茨跟四個大學教授睡一間房。睡夢中，他聽見樓下傳來豬叫聲，身旁傳來的則是一位知名數學家的鼾聲。

天亮以後，所有人又登上大巴士。到了距離邊界兩公里的地方，所有車輛都禁止通行，只有一條窄路通往軍隊駐守的邊關。所有的大巴士都停了下來。下車的時候，法國人發現美國人又再次搶先排在隊伍的前頭，在底下等著他們。這眞是最棘手的時刻。再一次，口譯員不得不介入，口舌之爭迅速引爆。最後，雙方達成協議：一個美國人、一個法國人、一個柬埔寨的女通譯走在隊伍的最前面。接著是醫生，然後是所有其他的人；美國女演員走在隊伍的尾巴。

這條路很窄，而且路邊都是地雷區，每走不到兩分鐘，就會遇到路障：那是兩個纏著鐵蒺藜的大水泥塊，中間是一條窄窄的通道。他們得一個接一個排隊走過去。

弗蘭茨前方約莫五公尺處，是一個著名的德國詩人兼流行歌手，他已經爲和平反戰寫了九百三十首歌。他手上拿著一根長杆，上頭繫著一面白旗，這和他大把黑鬍子的造型很相配，讓他看起來更是與眾不同。

攝影記者們則是拿著相機或攝影機，繞著長長的隊伍跑來跑去。他們手上的設備不停發出『喀嚓喀嚓』、『轟隆轟隆』的聲音，他們跑到前面，停步，後退，蹲下，然後再往前跑。他們不時叫喚某個名人或名女人的名字；被叫到名字的人會不自覺地轉過來看他們，就在此刻，他們按下了快門。

18

氣氛有點不對勁，像是出了什麼事。大家於是停下腳步，回頭看看。

原來是那個被擺在隊伍最後頭的美國女明星，她受不了這種侮辱，決定反擊。她開始往前跑，架式有如五千公尺的長跑選手，開始的時候保留實力，一直殿後，現在才開始衝刺，超越了所有的對手。

男人們帶著微笑，表情有點尷尬，他們退到一邊，好讓這位知名的選手贏得冠軍，可是女人們就開始大叫了：『回到隊伍裡！這不是爲電影明星舉辦的遊行！』

女明星不吃這套，繼續往前跑，五台照相機，兩台攝影機跟著她跑。

一個法國女人，是個語言學教授，她抓住女明星的手腕對她說（用很破的英語）：『這是醫生的遊行，爲的是要拯救那些病得要死的柬埔寨人。我們可不是在幫明星作秀！』

女明星的手腕被語言學教授緊緊抓住，像被鉗住似的，她的力氣不足以掙脫。

她說（用非常標準的英語）：『請您滾開！我已經參加過幾百次遊行了！不管在哪裡，都得要看到明星！這是我們的工作！這是我們的義不容辭的事！』

『狗屎！』語言學教授說（用非常標準的法語）。

美國女明星聽懂了她說的話，淚如雨下。

『請不要動！』一個攝影記者叫道，他扛著攝影機跪在她前面。

女明星久久凝望著鏡頭；淚水從她的雙頰滑落。

19

語言學教授最後還是放開了美國女明星的手腕。拿著白旗的黑鬍子德國歌手大聲叫了女明星的名字。

女明星從來沒聽說過他，可是在這羞辱的時刻，她比平常更容易接受別人表露的同情，於是她向德國歌手衝了過去。這位詩人歌手把旗杆換到左手，空出右手摟住女明星的肩膀。

攝影記者們在女明星和歌手的四周蹦來蹦去。一個著名的攝影記者想要拍下他們兩個的臉和旗杆，但是旗杆太長，不容易拍進鏡頭裡，於是他開始倒退著跑，跑到一片稻田裡，結果踩上了地雷。一聲爆炸，他的身體被撕成碎片四散紛飛，一陣血雨灑向這群來自各國的知識分子。

歌手與女明星嚇得楞在那裡。兩人抬眼望著旗子，上頭血跡斑斑。一開始，這場景只是增加了他們的驚恐。後來，他們好幾次怯怯地抬起眼睛，開始露出微笑。想到他們的旗子是經過鮮血加持的神聖旗幟，他們感到一種奇怪甚至不明所以的自豪。他們又繼續向前進軍。

20

邊界是由一條小河構成的，但是我們看不到河，因爲沿岸立著一道一公尺五十公分高的圍牆，上頭堆著一些給泰軍狙擊手用的沙包。這道牆只有一個地方有缺口，那兒有一座拱橋跨在河上。任何人都不可以走到那裡。越南占領軍埋伏在河的對岸，可是也沒有人看得到。他們的陣地都有完美的僞裝，然而毋庸置疑的是，只要有人試圖過橋，看不見的越南人就會立刻開火。

隊伍裡有幾個成員走到牆邊，踮起腳跟。弗蘭茨湊在兩個沙包之間的槍眼上，想從裡頭看出去，結果什麼也沒看到，因爲一個攝影記者把他推開了，攝影記者覺得自己有權占據這個位子。

他回頭看看後面，一棵孤伶伶的大樹上，七個攝影記者坐在歧出的樹枝上，活像一群肥大的烏鴉，目不轉睛地盯著河的對岸。

這時候，走在隊伍前面的通譯把一只偌大的喇叭筒放在嘴前，開始用高棉話向對岸大聲喊著：這裡有一些醫生，他們要求得到進入柬埔寨領土的許可，他們要去提供醫療救助；他們的行動沒有任何政治干涉的意圖；他們完全是因爲關心人的生命才這麼做的。

對岸的回應是一片死寂。如此全面的寂靜讓所有人都感到不安。只有照相機的『喀嚓』聲迴盪在這片寂靜裡，宛如異國的蟲鳴。

弗蘭茨突然有種感覺，偉大進軍的尾聲已近。寂靜的邊界緊緊圈住歐洲，而實現著偉大進軍的空間不過是地球中央的一個小舞台。從前簇擁在台下的人群早已別過頭去，偉大的進軍走在孤寂裡，沒有觀眾。是的，弗蘭茨心想，偉大的進軍繼續前行，無視世界的冷漠，可是卻變得神經兮兮、焦躁不安，昨天反對美國占領越南，今天反對越南占領柬埔寨，昨天支持以色列，今天支持巴勒斯坦，昨天支持古巴，明天反對古巴，而且總是在反對美國，每次都在反對屠殺，每次也都在支持其他的屠殺，歐洲在遊行，而爲了可以隨著事件的節奏行進，避免錯失任何一個事件，歐洲的步伐越來越快，結果偉大的進軍成了行色匆匆的隊伍，而舞台則越縮越小，直到有那麼一天，舞台將變成不占任何空間的一個點。

21

通譯又用喇叭筒把她的呼籲喊了一遍。跟第一次的時候一樣，所有的回應只是一片巨大的寂靜，無邊無際的冷漠。

弗蘭茨往身邊望去，對岸的寂靜像在每個人的臉上搧了一記耳光。連拿著白旗的歌手和美國女明星也是一臉的尷尬和猶疑。

弗蘭茨突然意識到他們有多麼可笑——他自己和其他人——但是這樣的意識沒有讓他遠離他們，也沒有激起一絲嘲諷，相反的，他感受到的是對他們的無盡愛意，就像人們對那些絕症病患所感受到的愛意。是的，偉大進軍的尾聲已近，可這難道是讓弗蘭茨背叛它的理由？他自己的生命不是也走近了終點？他該嘲笑陪伴勇敢的醫生們來到邊界的這些人的表現狂嗎？這些人除了表演之外還能做什麼？他們還能有更好的選擇嗎？

弗蘭茨是對的。我想到在布拉格爲了政治犯特赦而組織簽名請願活動的那個記者。他很清楚那次請願活動幫不了政治犯。請願活動的眞正目的不是要讓政治犯獲得自由，而是要讓大家知道，還是有一些人並不害怕。他所做的，其實是在表演，但他也別無選擇。他在行動和表演之間沒得選擇，他唯一可以選擇的是：演一場戲或者什麼都不做。在某些情況下，人是**注定**要表演的。人與寂靜無聲的力量戰鬥（對抗河對岸寂靜無聲的力量，對抗那些化作牆壁裡靜默的竊聽器的警察），是一個劇團攻打一支軍隊的戰鬥。

弗蘭茨看見他那個巴黎大學的朋友舉起拳頭，威嚇著對岸無聲的沉寂。

22

這是第三次，通譯用喇叭筒把她的呼籲又喊了一遍。

再一次，回應她的是一片沉寂，霎時之間，這沉寂將弗蘭茨的焦慮不安化為狂躁憤怒。他距離那座分隔泰國與柬埔寨的拱橋只有幾步之遙，他心裡突然湧現一股巨大無邊的渴望，他想要快步衝到橋上，仰天破口大罵，然後死在槍林彈雨之中。

弗蘭茨突然湧現的渴望讓我們想起了某件事；是的，這讓我們想起史達林的兒子，他見到人類存在的正反兩極在互相靠近，近得快要碰在一起，近得讓高貴與卑賤、天使與蒼蠅、上帝與大便幾乎不再有分別，他因為無法忍受這一切，於是跑去掛在通電的鐵絲網上。

弗蘭茨無法接受的是，偉大進軍的榮光變成只是一些遊行者可笑的虛榮，他也無法接受，歐洲歷史偉大壯麗的喧嘩消失在一片無盡的沉寂之中，結果讓歷史與寂靜之間不再有分別。他寧可把自己的生命拋擲在天平上，證明偉大的進軍秤起來比大便重。

可是類似這樣的證明，我們是無能為力的。天平一端的秤盤裝著大便，史達林的兒子把整個身體擺在另一端的秤盤上，可是天平動也不動。

弗蘭茨沒有讓自己去給人殺死，他低下頭走了，他跟其他人一起排成一列走上大巴士。

23

每個人都需要別人的目光。我們可以根據我們想生活在什麼樣的目光下，把人分作四種類型。

第一種類型尋找的目光來自無數不知名的眼睛，換句話說，就是公眾的目光。這一類的代表人物就是那個德國歌手和那個美國女明星，下巴像鞋拔子的那個記者也是這一型的。他很習慣擁有讀者，當他的周報被俄國人查禁以後，他覺得周圍的大氣層突然稀薄了一百倍。沒有人可以取代那些不知名的眼睛在他心裡的地位。他覺得快要窒息了。後來，有一天，他發現自己的一舉一動都被警方跟監，他打電話的時候也被監聽，連在街上也被偷偷拍照蒐證。突然間，到處都有不知名的眼睛陪伴著他，於是他又可以呼吸了！他很快樂！他用一種戲劇性的語調對著隱藏在牆壁裡的竊聽器呼喊。他在警察身上找回他失去的群眾。

第二種類型，是那種沒有一大堆熟悉的眼睛就活不下去的人。這一類的人辦起酒會和晚宴永遠都不會累。這些人比第一類的人快樂，因爲第一類的人一旦失去群眾，就以爲生命大廳的燈火熄滅了，而這種事在這類人的身上幾乎早晚都會發生。可是第二類的人就不一樣了，他們總是有辦法吸引某些目光。瑪麗—克洛德和她的女兒都屬於這一型。

接下來是第三種類型，這些人需要被他們的愛人注視。他們的境況跟第一類的人一樣危險。愛人的眼睛一閉上，大廳就沉浸在黑暗裡。特麗莎和托馬斯都得歸到這一類。

最後是第四種類型，也是最罕見的，這些人活在一些不在場的想像目光之下。這些人都是夢想家。譬如，弗蘭茨就是。他會到柬埔寨的邊界去，完全是因爲薩賓娜。大巴士在泰國的公路上顛簸著，而他感覺到薩賓娜的目光悠悠望著他。

托馬斯的兒子也屬於這個類型。我會把他喚作西蒙。（他會很高興自己跟父親一樣，有個出自聖經的名字。）他嚮往的目光來自托馬斯的眼睛。由於牽扯到簽名請願的事件，他被大學開除了。跟他交往的年輕姑娘是個鄉村神父的姪女，他娶了這個姑娘，在一個生產合作社開拖拉機，按時間去教堂望彌撒，也生了孩子。後來他得知托馬斯也住在鄉下，他很高興。命運把他們兩人的生命變得對稱了！這激起他寫信給托馬斯的念頭，他不要他回信，他想要的只有一件事：他要托馬斯把目光投向他的生命。

24

弗蘭茨和西蒙在這本小說裡都是夢想家。不同於弗蘭茨的是，西蒙不喜歡他的母親。從小，他就在尋找父親。他很願意相信是父親被冒犯在先，這就解釋了父親加在他身上的不公。他從來沒有怨恨過父親，他不願意成爲母親的同黨，整天都在說托馬斯的壞話。

西蒙和母親一起生活到十八歲，高中畢業會考後，他就到布拉格念書。這時，托馬斯已經是洗窗工人了。西蒙在街上等了他很多次，想要跟他來個不期而遇，可是他父親從來沒有停下腳步。

他之所以黏著那個當過記者、下巴像鞋拔子的人，完全是因爲他讓西蒙想起父親的命運。這個記者並不知道托馬斯的名字，關於伊底帕斯的文章早就被遺忘了，他還是因爲西蒙要他陪著一起去找托馬斯簽請願書，才知道這篇文章的存在。他會答應陪西蒙去，只是因爲他很喜歡這個年輕人，想讓他高興。

西蒙只要想到那次見面，就會爲自己的怯場感到羞愧。他一定惹得父親不高興了。相反的，父親卻留給他很好的印象。他記得父親說的每一句話，而且越想就越覺得有道理。尤其是刻在他記憶裡的這一句：『懲罰一個不知道自己在做什麼的人，那是野蠻的行爲。』他女朋友的叔叔把一本聖經交到他手上以後，他對耶穌的話印象非常深刻：『寬赦他們吧！因爲他們不知道自己在做什麼。』他知道父親是不信神的，但是對他來說，這兩段話的相似之處是個祕密信號：父親贊成他所選擇的道路。

他在鄉下住了兩年多，一天，他收到托馬斯的信，邀他去家裡坐坐。見面的氣氛很融洽，西蒙覺得很自在，說話一點都不結巴了。或許他沒有察覺，他們兩人並不是那麼瞭解對方。約莫四個月後，他收到一封電報，上頭說托馬斯和他的妻子被一輛卡車壓死了。

也就是在那個時候，他聽說有個女人從前是他父親的情婦，當時住在法國。他打聽到她的地址。由於他極度需要有個想像的眼睛繼續看著他的生活，所以他時不時就會給她寫一封長信。

25

一直到薩賓娜的生命結束之前，這位悲傷的書信狂來自農村的信件不曾斷過。其中有很多根本不曾拆封，因爲薩賓娜越來越不想理她出身的那個國家的事了。

老先生過世了，薩賓娜離開他家，到加州定居。總是越來越往西邊走，總是離波希米亞越來越遠。

她的畫賣得很好，她也很喜歡美國。可是只喜歡表面。在表面底下，有一個令她感到陌生的世界。那裡的地下沒有她的祖父，沒有她的叔叔。她害怕被封在棺木裡，被埋在美國的泥土裡。

她於是寫了一份遺囑，清清楚楚地交代，她的遺體要火化，然後把骨灰撒了。特麗莎和托馬斯在重的象徵裡死去。她想要在輕的象徵裡死去。依照巴門尼德的說法，這是從負面轉化到正面。

26

大巴士在曼谷的一家旅館門口停下。已經沒人有興致開會了。眾人三五成群撒進了市區，有人去探訪寺廟，有人去逛妓院。弗蘭茨那位在巴黎大學教書的朋友找他晚上一起出去，可是他寧願獨自一個人。

天色漸暗，弗蘭茨出去了。他繼續想著薩賓娜，覺得她悠悠的目光投射在他身上，在她的注視之下，他總是開始懷疑自己，因爲他不知道薩賓娜究竟在想什麼。這次也一樣，這目光把他扔進混亂裡。她會不會嘲笑他？她會不會想對他說，他終究還是該像個大人，全心全意對待她送給他的那個女友？

他試著想像那張臉，戴著圓圓的大眼鏡。他意識到自己跟女學生在一起是多麼幸福。他突然覺得柬埔寨之行既可笑又沒意義。究竟，他爲什麼要來這裡？現在，他知道了。這趟旅行是爲了讓他終於能夠瞭解自己眞實的生活，他唯一的現實生活，那既不是遊行，也不是薩賓娜，而是戴眼鏡的女學生！這趟旅行是爲了讓自己確信，現實不只是夢，它比夢更重要得多！

後來，有個人影從暗處冒出來，用一種陌生的語言跟他說了些什麼。他驚訝又同情地望著那個人影，陌生人向他躬了躬身，微笑，嘴裡還嘰哩咕嚕個不停，語氣非常堅持。他在對他說什麼？他想這個人是要他跟著他走。陌生人拉住他的手，帶他走了。弗蘭茨心想，這個人需要他的幫助。或許他來這裡並沒有白來一趟？或許他被召喚來這裡是爲了救助什麼人？

突然間，又有兩個男人從那陌生人的身邊冒出來，嘴裡也是一陣嘰哩咕嚕，其中一個用英語要弗蘭茨給他們錢。

這時，戴眼鏡的年輕姑娘從他的腦海裡消失了。望著他的又是薩賓娜了，這個非現實的薩賓娜屬於偉大的命運，弗蘭茨在她面前顯得非常渺小。她的眼睛帶著憤怒、不滿的神情望著他：又來了，他又上當了？又來了，他愚蠢的好心又被人利用了？

弗蘭茨猛一抽手，擺脫了那個扯住他袖子的男人。他知道薩賓娜一直很喜歡他的強壯。他抓住第二個男人揮向他的手臂，他緊緊扣住這隻臂膀，施展了一記完美的柔道，給他來了個過肩摔。

現在，他對自己很滿意。薩賓娜的眼睛不會離開他了。她永遠不會再看到他受侮辱了！她永遠不會再看到他退縮了！弗蘭茨永遠不會再軟弱也不會再多愁善感了！

他對這幾個男人感到一股近乎歡樂的恨意，他們竟然打算嘲弄他的天真。他微微拱著肩背，眼睛繼續盯著這幾個傢伙，可是，霎時間，一個重物敲在他頭上，他倒下了。他朦朦朧朧地意識到有人把他拖到什麼地方，然後他就跌入了空無之中。他感到一陣猛烈的撞擊，接著他就失去了意識。

過了很久他才在一家日內瓦的醫院裡醒來。瑪麗─克洛德靠在他的床邊。他想告訴她，他不要她待在這裡，他希望有人立刻去通知戴著大眼鏡的女學生。他的心裡只想著她，沒有別人。他想要大聲叫出來，除了她以外，他無法忍受任何人待在床邊。他含著無盡的恨意望著瑪麗─克洛德，他想轉身面向牆壁不要看見她，可是身體卻無法移動。他試著，至少也要把頭別過去，可竟然連頭也動彈不得。他於是閉上眼睛，不要再看到她。

27

弗蘭茨生前從來不曾屬於他合法的妻子，死後，他終於屬於她了。瑪麗—克洛德決定一切，她負責籌備喪禮，寄發訃聞，訂花圈，還給自己定做了一件黑色的禮服——其實是一件結婚禮服。是的，對妻子來說，丈夫的喪禮才是她名副其實的婚禮；是她生命的加冕典禮；是她一切苦難的報償。

而且，牧師對這些事也很理解，他在墳前提到永恆的夫妻之愛，這份愛經歷了種種考驗，在生命終結之日，依然保留給死者一個安全的避風港，讓他在最終的時刻得以返航。連弗蘭茨的一個同事（瑪麗—克洛德請他來致詞）也對著棺木向死者勇氣可嘉的遺孀致敬。

送葬人群的後頭某處，戴著大眼鏡的年輕姑娘蜷曲著身體，讓朋友攙著。她流了這麼多的眼淚，吞了這麼多的藥片，喪禮還沒結束她就痙攣起來，身體幾乎對折成兩半，她按住肚子，朋友得在旁邊攙著，她才走得出墓園。

28

他一收到生產合作社主席發給他的電報，就跨上摩托車趕過去了。他安排了葬禮。墓碑上，他讓人在父親的名字下頭刻了這句墓誌銘：**他要在人間建起上帝的天國。**

他知道父親絕對不會用這幾個字，可是他很確定，這段墓誌銘確確實實表達了父親想要的東西。上帝的天國意思就是正義。托馬斯渴求一個由正義統治的世界。西蒙難道沒有權利以他自己的語彙表達他父親的一生嗎？這不是遠古以來所有後代都享有的權利嗎？

迷途漫漫，終將回歸。人們在弗蘭茨的墓碑上讀到的是這幾個字。這段墓誌銘可以用宗教象徵來詮釋：迷途於人間，回歸於上帝的懷抱。可是知道內情的人都曉得這句話還有另外一個全然世俗的意義。而且，瑪麗─克洛德整天都掛在嘴上：

弗蘭茨，這個可愛又老實的弗蘭茨啊，他抵擋不住自己的中年危機，掉進了一個可憐的姑娘的手掌心！她甚至說不上漂亮。（您是不是也注意到了？她戴著那副大眼鏡，讓人根本看不清楚她的長相。）但是一個五十歲的中年人（我們都知道這是怎麼回事！）是會爲了一塊嫩肉而出賣靈魂的。只有他自己的妻子知道他爲此受了多少苦！對他來說，這可眞是精神上的苦刑啊！因爲弗蘭茨啊，在靈魂深處，他是個誠實的好人哪。不然要怎麼解釋他這趟荒謬又絕望的旅程？他跑到亞洲的一個不毛之地要幹嘛？他是去尋死的。是的，瑪麗─克洛德很確定：弗蘭茨是故意尋死的。在他生命的最後幾天，在他臨終毋需說謊的時候，他只想見到她。他說不出話來，但是他用眼神向她表達了感激。他的眼睛向她請求原諒。而她也原諒他了。

29

那些垂死的柬埔寨人留下了什麼？

一張美國女明星的大照片，懷裡抱著一個黃皮膚的孩子。

托馬斯留下了什麼？

一句墓誌銘：他要在人間建起上帝的天國。

貝多芬留下了什麼？

一個憂愁鬱悶、披頭散髮的男人，用陰沉的聲音說出：『非如此不可！』

弗蘭茨留下了什麼？

一句墓誌銘：迷途漫漫，終將回歸。

諸如此類，諸如此類。在被遺忘之前，我們都將被化作媚俗。媚俗，是存在與遺忘之間的轉運站。

第七部

卡列寧的微笑

1

窗戶面對一片山坡，坡上長滿歪歪扭扭的蘋果樹。山坡再上去，樹林勾勒出天際線，山丘的稜線向遠方延伸而去。到了晚上，一輪白色的月亮向著黯淡的天空緩緩升起，特麗莎總在這時走到家門口。天色還沒變暗，月亮掛在天上像是有人早上忘了關燈，於是一盞燈就在死者的房裡亮了一整天。

歪歪扭扭的蘋果樹長在山坡上，沒有一棵離得開它扎根的地方，特麗莎和托馬斯也一樣，他們永遠也離不開這個村莊。他們賣掉他們的汽車、電視機、收音機，就爲了向一個離鄉到城裡定居的村民買下一間帶花園的小屋。

到鄉下生活，他們只剩下這個逃走的方法了，因爲鄉下永遠都欠人手，永遠都不愁沒地方住。那些願意去田裡或林地裡工作的人們，沒有人會對他們過去的政治背景感興趣，也沒有人會羨慕他們。

特麗莎覺得快樂，她離開了城裡，遠離了滿是醉漢的酒吧，遠離了那些會在托馬斯頭髮裡留下性器官氣味的無名女人。警察不再找他們的麻煩，而由於工程師的故事在她記憶裡跟佩特馨山的景象混成一團，她幾乎無法分辨何者是夢，何者是現實。（而且，工程師眞的在幫祕密警察工作嗎？或許是，也或許不是。確實有些男人會去跟別人借公寓作幽會之用，而且跟同一個女人只上一次床。）

所以，特麗莎覺得快樂，她相信自己達到了目的：她和托馬斯在一起了，而且只有他們兩個人單獨在一起。單獨？我得說得更清楚些：我所謂的獨自生活，指的是他們跟過去的朋友和熟人斷絕了一切聯繫。他們切斷過去的生活，就像一刀把絲帶剪成兩截。可是他們跟村民們相處得很好，他們和村民一起工作，不時會去拜訪大家，也會邀請一些人來家裡坐坐。

那天，特麗莎和托馬斯走在溫泉小城的街上，發現所有街道都換上了俄國名字，他們在那兒遇見了生產合作社主席。那天，特麗莎的心裡突然出現了鄉間的畫面，那是書本或祖先留給她的記憶：一個和諧的世界，所有的人就是一個大家庭，都有相同的興趣、相同的習慣：每個星期天都到教堂去望彌撒，男人們齊聚在沒有女人的餐館，同樣的一家餐館，在星期六的時候，會有樂隊演奏，村子裡的人都在那裡跳舞。

可是在共產制度下，村裡的景象跟這幅古老的畫面已經不再相像。教堂在鄰近的鎮上，乏人問津，餐館變成了辦公室，男人們不知該到哪裡去喝啤酒，年輕人也不知該到哪裡去跳舞。人們不能舉辦宗教慶典，也沒有人對官方的慶典有興趣。最近的電影院在城裡，距離有二十公里。工作的時候，人們整天都嘻嘻哈哈地互相叫過來喚過去，抓住休息的機會就聊個不停，下班後，人們就把自己關在小屋子的四面牆壁中間，屋裡現代家具的壞品味像陣風輕輕吹拂著，人們的眼睛動也不動地盯著電視機閃閃發亮的螢光幕。人們不會去別人家串門子，晚餐前也很少去跟鄰居說說話。所有人都夢想著有朝一日到城裡定居。鄉下完全無法提供任何可以增添生活趣味的東西。

或許正因爲沒有人願意在鄉下定居，政府於是失去了掌控鄉下的權威。一個農人不再是他土地的主人，而只是領薪水在田裡工作的人，他對家鄉的風景，對於工作，都不會再有留戀，他沒有什麼好害怕失去的。多虧了這種冷漠，鄉下保存了一大塊屬於自主與自由的餘地。生產合作社的主席不是從外頭派來的（城裡的領導都是這樣派的），他是村民們選出來的，是自己人。

由於所有人都想離開，特麗莎和托馬斯的情況就顯得很例外了：他們是自願過來的。別人是抓到機會就要去附近的鎮上玩個一整天，特麗莎和托馬斯卻只求能留在村子裡，於是過沒多久，他們就跟村民混熟了，甚至比原來的村民之間還熟。

生產合作社的主席跟他們成了眞正的朋友。主席家裡有太太、四個孩子還有一隻豬，他把這隻豬當成狗來養。豬的名字叫做梅菲斯特，牠是全村的榮耀，也是全村人最感興趣的東西。牠懂得聽話，粉紅色的身體乾乾淨淨，碎步踩著四隻小小的蹄，像個腿肚肥肥的女人穿著高跟鞋在踩小碎步。

卡列寧第一次看到梅菲斯特的時候感到很困惑，牠繞著牠轉來轉去，嗅個不停。但是牠很快就跟牠成了好朋友，牠喜歡梅菲斯特的程度勝過村子裡的狗，牠根本瞧不起這些狗，因爲牠們都被綁在狗屋，整天沒來由、傻呼呼地吠個不停。卡列寧一向依牠心裡公正的價值珍惜著不尋常的事物，而我幾乎忍不住要說，牠很看重牠跟梅菲斯特的這份友誼。

合作社的主席覺得快樂，因爲他可以幫助自己從前的外科醫生，但他同時也覺得不快樂，因爲自己不能幫他做得更多。托馬斯成了卡車司機，他載農夫們去下田，或是幫忙載一些器械工具。

合作社有四棟用來飼養牲畜的大建築，還有一個小牛棚，裡頭養了四十頭小母牛。這些小牛歸特麗莎管，她每天得帶牠們去吃兩次草。由於附近容易去的草地都是預定要割下來做乾草料的，特麗莎只得帶著她的牛群到周圍的山丘上去。小母牛們吃草的地方越走越遠，一年下來，特麗莎也跟著牠們走遍了村子周圍的一大片山頭。她像過去在小城生活的時候一樣，手裡總是拿著一本書；一走到草地上，就把書打開來讀。

卡列寧總是陪在她身邊。牠學會在小母牛太調皮或是跑太遠的時候對牠們吠一吠；看得出來，牠樂在其中。在他們三個當中，牠是最快樂的。牠那『時間總管』的功能從來沒有讓人這麼認眞地看重過，因爲在這裡，沒有任何即興的空間，在這裡，特麗莎和托馬斯的作息時間跟卡列寧在時間方面的規律性很接近。

一天，吃過午飯以後（這段時間，他們兩人都有一個小時的空檔），他們跟卡列寧一起到屋後的山坡散步。

『我不喜歡牠跑步的樣子。』特麗莎說。

卡列寧的左腳一跛一跛的。托馬斯彎下身子，摸了摸牠的腿。他發現卡列寧的大腿有一小粒球狀的東西。

第二天，他把卡列寧抱上卡車，坐在他身旁的座位，鄰村有個獸醫，他把車開去了那裡。一星期後，他去看卡列寧，回到家他告訴特麗莎，卡列寧長了一個惡性腫瘤。

三天後，托馬斯親自跟獸醫一起爲卡列寧開刀。他把牠帶回家的時候，麻醉藥還沒退。牠睡在地毯上，睜著眼睛，發出呻吟。大腿上的毛都刮掉了，卡列寧多了一道縫了六針的傷口。

過了一會兒，卡列寧想要站起來，可是卻沒有成功。

特麗莎很害怕：要是牠再也不能走路了，該怎麼辦？

『你別擔心，』托馬斯說：『牠的麻醉藥還沒退。』

特麗莎試著要把牠的身體托起來，可是牠卻作勢咬了一口。這是牠第一次想要咬她。

『牠不知道你是誰，』托馬斯說：『牠不認得你。』

他們把卡列寧抱到床上，牠很快就睡著了。接著，他們也睡了。

凌晨三點的時候，卡列寧突然把他們吵醒。牠搖著尾巴，在特麗莎和托馬斯身上踩來踩去，蠻勁十足地蹭著他們的身體，沒完沒了地。

這也是卡列寧第一次吵醒他們！過去牠總是等到兩人當中有一個醒來，才敢跳到床上。

可是這一次，牠在半夜突然恢復意識的時候，卻控制不了自己。誰知道牠是從多遠的地方回來的！誰知道牠遇到過哪些妖魔鬼怪！現在，牠看見自己回到了家裡，認出身邊正是牠最親近的那兩個人，牠忍不住要告訴他們自己有多開心，牠要讓他們知道牠回家和重生所感受到的喜悅。

2

《聖經・創世紀》一開始就寫著，上帝創造了人，要讓人統治天空的飛鳥、海裡的魚還有各種地上的牲畜。當然了，《創世紀》是人寫的，不是馬寫的，所以上帝是不是眞的要人來統治其他生物，這事可沒那麼確定。比較有可能的是，人發明了上帝，爲的是要給自己強奪而來統治牛馬的權力覆上神聖的色彩。是的，殺一頭鹿或殺一頭牛的權利，這是全人類都會認可的，即便在最血腥的戰爭衝突裡，全人類也會像親兄弟一樣對這項權利達成共識。

在我們看來，這樣的權利似乎是理所當然，因爲我們是萬物之靈。可是只要有個第三者介入這場遊戲，譬如說從別的星球來了個訪客，而上帝又對他說：『你要統治所有其他星球上的生物。』那麼《創世紀》裡頭一切順理成章的事情就會立刻被劃上問號。人類會被套在火星人的輪車前面當作拖車的牲口，也說不定會被哪個銀河系的居民叉在烤肉架上燒烤，這時人類或許會想起他們習慣在盤子裡切來吃的那塊小牛排，並且對牛表達遲來的歉意。

特麗莎跟她的牛群一起往前走，她在後頭催趕牠們。牛群裡總是有一頭小母牛非要她低聲斥喝不可，因爲年幼的母牛都很調皮，常常走到路的外頭，跑進田裡。卡列寧陪在她身邊。卡列寧這麼日復一日地跟她上山已經兩年了。平常，牠很喜歡在小母牛面前表現出嚴厲的樣子，牠會在牛群後頭吠著、罵著（牠的上帝把統治母牛的責任交付給牠，牠也以此自豪）。可是今天，他用三條腿跳著走，比平常辛苦得多；第四條腿上，牠多了一道還在淌血的傷口。每隔兩分鐘，特麗莎就會彎下身子來摸摸牠的背。開刀半個月之後，很明顯的是卡列寧的惡性腫瘤沒有抑制住，牠的身體狀況變得越來越糟。

他們在路上遇到一個住在附近的婦人，她穿著一雙長筒膠鞋，正往牛棚走去。她停下來說：『您的狗怎麼啦？看起來好像有點跛！』特麗莎答道：『牠長了個惡性腫瘤，救不活了。』說著說著，她覺得喉頭哽住，幾乎說不下去了。婦人瞥見特麗莎的淚水，說話的語氣近乎生氣：『天哪，您總不會爲了一隻狗流眼淚吧！』她說話的樣子並不兇，她是個老實的婦人，她這麼說其實是想安慰特麗莎。特麗莎心裡明白，她在村子裡住得夠久了，她知道村民們如果也像她愛卡列寧那樣愛他們的兔子，他們就會連一隻都捨不得殺，結果遲早會跟那些兔子一起餓死。但是，她覺得婦人說的話聽起來有敵意。『我知道。』特麗莎沒有反駁，但是她匆匆轉身，繼續走她的路。她對卡列寧的愛讓她感到孤單。她帶著憂傷的微笑在心裡想，她得小心翼翼地把這份愛藏好，藏得比自己的地下戀情更隱密。對於狗的愛總是惹人生氣。如果鄰居的婦人聽說她對托馬斯不忠，該會開心地拍拍她的背，一副心照不宣的樣子吧！

於是，她帶著她那群小母牛，繼續走她的路，小母牛互相蹭來蹭去，她心想，這些動物眞是討人喜歡，溫和、沒有壞心眼，有時開心的時候還帶著點稚氣：就像是一群五十歲的胖婦人裝成十四歲的樣子。沒有比遊戲中的牛群更動人的畫面了。特麗莎溫柔地望著這群小母牛，心想（兩年以來，這想法在她的心裡揮之不去），人類是牛的寄生蟲，就像條蟲是人身上的寄生蟲：人類像水蛭一樣，緊緊貼著母牛的乳房。『人是牛身上的寄生蟲』，非人類的生物在牠們的動物學研究裡大概會給人下這樣的定義吧。

我們看到這樣的定義可能只會覺得是個笑話，可以一笑置之。可是特麗莎如果把它當回事，她就要向下滑落了：這些危險的想法讓她離人類越來越遠。在《創世紀》裡，上帝已經把治理一切動物的責任交付給人，可是我們可以把這解釋成上帝只是把這樣的權力**借給**人。人不是這個星球的所有人，只是管理者。有一天，人還是要爲他管理的成果做出交代。笛卡爾就走得更遠了：他把人變成『大自然的主宰和占有者』。這和他之所以明確否認動物擁有靈魂，兩者之間顯然有深刻的邏輯關係。笛卡爾說，人是這個星球的所有人也是主宰，可動物卻只是個自動的機器，一架會動的機械，也就是拉丁文說的『machina animata』。動物哀鳴的時候，其實不是在叫痛，那不過是機械運轉不順所發出的雜音。馬車的輪子發出雜音，並不是因爲馬車不舒服，只是因爲輪子沒有上油而已。同理，我們也沒理由給動物的叫聲多作解釋，或是爲那些在實驗室裡被人活活開腸剖肚的狗兒哀嘆。

牛群在草地上吃草，特麗莎坐在樹樁上，卡列寧則窩在她腳邊，把頭靠在她的膝上。特麗莎想起十二年前在報上看到的一則外電新聞，只有短短的兩行：內容是說俄羅斯有一個城市，那裡的人把所有的狗都打死了。這則外電毫不起眼，也不重要，卻讓她第一次泛起對於這鄰近大國的恐懼。

這是一則預言，預示著日後所發生的一切：俄羅斯入侵的頭兩年，還不能說有什麼恐怖。由於全國上下幾乎都不認同占領軍的政權，俄國人當然得在捷克人裡頭挑出一些新人，扶他們上台掌權。可是要到哪兒去找人呢？人們對共產黨的信仰，對俄羅斯的熱愛已經是枯木死灰了。俄國人只好去找那些對生命充滿復仇欲念，老是跟生命過不去的人。他們得把這些人的攻擊性焊得結結實實，並且維持好，讓這些人的攻擊性時時警醒。他們首先得訓練他們去攻擊一個假目標。這個目標，就是動物。

報章雜誌上開始有刊登一系列的文章，並且策劃一些讀者投書的運動。譬如，有人提出強烈的訴求，說要消滅城裡所有的鴿子。消滅，鴿子確確實實被消滅了。不過，這運動的矛頭特別對準了狗。當時人們還在爲占領所帶來的災難而惶惶，心裡的創傷還沒平復，可是報章雜誌、收音機、電視談的淨是狗弄髒了人行道和公園的事，說這些一無是處的狗會威脅到孩子的健康，而且這些狗又得吃東西。這種說法創造出一種眞正的偏執，特麗莎很怕被煽動的民眾會把氣出在卡列寧身上。一年以後，積累的怨恨（最先是在動物身上試驗）終於指向了眞正的目標：人。解職、逮捕、審判開始了。動物們終於可以喘口氣了。

卡列寧安詳地把頭靠在特麗莎的膝上讓她輕撫。她幾乎認定了這樣的想法：跟自己的同類處得好，沒什麼了不起。特麗莎被迫對其他的村民們有禮貌，否則她就沒辦法在那裡生活，即使跟托馬斯在一起，她也不得不表現出深情妻子的樣子，因爲她需要托馬斯。我們永遠無法確定，我們跟他人的關係有多大程度是出自我們的感情，是出自我們的愛情或是與愛情無關的感情，是出自我們的善心或是恨意。也無法確定這些關係有多大程度是被人與人之間的權力關係預先決定的。

人類眞正的善只有對那些沒有任何力量的人，才能以極其純粹、極其自由的方式展現。人類眞正的道德試驗（這是最徹底的試驗，它的層次那麼深，所以我們都看不到），是人與那些任人支配之物（也就是動物），兩者之間的關係。而人最根本的失敗正是由此產生，這失敗是最根本的失敗，所有其他的失敗都源自於此。

有一頭小母牛向特麗莎走去，停了下來，用一雙棕色的大眼睛久久地望著她。她喚牠瑪格麗特。她很想給每一頭小母牛都起個名字，可是她沒能這麼做，牛實在太多了。過去，也就是距今大概三十個年頭吧，事情肯定還是這樣的，村子裡的每一頭牛都有個名字。（而如果名字是靈魂的象徵，我就可以說牛以前是有靈魂的，儘管笛卡爾聽了會不高興。）可是村子沒多久就成了一個大型的生產合作社，牛兒們也只能終其一生待在兩平方米大小的牛欄裡。牠們不再有名字，從此只是拉丁文所說的『machina animate』（會動的機械）。世界認爲笛卡爾是對的。

特麗莎坐在樹樁上的形象總是浮現在我眼前，她輕撫著卡列寧的頭，心裡想著人類的失敗。在此同時，另一個形象也出現在我眼前：尼采從義大利杜林市的一家旅館走出來。他看到身前有一匹馬，還有一位車夫正在鞭打這匹馬。尼采向這匹馬走過去，他當著車夫的面，摟住馬的頸項放聲哭泣。

這事發生在一八八九年，尼采在此時也已經遠離了人類。換句話說：正是在此時此刻，他的精神病發作了。可是，依我的說法，正是這個時刻，賦予了他的手勢深刻的意義。尼采替笛卡爾來向馬兒請罪。他的瘋狂（也就是他與人類的分離）始於他撲在馬兒身上哭泣的那一刻。

而這正是我鍾愛的那個尼采，一如我所鍾愛的特麗莎——她輕撫著一隻病入膏肓的狗兒靠在她膝上的頭。我看見尼采和特麗莎肩並著肩：他們兩人一起離開了人類的道路——在這條道路上，作爲『大自然的主宰與占有者』的人類繼續邁步前行。

3

卡列寧生下了兩個牛角麵包和一隻蜜蜂。牠驚訝地看著自己奇怪的後代。兩個牛角麵包乖乖地待在那裡，可是蜜蜂卻一臉驚愕，搖搖晃晃地走來走去，沒過多久就飛得無影無蹤了。

這是特麗莎剛剛作的夢。醒來以後，她把夢說給托馬斯聽，兩人在這個夢裡找到了一點慰藉：這個夢把卡列寧的病變成懷孕，而生產的這場戲則有個又好笑又動人的結局：兩個牛角麵包和一隻蜜蜂。

她又重新燃起一股荒謬的希望。她起床穿好衣服。村子裡的生活也和從前一樣，每天都從買東西開始：她要去雜貨店買牛奶、白麵包、牛角麵包。可是今天，她叫卡列寧陪她一起去，卡列寧幾乎連頭都不願意抬一下。這是牠第一次不肯參加這個儀式——這一向是牠自己固執地要求參與的儀式。

她於是沒帶卡列寧就去了。『卡列寧呢？』雜貨店的女店員問道，她已經給卡列寧準備了一個牛角麵包。這一次，是特麗莎自己把牛角麵包放在菜籃裡帶回去的。才到門口，她就把牛角麵包拿出來給卡列寧看。她希望牠會過來咬，可是牠卻趴在那裡沒動。

托馬斯看到特麗莎悲傷的樣子，於是自己把牛角麵包咬起來，四肢著地跪在卡列寧前面，然後慢慢向牠靠近。

卡列寧看著他，眼裡閃現一絲興味，可是依然沒有起身。托馬斯把臉湊在卡列寧的鼻子前面，卡列寧的身體沒動，只用嘴巴從托馬斯的嘴上咬下一小塊麵包。然後托馬斯鬆開了嘴，把整塊麵包留給卡列寧。

托馬斯還是四肢著地，他向後退，拱起身子，喉頭發出低沉的聲音。他假裝要去搶那塊牛角麵包。卡列寧也發出低沉的叫聲回應他的主人。終於來了！這就是他們想要的！卡列寧想玩了！卡列寧還有活下去的欲望。

這低沉的叫聲，是卡列寧的微笑，他們想讓這微笑延續下去，越久越好。再一次，托馬斯依舊四肢著地，往狗兒靠了過去，他一口咬住麵包從狗兒嘴邊露出來的一角，人臉和狗臉貼在一起。托馬斯感覺到狗兒呼出來的氣，卡列寧嘴邊的長毛搔得他臉上癢癢的。狗兒又發出一陣低沉的叫聲，然後猛然搖動牠的嘴，結果卡列寧和托馬斯各自咬住了半個牛角麵包。卡列寧的老毛病又犯了。牠鬆開自己的半截麵包，想去把牠主人咬在嘴裡的那一半搶過來。一如往常，牠忘記托馬斯並不是狗，牠忘記托馬斯有手。托馬斯沒鬆開他嘴裡的牛角麵包，還把掉在地上的另一半麵包也撿起來。

『托馬斯，』特麗莎大叫：『你不要搶牠的麵包！』

托馬斯把兩截麵包都放在卡列寧前面，卡列寧很快就吃掉一塊，又把另一塊咬在嘴裡，久久地，毫不掩飾地，驕傲地向兩個主人炫示自己贏了這場比賽。

他們望著牠，不停地說卡列寧在微笑，只要牠微笑，牠就還有可能活下去，即便牠已經得了不治之症。

第二天，卡列寧的情況似乎好轉了。午飯過後，兩人都有一小時的空檔可以帶狗去散步。卡列寧知道要去散步，通常，在出發前的片刻，牠總是繞著他們蹦蹦跳跳，一副迫不及待的樣子，可是這一天，特麗莎拿起狗鍊和頸圈的時候，牠卻久久地望著他們，動也不動。他們站在卡列寧前面，刻意做出開心的樣子（因爲牠，也爲了牠），想讓牠感染到一點好心情。過了一會兒，卡列寧好像覺得他們很可憐，於是用三條腿一跛一跛地走過去，讓他們幫牠套上頸圈。

『特麗莎，』托馬斯說：『我知道你不想去碰相機，可是今天，你就帶相機去吧！』

特麗莎聽了他的話。她打開櫃子，去找那台被埋藏、被遺忘在角落裡的照相機。托馬斯又說了：『將來有一天，我們會很高興拍了這些照片的。卡列寧，牠曾經是我們生活的一部分。』

『你說什麼？曾經？』特麗莎說話的樣子像是被蛇咬了一口。照相機終於出現在她眼前，出現在櫃子的深處，可她卻沒動手去拿。『我不帶相機去了。我不要相信卡列寧會離開我們。你說到牠的時候已經像在說過去的事了！』

『你別生我的氣！』托馬斯說。

『我沒生你的氣，』特麗莎輕聲說：『我也一樣，不知有多少次，我自己都覺得驚訝，我想牠的時候竟然像在想過去的事！不知有多少次，我爲了這個而自責！所以我不帶相機去了。』

一路上他們默默無語。不說話，只有這樣才能不把卡列寧當作過去的事情來想。他們一直看著牠，一直跟在牠身邊，他們守候著卡列寧微笑的時刻到來。可是卡列寧沒有微笑；牠只是走著，一直用三條腿走著。

『牠出來散步完全是爲了我們，』特麗莎說：『牠其實不想出門，牠完全是爲了讓我們高興才來的。』

特麗莎說的話是悲傷的，可是他們沒有意識到，反而覺得幸福。正確的說法不是『雖然悲傷，但他們覺得幸福』，而是『因爲悲傷，他們覺得幸福』。他們手牽手，兩人的眼前都有一幅相同的的畫面：一隻跛行的狗，體現著他們十年的生活。

他們又走了一段路。後來，他們很失望，卡列寧停了下來，然後往回走。他們只得回頭了。

或許還是同一天，也或許是第二天，特麗莎突然走進托馬斯的房間，她發現托馬斯在看一封信，他聽見開門的聲音，就把信插進其他的文件裡。特麗莎還是瞥見了。走出房間的時候，特麗莎看見托馬斯把一封信放進口袋裡，可是他把信封給忘了。等到家裡只剩她一個人的時候，她跑去察看那只信封。地址的字跡陌生，但是看起來很娟秀，她相信是女人寫的。

後來，他們又在一起的時候，她裝作若無其事的樣子，問托馬斯有沒有收到什麼信。

『沒有。』托馬斯這麼說，絕望於是占據了特麗莎的心頭，這股絕望比她過去習慣的那種絕望更殘酷。不，她不相信托馬斯有辦法偷偷摸摸去跟女人約會。這幾乎是不可能的。她知道他所有的空閒時間是怎麼安排的，不過，說不定在布拉格有個女人是他無法忘情的，儘管她不能在托馬斯的頭髮裡留下性器官的氣味，但他們還是保持著聯繫。她不相信托馬斯會爲了這個女人而離開她，但是她覺得過去這兩年鄉間生活的幸福就像過去一樣，因爲謊言而失去了價值。

一個從前就有的念頭又浮現了：她的歸宿，不是托馬斯，而是卡列寧。如果卡列寧不在了，誰來爲他們的生活時鐘上發條呢？

特麗莎的思緒停留在未來，停留在一個沒有卡列寧的未來，她覺得自己被遺棄在那裡。

卡列寧趴在角落裡呻吟。特麗莎走進院子裡，細細察看了兩棵蘋果樹之間的草地，她告訴自己，他們會在這裡埋葬卡列寧。她把鞋跟踩進土裡，在草地上畫出一個長方形，這裡將會是卡列寧的墳墓。

『你在做什麼？』托馬斯的問話嚇了她一跳，就像幾個小時前托馬斯在讀信的時候，她也突如其來地嚇了他一跳。

特麗莎沒有回答。托馬斯發現她的手在顫抖；許久以來，這還是第一次。他抓住她的手，她卻掙開了。

『這是卡列寧的墳墓？』

特麗莎沒有回答。

她的沉默激怒了托馬斯，他生氣了：『你怪我把卡列寧當作過去的事情來想，可你呢，你在做什麼？你已經想把牠埋了！』

她轉身不理托馬斯，回屋裡去了。

托馬斯走回他的房間，頭也不回地甩上了房門。

特麗莎把門打開，對他說：『不要只想著自己，這種時候你至少也可以替卡列寧想想吧。牠在睡覺你卻把牠吵醒，待會兒牠又要開始呻吟了。』

特麗莎知道自己這麼說並不公平（卡列寧並沒有在睡覺），她也知道自己的行爲就像個俗不可耐的女人，想要傷害人而且也知道該怎麼做。

托馬斯踮著腳走進卡列寧趴著的房間。可是特麗莎不想讓他和狗兒獨處。他們都倚在狗兒旁邊，一邊一個。這相同的動作並非和解的手勢。恰好相反。兩個人都是孤單的。特麗莎和她的狗在一起，托馬斯和他的狗在一起。

我很擔心他們會不會就這樣，兩人分開，各自單獨地待在卡列寧的身邊，直到最後一刻。

4

爲什麼『田園詩』這個詞對特麗莎這麼重要？

我們這些讀《舊約》神話長大的人，可以說田園詩就像是伊甸園的記憶遺留在我們腦子裡的那種意象：天堂樂園的生活並不像一條直線的路程，把我們帶到未知之地，那並不是一場冒險。天堂樂園裡的生活是在已知的事物之間繞著圈。這種生活的單調不是無聊，而是幸福。

只要人生活在鄉下，生活在大自然裡，被家禽家畜圍繞，被周而復始的四季環抱，人總會保留一絲屬於天堂田園詩的光芒。同樣的，特麗莎在溫泉小城遇到生產合作社主席的那天，她也看到鄉下的景象浮現在眼前（那是她從來不曾生活過、從來不知道的鄉下），並且因而感到心醉神迷。那就像是往身後看去，往天堂樂園的方向回望。

在伊甸園裡，亞當俯身在泉水上頭，他當時還不知道他看見的，就是他自己。他不會明白特麗莎小時候爲什麼站在鏡子前面，努力地想要透過身體看見自己的靈魂。亞當就跟卡列寧一樣。特麗莎經常爲了好玩，把牠帶到鏡子前面。牠不認得自己在鏡子裡的模樣，只是茫茫然地看著，那漠不關心的模樣簡直令人難以置信。

拿卡列寧和亞當相比，讓我想到在伊甸園裡，人還不是人。說得更精確些：人還沒有被拋到人的軌道上。而我們這些人呢，我們早已被拋到軌道上，在時間直線前進的空無裡飛行。可是我們身上還留存著一條細繩，把我們和遠方朦朧的伊甸園遙遙相繫，亞當在那兒俯身於泉水之上，他和納西斯⑯不一樣，看到這暗淡的黃斑浮現在水裡，他並沒有想到那就是他。對於伊甸園的鄉愁，就是人不想成爲人的渴望。

特麗莎小時候每次看到母親沾滿經血的月經帶就覺得噁心，她討厭母親毫不遮掩而且一點也不害羞。可是卡列寧是母的，牠也有經期，每六個月來一次，每次十五天。爲了不讓牠把家裡弄髒，特麗莎在牠的兩腿之間塞了一大塊棉花，還給牠穿上一件自己的舊內褲，再用一條帶子巧妙地把內褲固定在卡列寧身上。這十五天，特麗莎看到卡列寧的奇裝異服就會笑。

一隻狗的月經在她心裡喚起的是帶著一點喜趣的溫柔，可是她卻厭惡自己的月經，這該如何解釋？依我看來，答案很簡單：狗從來沒有被上帝逐出伊甸園。卡列寧完全不知道靈魂與肉體的二元性，也不明白噁心是怎麼回事。這就是爲什麼特麗莎跟卡列寧在一起的時候會覺得那麼好，那麼寧靜。（正因如此，要把動物變成會動的機械，把母牛當成生產牛奶的自動機器，是很危險的：這麼一來，人就會把自己跟伊甸園聯繫的那條線給切斷，從此，人在時間的空無中飛行時，就沒有東西可以把人拉住，或是安慰人了。）

從這些混亂無序的想法裡，萌生了一個瀆神的念頭，縈繞在特麗莎的腦際揮之不去：把她和卡列寧連結在一起的愛比她和托馬斯之間的愛更美好。更美好，而不是更偉大。特麗莎無意指控任何人，她不怪托馬斯，也不怪自己，她無意強調他們之間可以更相愛。她只是覺得，人類的伴侶關係從創造之初就注定了男女之愛在本質上不如人狗之間可能的愛（至少在這類關係之中最好的情況是如此），這眞是人類歷史上的怪事，看起來造物主原本也沒打算做出這樣的

⑯納西斯（Narcissus）：希臘神話裡的美少年，愛上自己在水中的倒影卻又得不到，最後鬱悶而死。

安排。

這是一種無私的愛：特麗莎對卡列寧一無所求。她甚至不向牠索愛。她從來不去問那些困擾人類伴侶的問題：他愛我嗎？他是不是曾經愛別人勝過愛我？他對我的愛是不是比我對他的愛更多？這一切質疑愛情、測度愛情、試探愛情、檢視愛情的問題，說不定在愛情醞釀之際就已經把愛情毀了。如果說我們有能力去愛，那或許是因爲我們渴望被愛，也就是說我們想從別人那裡得到某些東西（愛情），而不是無所求地來到別人身邊，只求那個人的存在。

還有一點：不論卡列寧是什麼樣子，特麗莎照單全收，她並沒有想要改變牠的形象，她預先就接受了屬於卡列寧的狗的世界，她不想沒收卡列寧的這個世界，卡列寧的祕密戀情不會讓她產生妒意。她訓練牠不是爲了改變牠（像男人想要改變他的女人，女人想要改變她的男人那樣），而僅僅是爲了教牠基礎的語言，讓他們可以相互瞭解，一起生活。

而且，她對狗的愛是心甘情願的，沒有人把這種愛強加給她。（再一次，特麗莎想到她的母親，她感到非常遺憾：如果母親只是村裡的一個不相識的婦人，或許她會覺得她那粗魯快活的模樣很親切！啊！如果母親是個陌生女人就好了！特麗莎從小就一直感到羞恥，因爲母親霸占了她的長相，沒收了她的自我。更糟的是，『愛你的父親和母親！』這句千古名訓強迫她接受這霸占的事實，強迫她把這種霸道定義爲愛。特麗莎會和母親斷絕往來並不是母親的錯，她之所以和母親斷絕關係並不是因爲她做了什麼，而是因爲她是她的母親。）

然而更重要的是：沒有任何人可以把田園詩當作供品獻給別人。只有動物做得到，因爲動物沒有被逐出伊甸園。人與狗之間的愛是田園詩的情懷。這種愛沒有衝突，沒有令人心碎的爭吵，沒有變化。卡列寧在特麗莎和托馬斯的周圍，走著牠生活的圓圈，牠的生活以重複爲基礎，牠對他們的期待也一樣。

如果卡列寧是人而不是狗，那牠一定早就會對特麗莎說：『喂，每天都讓我在嘴裡咬著個牛角麵包，我已經玩膩了，可不可以來一點新鮮的？』這句話蘊含著人類所遭受的一切天譴。人類的時間不會走圓圈，而是直線前進。這正是人類得不到幸福的緣故，因爲幸福就是渴望重複。

是的，幸福就是渴望重複，特麗莎心裡這麼想。

生產合作社的主席下了班就會出來遛遛他的梅菲斯特，遇到特麗莎的時候他總不忘說：『特麗莎女士！要是我早一點認識梅菲斯特就好了！我們就可以一起去泡妞了！沒有女人擋得住兩頭豬的魅力！』話才說著，梅菲斯特就會發出呼嚕呼嚕的聲音，因爲主席訓練過牠這麼做。特麗莎笑了，但其實早在一分鐘前，她就已經知道主席要對她說什麼了。重複絲毫沒有減損笑話的魅力。相反的，在田園詩的情境裡，即便幽默也要遵守重複的甜蜜法則。

5

跟人比起來，狗實在沒有什麼特權，不過至少有一樣是值得慶幸的：在狗這邊，法律並沒有禁止安樂死；動物有權得到慈悲的死法。卡列寧用三條腿走路，躲在角落裡，一天比一天睡得還多。牠呻吟著。特麗莎和托馬斯都同意了：他們沒有權利讓牠無謂受苦。他們雖然同意了這樣的原則，但是不確定的情況還是讓他們憂心：怎麼樣才會知道，從什麼時候開始，卡列寧所受的苦是無謂的？怎麼樣才能決定，從哪個時刻開始，卡列寧再撐下去也沒用了？

如果托馬斯沒當過醫生就算了！他就可以躲在第三者的後面，他可以去找獸醫，請獸醫來給狗兒打一針。

自己扮演死神的角色是很痛苦的事！這麼長久以來，托馬斯總是堅持說他絕不會給卡列寧打那一針，他說要找獸醫來。但是後來他明白了，他可以讓卡列寧得到任何人類都無法享有的一項特權：死神以牠所愛的人爲外貌，來到牠的身邊。

卡列寧整夜都在呻吟。到了早上，托馬斯給牠聽診之後，告訴特麗莎：『不能再拖下去了。』

他們倆就要出門工作了。特麗莎到房裡去看卡列寧。卡列寧一直趴在那裡，一副不想理人的樣子（即使在幾分鐘前，托馬斯進來給牠做檢查的時候，牠也完全沒理他），可是此刻，牠聽到開門的聲音卻抬頭望著特麗莎。

她無法承受這目光，這目光幾乎讓她感到害怕。卡列寧從來不會這樣看托馬斯，牠只會用這種方式看特麗莎，但是也從來不曾像今天這麼強烈。那不是絕望或悲傷的目光，那是一種駭人的、令人無法承受的信任。這目光是一個熱切的提問。卡列寧一輩子都在等著特麗莎的回答，牠現在要讓她知道（比過去更堅持得多），牠隨時都等著從她那兒知道眞相（因爲對卡列寧來說，一切出自特麗莎口中的都是眞理：不管她說的是『坐下！』還是『趴下！』，這些都是眞理，卡列寧和這些眞理合爲一體，這些眞理給牠的生命提供了意義。）

這令人害怕的信任目光是短暫的，卡列寧很快就把頭倚在自己的前腳上。特麗莎知道，永遠不會再有人**這樣**看她了。

他們從來沒給牠吃過甜食，可是在幾天前，特麗莎買了幾塊巧克力，她把巧克力從錫箔紙裡抽出來，剝成小塊放在卡列寧的四周。她還擺了一碗水，好讓卡列寧獨自待在家裡的幾個小時什麼也不缺。可是卡列寧投射在特麗莎身上的目光似乎把牠弄得很疲憊，儘管四周都是一塊塊的巧克力，牠卻不再抬頭了。

特麗莎在牠身旁坐下，把牠抱在懷裡。卡列寧緩緩地聞了聞她，疲憊不堪地舔了她兩下。特麗莎閉上眼睛接受這輕撫，彷彿要將它永遠銘刻在記憶裡。她轉過頭，讓卡列寧也可以舔到另一邊的臉頰。

然後，她就得出門去招呼那群小母牛了，直到吃過午飯之後才回來。這時托馬斯還沒到家，卡列寧還在睡，身邊是一塊塊的巧克力，牠聽到特麗莎靠近的聲音也不再抬頭了。牠有病的那條腿腫了起來，腫瘤已經擴散到別的地方。一小滴淡紅色的東西（看起來不像血）出現在牠的毛裡。

特麗莎又像早上那樣，挨著卡列寧坐在地上。她伸出一隻手臂環著卡列寧的身體，閉上了雙眼。然後她聽見一陣敲門聲。『大夫！大夫！小豬和牠的主席來啦！』她沒力氣跟任何人說話。她什麼也沒做，只是繼續閉著雙眼。門外又傳來一次『大夫！兩隻豬一起來看您啦！』，接下來又是一片寂靜。

半小時之後，托馬斯回來了。他走到廚房，不發一語，準備打針要用的東西。他走回房間的時候，特麗莎站著，卡列寧也掙扎著想要站起來，牠看見托馬斯，虛弱地搖著牠的尾巴。

『你看！』特麗莎說：『牠還會微笑。』

說這話的時候，特麗莎的語氣是哀求的，彷彿她說這話是爲了請求短暫的緩刑，可是她沒有堅持。

緩緩地，特麗莎在床上鋪上一條白色的床單，床單上襯著紫色小花的圖案。其實，她早已備妥一切，也認眞想過這一切，彷彿早在幾天之前就已經預先想像過卡列寧的死了。（啊！多麼可怕！我們事先就夢想我們所愛的人是怎麼死的！）

卡列寧已經沒有力氣跳上床了。他們把牠抱起來，一起抬上去。特麗莎讓卡列寧側躺著，托馬斯則細細察看牠的腳。他在找一處血管清晰浮現的地方，他用剪刀把那裡的狗毛剪去。

特麗莎跪在床邊，雙手抱著卡列寧的頭，臉也貼了上去。

托馬斯要她抓緊卡列寧的後腿，抓在血管上方，因爲血管很細，托馬斯很難把針扎進去。她抓住卡列寧的腿，可是她的臉還是沒離開卡列寧的頭。特麗莎在牠耳邊輕聲說：『別怕，別怕，你到那裡就不會痛了，到那裡你會夢到松鼠和兔子，那裡有牛，梅菲斯特也會在那裡，別怕……』

托馬斯把針扎進血管，把藥注射進去。一陣輕微的顫動竄過卡列寧的後腿，牠的呼吸加速，然後完全停止。特麗莎跪在床邊，臉挨在卡列寧的頭上。

他們兩人都得回去工作，狗兒就躺在床上，躺在這條綴著紫色小花的白床單上。

晚上，他們回到家裡。托馬斯走到花園，在兩棵蘋果樹中間找到幾天前特麗莎用鞋跟畫下的長方形。他開始挖。他完全依照那四條線所指示的形狀和大小，他希望一切都如特麗莎所願。

特麗莎留在屋裡陪卡列寧。她怕他們會把卡列寧給活埋了。她把耳朵貼在卡列寧的鼻子上，感覺還聽得到輕微的呼吸。她仰起頭的時候，看到卡列寧的胸口動了一下。

（不，她聽到的只是自己的呼吸，這呼吸帶動了她自己的身體卻難以察覺，所以她以爲是狗的胸口在動！）

她在袋子裡找到一面鏡子，拿來靠在卡列寧的鼻子上。鏡子很髒，她以爲她看到的是呼吸留下的水氣。

托馬斯從花園走回來，鞋子上沾滿了泥巴。

特麗莎大叫道：『托馬斯，牠還活著！』

托馬斯傾下身子，然後搖了搖頭。

卡列寧躺在床單上，他們一人拉著一邊，特麗莎在腳的那邊，托馬斯在頭的那邊，兩人一起把牠抬到花園裡。

特麗莎的手感覺到床單是濕的。她心想，卡列寧來的時候帶來一汪水，離開的時候也留下一汪水。指頭上的潮濕讓她感到幸福，這是卡列寧最後的告別。

他們把卡列寧抬到兩棵蘋果樹中間，然後把牠放進墓穴裡。特麗莎彎下身子，用床單把卡列寧整個包裹起來，不然，他們撥進墓穴的泥土就會直接撒落在卡列寧**赤裸的**身體上，這種事特麗莎無法忍受。

後來她回到屋裡，拿了頸圈、狗鍊和一把巧克力碎片走回來，那些巧克力從早上到現在一直在地上，一口也沒吃。她把這些東西通通丟進墳墓裡。

墓穴旁邊是一堆剛翻挖出來的泥土，托馬斯拿起了圓鍬。

特麗莎想起她的夢：卡列寧生下兩個牛角麵包和一隻蜜蜂。霎時間，這句子變得像是一段墓誌銘，她想像兩棵蘋果樹之間，一塊墓碑上頭刻著：『卡列寧安息於此。牠生了兩個牛角麵包和一隻蜜蜂。』

花園裡暮色漸濃，此刻既非白晝亦非黑夜，黯淡的月亮掛在天邊，彷彿死者的房裡有一盞燈忘了熄滅。

兩雙鞋都沾滿泥土，他們把鏟子和圓鍬放回工具棚，耙子、十字鎬、鋤頭都在裡頭。

6

他坐在自己那間房的桌前，那是他平常看書的地方。通常在這時候，特麗莎如果進來找他，總會從後頭傾身把臉貼到他的臉頰上。這一天，特麗莎做出這個動作的時候，她發覺托馬斯不是在看書，他面前攤開的是一封信，上頭雖然只有短短幾行用打字機打出來的字，托馬斯卻呆望著那封信凝視良久。

『那是什麼?』特麗莎不安地問道。

托馬斯沒有轉頭，只是拿起信，遞給特麗莎。信上頭寫著，托馬斯得在當天到鄰城的飛機場去報到。

當他終於轉過頭來，特麗莎在他眼中看到了恐懼，這恐懼和她自己剛才的感受是相同的。

『我陪你一起去。』特麗莎說。

托馬斯搖搖頭：『通知書上提到的只有我。』

特麗莎又說了一次：『我不管，我陪你一起去。』於是他們上了托馬斯的卡車。

過沒多久，他們就到了機場。那裡的霧很濃，一架架飛機的輪廓隱約浮現在他們眼前。他們一架走過一架，卻發現這些飛機的艙門都是關著的，沒辦法進去。後來他們終於找到一架飛機的艙門是打開的，還接著舷梯。他們於是走上階梯，一位空服員出現在機艙的入口作勢要他們繼續往前走。那是一架小飛機，大概只有三十個座位，機上一個人也沒有。他們在座位間的走道往前走，始終相互依偎，沒有太注意周遭的事物。他們並排坐在兩個座位上，特麗莎把頭靠在托馬斯肩上。最初的恐懼消失，化成了悲傷。

恐懼是一種衝擊，是全然盲目的一個瞬間。在恐懼之中找不到任何屬於美的形跡。我們看到的只有即將到來的未知事件暴烈的強光。相反的，悲傷卻必須以我們知道爲前提。托馬斯和特麗莎知道在前頭等著他們的是什麼。恐懼的閃光黯淡了，我們會發現，世界籠罩在一片淡藍的柔光之中，萬事萬物從來不曾如此美麗。

特麗莎看到那封信的時候，心裡並沒有感受到她對托馬斯的愛，只是想到她一秒鐘也不該離棄他：恐懼窒息了一切其他的感情，一切其他的感覺。現在，她緊緊靠在他的身上（飛機飄浮在雲端），害怕的情緒過去了，她感覺到她的愛，她知道這是一份無界無限的愛。

飛機終於降落。他們起身走向空服員已經打開的艙門。他們還是攬著對方的腰，走向舷梯。他們看見舷梯下，三個戴面罩的男人手持步槍。遲疑不前也於事無濟，因爲已經無路可逃了。他們緩緩走了下去，腳才踏上機場的跑道，其中一個男人就舉槍瞄準。沒有槍聲，可是特麗莎感覺到，不過在一秒鐘前還攬腰緊挨著她的托馬斯已經癱倒在地上了。

她想把他緊緊抱在身上，可卻抱不住他。他跌落在機場跑道的水泥地上。她傾下身子，想要撲到他身上，用自己的身體蓋住他，可是一件奇怪的事情發生了：托馬斯的身體在她眼前變得越來越小，變小的速度非常快。這不可思議的景象讓她楞在那裡，整個人僵住了。托馬斯的身體縮得越來越小，變得一點也不像他，只剩下一個很小很小的東西，這極小的東西開始移動，接著開始奔跑，在機場的地面上逃逸。

開槍的男人取下面罩，對特麗莎露出親切的微笑，然後轉身追逐那個小東西。小東西跑著之字形，東竄西竄，彷彿在閃躲什麼，彷彿在沒命地尋找一個藏身之地。追逐持續了一陣子，後來那男人猛然撲到地上，追逐於是告終。

男人站了起來，走向特麗莎。他要把手裡的東西拿給特麗莎。小東西怕得發抖。那是一隻兔子，男人把牠遞給特麗莎。這時，恐懼和悲傷都消失了，特麗莎懷裡抱著這隻小動物，心裡感到幸福，那是一隻屬於她的小動物，可以讓她緊緊抱在身上。幸福，化做她的淚水。她哭泣，不停地哭泣，淚水遮蔽了她的視線，她帶著兔子回家，心想，終於就快要到目的地了，那是她一心想要的，在那裡，再沒有任何理由讓她想要逃離。

她走上布拉格的街道，很容易就找到她家，那是她小時候和父母住的地方，現在，母親和父親都不住那裡了。開門的是兩個從來沒見過的老人，但她知道那是她的曾祖父和曾祖母，他們的臉皺得跟樹皮一樣。和他們住在一起，特麗莎很高興，不過眼前這一刻，特麗莎想跟她的小動物獨處。她毫不費力就找到她的房間，那是她從五歲就開始住的地方，那時候，她的父母覺得她該要有自己一個人的房間了。

房裡有一張沙發床，一張小桌子，一把椅子。桌上的檯燈一直亮著，等著她回來。檯燈上停著一隻蝴蝶，張開的翅膀上畫著兩個大大的眼睛。特麗莎知道她到了目的地。她躺在沙發床上，抱著兔子貼住自己的臉頰。

7

他坐在桌前，那是他平常看書的地方。在他面前，有一只拆開的信封和一封信。他對特麗莎說：『偶爾會收到一些信，我其實也不想跟你提，那都是我兒子寫來的。我盡了一切努力想讓我的生活跟他的生活不要有碰觸。可是你看看命運是怎麼捉弄我的。前幾年他被大學開除了，他跑到一個村子去開拖拉機。確實，我的生活跟他的生活沒有碰觸，可是我們兩個的生活卻挨在一起，像兩條平行線那樣，往同一個方向畫了出去。』

『那你爲什麼不想跟我提這些信？』特麗莎問道。她大大地鬆了一口氣。

『我也不知道。這種事讓我覺得很不舒服。』

『他常寫信給你嗎？』

『偶爾吧。』

『都寫些什麼？』

『寫他自己。』

『有意思嗎？』

『有啊。他母親，你也知道，是個狂熱的共產黨員。他很早就跟她斷絕往來了。跟他來往的那些人，處境跟我們一樣。他們想要搞個政治活動，有些人現在已經進監獄了。不過他跟這些人也走遠了，他跟他們保持距離，他說這些人是「永遠的革命派」。』

『他跟當局和解了嗎？』

『沒有，完全沒有。他現在信奉上帝，他認爲這才是一切問題的解答。照他的說法，我們每個人每天的生活都應該依照宗教規範，不必去理會當局。他認爲要無視當局的存在。照他的說法，只要我們相信上帝，在祂的引領下，不論面對任何處境，我們都可以做到他所謂的「在人間建起上帝的天國」。他跟我解釋說，在國內，教會是唯一不受政府監控的自發性組織。我很懷疑他上教堂是爲了反抗當局，還是因爲他眞的相信上帝。』

『對呀！那你可以問他呀！』

托馬斯接著說：『我以前一直很佩服信教的人。我以爲他們擁有一種超強的感受力，那種特殊天賦並沒有降臨在我身上。那有一點像是會通靈的人。不過現在我懂了，從我兒子的例子看來，其實要成爲信徒是很容易的事。他困頓的時候，有幾個天主教徒關心他，而他也一下子就找到了信仰。或許他是因爲感激才決定信教的。人類要做決定實在太容易了。』

『你從來沒給他回過信嗎？』

『他沒有告訴我地址。』

接著他又說：『不過郵戳上應該看得到村子的名字，只要把信寄到那裡的生產合作社就行了。』

特麗莎爲了自己從前的猜疑感到慚愧，她突然有股衝動，想要對托馬斯的兒子表現出她的寬容大度：『那你爲什麼不寫封信給他呢？爲什麼不請他來家裡坐坐呢？』

『他長得很像我。』托馬斯說：『他說話的時候，上唇會露出似笑非笑的樣子，跟我一模一樣。看到我自己的嘴巴說著上帝的天國，好像有點太奇怪了吧。』

特麗莎笑了起來。

托馬斯也跟著笑了。

特麗莎說：『托馬斯，別孩子氣了！你和你前妻的事，都是老掉牙的歷史了，這跟他有什麼關係？他跟你前妻怎麼能混爲一談？就算你年輕的時候品味不好，難道你就有理由來傷害人嗎？』

『老實說，跟他見面我會怯場。我不想見他其實是爲了這個。我也不知道自己爲什麼這麼固執。人就是這樣，一旦做了決定，甚至也不知道是爲了什麼，這決定就會有它自己的慣性。一年一年過去，這決定也變得越來越難改變。』

『你就請他來吧！』特麗莎說。

下午，從牛棚回來的時候，特麗莎在路上聽見有人說話的聲音。走近之後，她看見托馬斯的卡車。托馬斯彎著身子正在卸下一個車輪。他的身邊圍繞著一小群人，在那兒望著、等著托馬斯把車修好。

她楞在那裡，無法移開自己的目光：托馬斯看起來老了。他一頭灰髮，他修車的那種笨拙不是因爲醫生改行當卡車司機所以手腳不靈光，而是一個人青春不再的那種笨拙。

她想起最近跟生產合作社主席的一番談話。他告訴過她，托馬斯的卡車狀況很糟。他說這話的時候像在說笑，不像在抱怨，可是聽得出他還是很擔心。『托馬斯比較瞭解人身體裡面的東西，他比較不知道車子的引擎裡頭有什麼。』他笑著說。他還跟特麗莎透露，他向上級申請過好幾次，要讓托馬斯在地方上執業當醫生，後來他得知，警察方面始終沒有批准。

她躲在一棵樹的後面，不讓卡車周圍的男人們看見，但是她的眼睛依舊望著托馬斯。她沉重的心裡滿是愧疚：托馬斯是爲了她才離開蘇黎世回到布拉格，離開布拉格也是爲了她。即便到了這裡，她還是繼續讓他心煩，連卡列寧垂死的時候，她都帶著自己沒說出口的猜疑折磨他。

在內心深處，特麗莎始終責怪托馬斯不夠愛她。她一直認爲自己的愛無可指責，而托馬斯的愛只不過是略施小惠。

她現在終於看清自己過去是多麼不公平了：如果她對托馬斯的愛眞是一種偉大的愛情，她就應該跟他一起留在國外！托馬斯在國外很快樂，新的生活開展在他面前！可她卻丟下他，一走了之！當然，她那時相信自己是出於一番好意才那麼做的，她不想成爲他的負擔！可是這番好意說到頭不就是個藉口嗎？其實，她知道他會回來，他會來找她！她呼喚托馬斯，帶著托馬斯走到越來越低下的地方，就像故事裡的仙女把農夫們引入泥炭沼澤，任他們在那裡溺斃。她利用他胃痙攣的時刻騙取了他的承諾，說他們要搬到鄉下定居！她多麼狡猾啊！她呼喚托馬斯，要他跟著她走，每一次都是爲了考驗他，爲了讓自己確信他愛著她，她呼喚托馬斯，直到他出現在這裡：灰髮，疲憊，手指僵硬，再也不能拿手術刀。

他們走到了盡頭。從這裡還能去哪裡？他們絕對不會再獲准出國，也永遠回不了布拉格，在那個城市，沒有人會再給他們工作。至於再去別的村子，那又何必！

天哪，難道眞的非得走到這裡，她才確定他愛她！

托馬斯終於把車輪裝了回去。男人們跳上卡車的邊板，引擎發出隆隆的聲音。

她回到家裡放了一池洗澡水。躺在熱騰騰的水裡，她心想，這輩子她不斷濫用自己的軟弱來壓迫托馬斯。我們每個人看事情的傾向都是在強大之中看到有罪的人，而在弱小之中看到無辜的受害者。可是現在，特麗莎明白了：在她和托馬斯的例子裡，事情剛好相反！連她作的夢也一樣，這些夢彷彿都知道這個強大男人的唯一弱點，於是將特麗莎的痛苦搬演給他看，迫使他讓步！特麗莎的軟弱是一種霸道的軟弱，每次都強迫托馬斯屈服，直到他不再強大的那一刻，直到他變成兔子縮在她懷裡的那一刻。她不停地想著這個夢。

她從浴缸出來，去找了一件細緻的連身裙。她要穿上她最漂亮的衣服讓托馬斯開心，她要討他歡心。

她才剛扣上最後一顆鈕釦，托馬斯就叫嚷著闖了進來，後頭跟著合作社主席，還有一個臉色慘白的年輕人。

『快點！』托馬斯喊著：『拿一點酒來，要很烈的！』

特麗莎跑去拿了一瓶李子酒，她把酒倒在杯子裡，年輕人一口把它喝乾了。

他們這才告訴她發生了什麼事：做工的時候，年輕人的肩膀脫臼了，痛得在那兒大吼大叫。大家都不知道該怎麼辦，有人就去把托馬斯找來了，托馬斯兩三下就把他的關節給接了回去。

年輕人又喝了第二杯酒，然後對托馬斯說：

『你太太今天眞是美得要命啊！』

『白癡，』主席說：『特麗莎女士一直都很美。』

『我知道，她一直都很美，』年輕人說：『可是還不只這樣，今天哪，她穿了一件漂亮的連身裙。我們可沒見您穿過這件連身裙哪。您今天要去作客嗎？』

『沒有。我是穿給托馬斯看的。』

『大夫，你可眞有福氣，』合作社主席說：『我老婆可不會穿她壓箱的好衣服來討我歡心。』

『這就是爲什麼你出門都帶豬而不是帶老婆。』年輕人說完之後笑了好久。

『梅菲斯特怎麼樣了？』托馬斯說：『我沒看見牠至少有……（托馬斯想了一下）一個小時了！』

『牠見不到我，心裡正惆悵呢。』合作社主席說。

『看到您穿這麼漂亮的衣服，我就很想跟您跳舞，』年輕人對特麗莎說。『大夫，你會讓她跟我跳舞嗎？』

『我們全部一起去跳舞。』特麗莎說。

『你來不來？』年輕人問托馬斯。

『要上哪兒去呢？』托馬斯問道。

年輕人說了附近一個小鎭的名字，那裡有一家旅館的酒吧有舞池。

『你也一起來吧，』年輕人用不容辯駁的語氣對合作社主席這麼說，他喝第三杯的時候又加上了幾句：『梅菲斯特憂鬱的話，就帶牠一起來！這樣，我們就有兩隻豬一起去了！所有的妞兒看到來了兩隻豬，都會笑得跌到地上去的！』說完又笑了好久。

『如果你們不嫌梅菲斯特礙事的話，我就跟你們一起去。』合作社主席這麼說，然後大家都上了托馬斯的卡車。

托馬斯坐在駕駛座，特麗莎坐在旁邊，另外兩個男人帶著剩下的半瓶李子酒坐在後面。直到卡車出了村子，合作社主席才想起他把梅菲斯特忘在家裡。他大叫著要托馬斯把車開回去。

『算了吧，一隻豬就夠了。』年輕人說，合作社主席這才安靜下來。

太陽西斜。山路向上盤旋。

他們到了鎮上，把車停在旅館前面。特麗莎和托馬斯不曾來過這裡。一道階梯引向地下室，裡頭有酒吧、舞池還有幾張桌子。一位約莫六十歲的老先生彈著一架立式鋼琴，一位年紀相仿的婦人拉著小提琴，演奏的是四十年前的曲子。舞池裡有四、五對男女在跳舞。

年輕人往裡頭看了一圈。『連一個可以陪我跳舞的都沒有！』他說，然後馬上邀特麗莎跟他跳舞。

合作社主席跟托馬斯找了張空桌坐下，點了一瓶葡萄酒。

『我不能喝。我開車！』托馬斯推辭。

『還開什麼車？』合作社主席說：『我們要在這裡過夜。我去訂兩個房間。』

特麗莎跟年輕人從舞池走回來，合作社主席又邀她去跳舞；之後，終於輪到托馬斯跟她跳了。

跳舞的時候，她對托馬斯說：『你這輩子一切痛苦的原因就是我。就是因爲我，你才會淪落到這裡。是我害你淪落到這麼低下的地步，低到不能再低了。』

『你在胡說什麼，』托馬斯反駁：『你先告訴我，什麼叫做**這麼低下**。』

『如果我們留在蘇黎世，你就可以繼續幫你的病人開刀。』

『你就會繼續拍照。』

『我們的事不能相提並論，』特麗莎說：『對你來說，你的工作比任何事情都重要，至於我，我做什麼都可以，我根本無所謂。對我來說，我什麼也沒損失，可是你卻失去了一切。』

『特麗莎，』托馬斯說：『你沒發現我在這裡很快樂嗎？』

『可是開刀是你的使命啊！』

『使命，』托馬斯說：『特麗莎，那些都是小事。我沒有使命，沒有人有使命。發現自己自由自在，沒有使命，那是最大的解脫啊。』

托馬斯的語調讓人無從懷疑他的眞誠。特麗莎的眼前又浮現了下午的那一幕：他修理著卡車，而她發現他看起來老了。她已經來到她想要到達的地方：她一直希望他變老。她又再一次想到她在兒時的房裡抱起來貼在臉頰上的兔子。

變成兔子，這意謂著什麼？這意謂著忘記他的強大。這意謂著從此誰也不比誰強大。

他們來來回回，隨著鋼琴和小提琴的樂音踩著舞步；特麗莎把頭靠在托馬斯的肩上。就像在那架載著他們兩人穿越雲霧的飛機上，她在此刻感到和當時同樣奇異的幸福，同樣奇異的悲傷。這悲傷意謂著：我們到了最後一站。這幸福意謂著：我們待在一起。悲傷是形式，幸福是內容。幸福塡滿了悲傷的空間。

他們回到他們的桌位。特麗莎又跟合作社主席跳了兩次舞，又跟年輕人跳了一次。年輕人已經喝得醉醺醺，最後跟特麗莎一起跌倒在舞池裡。

後來他們上了樓，回到各自的房間。

托馬斯用鑰匙開了門，把壁燈點亮。特麗莎看見兩張床靠在一起，其中一張旁邊有個矮几，上頭擺著一盞床頭燈。一隻大大的夜蝶被燈光嚇著，從燈罩裡飛了出來，在房裡翩翩飛舞。樓下悠悠盪來鋼琴和小提琴微弱的回音。

大寫的田園詩與小寫的田園詩＊

——重讀米蘭・昆德拉

弗朗索瓦・希加
(François Ricard)

I

《生命中不能承受之輕》最後一部的標題是〈卡列寧的微笑〉，這幾頁文字曾使我感到眩目而困惑，至今依然。眩目，來自這幾頁文字的美，來自這幾頁文字特有的語義和形式上的完滿。然而我的困惑與無盡的疑問，卻也來自我深陷其中的這種美和這種完滿。寫這篇文章，是想試著去理解這眩目和這疑問——**同時**理解這兩者，也藉由這兩者的相互觀照來理解。這篇文章的形式是圍繞在『田園詩』和『美』兩個主題的周圍進行沉思。

然而首先要問的是，爲什麼我會感受到這衝擊？或許是因爲這幾頁文字和我在昆德拉過去的作品裡所見的中心旨趣，形成了極其鮮明的對比。閱讀過昆德拉先前的小說之後，我對其作品的中心旨趣做了如是的定義：對於一切具有抒情詩性質的形式，他諷刺，懷疑；對於天眞，他徹底批判。總而言之，那是一種哲學式的撒旦主義（satanisme）的形式，它指向的尤其是毀滅、嘲諷，是『來自下方』的目光——這目光投射在一切價值上，尤其是詩與政治。①從這個觀點來說，我不曾讀過什麼文學作品比他的小說走得更遠，把幻滅的藝術推得更前，並且把人們用來滋潤生命和思想的種種本質性的欺騙揭露到這樣的程度。總而言之，沒有什麼文學作品會讓田園詩的精神感到如此陌生。相反的，昆德拉作品裡的一個常數，正是赤裸裸地透過小說人物的存在與反思——像是《玩笑》的呂德維克和雅洛斯拉夫，〈沒有人會笑〉的敘述者，〈搭便車遊戲〉的女主角，《可笑的愛》的哈維爾醫生和艾德華，《賦別曲》的亞庫，《笑忘書》的塔米娜和亞恩，《雅克和他的主人》裡的僕人——赤裸裸地揭開這世界的無足輕重與十足的滑稽。

然而，在這樣的世界裡，田園詩如何能出現？《生命中不能承受之輕》的最後一部又如何能在一隻垂死的狗兒的微笑照拂下，展現出如此的溫柔？尤其這篇田園詩就這樣突然出現在〈偉大的進軍〉這一部的後頭，而這一部處理的是糞便與媚俗，小說家的諷刺性格在此或許表現得比他作品裡的任何地方都更徹底，其間的不合宜也就更爲明顯了。

◇本文附註除特別標示爲『譯註』者，其他皆爲原作者註。昆德拉著作引文的出處，原文標註爲法國伽利瑪出版社（Éditions Gallimard）平裝本的頁數，譯者改以中文譯本的頁數標註。

*譯註：原文標題爲L'Idylle et l'idylle。兩個田園詩（idylle）的名詞僅以字首的大小寫區分。法文名詞若字首大寫，強調的是該名詞的總體、抽象意義。如大寫的歷史（Histoire）說的是人類的『大』歷史，而小寫的歷史（histoire）則可以是各式各樣的歷史，甚至小至個人的生命故事。

①容我回顧先前的一篇關於昆德拉的文章〈撒旦的觀點〉（Le point de vue de Satan），最早發表於《自由》（*Liberté*，蒙特婁，一九七九），後附於《生活在他方》書末爲跋（Gallimard 出版，一九八二、一九八五）。

總體而言，這幾頁小說有些東西讓人看了生氣，但是卻又掌握著某種眞理，某種**明顯的事理**，和那些昆德拉作品中最撒旦的篇章所得出的眞理一樣，都是我們無從迴避的。這幾頁小說也向我揭示了另一個昆德拉，或者說，這幾頁小說至少讓我不得不修正我對昆德拉作品的看法（因此也修正了他的作品在我心底引起的反響，我心底總是意識到，他的作品是以最精確的方式做出表達）。這次修正，一如往常，必須藉由抛出新的疑問，去除我那些過於單義的概念——那是我簡化他的作品及作品意圖表達的東西所造成的。換句話說，必須正視這個悖論：破壞性的作家也是田園詩的作家。

II

重讀昆德拉的作品，可以發現，事實上，儘管〈卡列寧的微笑〉肯定是我們在其中所見最精心打造或者最鮮明的田園詩圖像，但這圖像遠不是絕無僅有的一個。在昆德拉先前的短篇故事和長篇小說裡，出現過諸多類似的圖像，多到要說其間存在一個昆德拉作品的重要主題亦不爲過。應該這麼說：小說人物的存在（亦即小說想像力）的最大動力之一，就在這裡。

但是這主題一如昆德拉的其他主題，其本質模糊、多義，無法化約爲任何穩定明確的內容。就像《生命中不能承受之輕》裡薩賓娜怪異的畫，這個圖像的意義在小說語言的疑問本質標誌下，只能召喚某種語義的對位法，不斷拆解這個圖像，打開它的反面，並且將它變得不確定，圖像因而更加豐富而迷人。

或許，最能表現田園詩主題所特有的這種模糊，就是《笑忘書》的結尾了。在海邊，在一座荒島上——極佳的田園詩背景——亞恩和艾德薇姬在天體海灘上散步。艾德薇姬看到的是一幅人類終於解放的天堂景象，而亞恩心裡想到的卻是走入煤氣室的猶太人。後來，他們談起《達菲尼斯與克洛依》：

亞恩一邊嘆息，一邊又叫了幾聲：『達菲尼斯，達菲尼斯……』

『你在叫達菲尼斯嗎？』〔艾德薇姬問道〕

『對呀，』亞恩說。『我是在叫達菲尼斯。』

『沒錯，』艾德薇姬說。『我們是該回頭看看他。回頭看看人類還沒受到基督文明殘害的時代。你想說的是這個嗎？』

亞恩說：『是啊。』不過，他想說的卻完全是另一回事。②

讓我們進一步分析亞恩和艾德薇姬之間的互不理解。他們兩人都渴望田園詩，換句話說，他們都渴望昆德拉在另一處提到的『世界在第一次衝突發生之前的狀態；或者，在所有的衝突之外；或者，和衝突在一起，但那些衝突不過是誤解，所以是假的衝突』③。這種對於以和諧

②《笑忘書》第七部：14（皇冠，二〇〇二，頁二五二）。

③《小說的藝術》第六部：『田園詩』詞條（皇冠，二〇〇四，頁一五七）。

爲基礎的幸福之渴望，我們可以稱之爲『田園詩意識』。

然而，儘管兩人都感受到這麼一股渴望，但是這渴望對他們的意義卻不一樣，而艾德薇姬和亞恩共同的渴望所投射出來的景象也不一樣。可以說他們各自懷抱著自己的『田園詩意識』，他們在其中表現出某種個人的『神話』，這『神話』同時掌管著一個人的生命和想像。

正是在這層意義上，我在前面提到田園詩如同『動力』——因爲我認爲，若要明確地去定義昆德拉每一個小說人物的存在動力或存在『法則』，藉由人物所懷抱的田園詩（或是寫著人物的田園詩），亦即每個人物獨特的『田園詩意識』，這樣的定義是有可能的。就回頭讀讀《玩笑》吧。我們甚至可以說，只有在故事將一個個人物捉進『田園詩處境』的時候，亦即透過縈繞著人物的田園詩這個面向，我們才會對人物有如此意味深長、如此全面的認識。艾蓮娜：一群人歌頌革命的歡樂。雅洛斯拉夫：在田地上，站在一棵犬薔薇旁邊，幾個騎士護送著一個遮著面紗的國王經過。寇斯特卡：丘陵之鄉，原諒的國度。對每一個人物來說，幸福在於他們的田園詩的具體實現，不幸則在於他們的田園詩的毀滅。

我們還是回到裸身在海灘上的亞恩和艾德薇姬吧。他們各自懷抱某種特定的田園詩景象，以各自的方式想像達菲尼斯的世界，在那裡，衝突無處容身。但是他們的互不理解比表面所見更深。因爲他們各自的『田園詩意識』之間，存在的遠不只是單純的差異，而是矛盾。艾德薇姬置身於裸身的遊客之中，以爲自己靠近了達菲尼斯；至於亞恩，他知道自己和達菲尼斯已經分離了，無從挽回，除非逃離這片海灘，除非海灘上空無一人——如果可能的話——否則根本無法靠近達菲尼斯。亞恩的田園詩不僅不同於艾德薇姬的田園詩，他的田園詩還完全相反，說得精確些，他的田園詩是艾德薇姬田園詩的**否定**。

於是，從相同的意念（渴望和諧與平靜）出發，開展出田園詩的兩幅景象（兩種意義），兩者在昆德拉的作品裡都得到豐富的闡明。爲了更清楚地掌握這兩者的對立與糾纏，我提議爲這兩幅景象命名，一個叫做**天真**（或『艾德薇姬式』）的田園詩，一個叫做**經驗**（或『亞恩式』）的田園詩——並且多少要藉助評論家諾梭柏・弗萊（Northrop Frye）賦予這兩個命名的詞義，而弗萊的定義則是借自威廉・布萊克（William Blake）。④

昆德拉的作品中出現過形形色色代表這兩種田園詩的圖像，若要開出一張清單詳列這些圖像所形成的兩組典型，恐怕太過冗長。我們暫且以其中最明顯的幾則爲例。

III

有兩幅反覆出現的巨大圖像屬於天眞這個典型。兩者乍看似乎是矛盾的，但是昆德拉小說的一個創見，就是去展現這兩者的相似深刻至何種境地，展現出兩者都扎根於相同的渴望，也通往相同的世界。第一幅圖像正是天體海灘，艾德薇姬看見達菲尼斯之島從遠古重現在眼前；

④參見《批評的剖析》（*Anatomie de la critique*，英文原名爲 *The Anatomy of Criticism*，Northrop Frye 著，Guy Durand 譯，Gallimard 出版，一九六九，頁一八五至一八八）。

我們可以找到這幅圖像的種種變體：不僅在諸多宴會和集體狂歡的場景裡（《生活在他方》女導演的別墅，《笑忘書》卡瑞爾與瑪珂達的家、芭芭拉的家），也在電吉他彈奏的『無記憶的音樂』、『音樂的原初狀態』的召喚裡——因爲在這樣的音樂之中，一切衝突都消弭了。

幾個簡單的音符湊合起來，全世界都可以一起來稱兄道弟，因為那是生命本身用這幾個音符高聲歡呼著『我在這兒』。這種與生命共存的單純和弦，是世界上最喧鬧的，但也是最一致的和弦。〔……〕身體隨著音符的節奏起舞，為了意識到自己的存在而沉醉不已。⑤

第二幅天眞田園詩的圖像當然就是革命的理想了，這圖像同時也承諾著衝突的終結，世界轉變成意見一致的一個圈子，沒有異端，也沒有分裂。這個詮釋——將共產主義比擬爲田園詩一般的想望——在昆德拉的作品裡一再出現。昆德拉多次提及一九四八年的布拉格，在此，這個詮釋尤爲明顯。當時，革命以邀約之姿出現，邀請所有人一同走向『這片夜鶯歌聲繚繞的田園，這個和諧的國度。在這個國度裡，人類不會遭到陌生世界的侵擾，人與人之間也不會扞格不入；相反的，世界和每一個人都是用同一種材料捏出來的。』⑥

艾德薇姬的海灘（或搖滾樂）和共產黨人的圓舞曲，兩者的對立只是表面的。有一次，特麗莎看了一些天體營的照片，還有俄羅斯戰車入侵捷克斯洛伐克的照片，她禁不住說出：『它們完全是同一回事。』⑦我謂之天眞的這兩幅田園詩的圖像，其實表現出相同的基本特徵。我們舉其中兩項爲例，而且這兩者緊密相連：一是廢除個體，一是拋棄界限。

艾德薇姬的海灘，或者狂歡，或者搖滾派對，這些場景和共產主義天堂的共通之處，首先就是：在這樣的地方，孤獨不只是不可能，而且是禁止的。在這個世界裡，個體融合、融解於全體之中；而『不想的[……]就杵在那兒像個沒用的小黑點似的，毫無意義』。簡言之，這首田園詩『就本質來說，是爲所有人編寫的』。⑧

這個世界，亦不知界限爲何物，所有的界限都被否定，被超越。艾德薇姬因爲自己到了『我們這座文明監獄的另一邊』⑨而感到欣喜，古斯塔夫．哈薩克對參加集會的孩子們宣告：『**孩子們！你們就是未來！**[……]**孩子們，永遠不要回頭看過去！**』⑩因爲在這裡，田園詩在一切邊界之外，不論是個體性的邊界，文化的邊界，道德的邊界，或是存在的邊界。田園詩讓完滿與偶然性、軟弱、懷疑、苦痛——亦即一切衝突——的起因對立起來。歡樂的完滿，自由的完滿，存在的完滿。宛如以『田園詩的態度』肯定：『[眞實的]生活在他方』，田園詩宣稱可

⑤《笑忘書》第六部：18（頁二〇〇）。
⑥《笑忘書》第一部：5（頁一四至一五）。
⑦《生命中不能承受之輕》第二部：24（皇冠，二〇〇四，頁八八）。
⑧《笑忘書》第一部：5（頁一五）。
⑨《笑忘書》第七部：14（頁二五三）。
⑩《笑忘書》第六部：13（頁一九四）。粗體爲本文作者所加。

以救贖那既卑賤又不完美，充滿不確定和虛無的日常生活，田園詩要將生活修復、提升，讓生活裡的意義得以豐富，欲望得以實現。

第一類的田園詩——其特徵准許我們以大寫的田園詩之名來界定它的特殊性——無法不讓人想起喬治・巴塔耶（Georges Bataille）在他的情色研究中所描繪的**連續性**的世界，他明確地將這世界與超越、**違背**禁忌連結在一起。然而這正是艾德薇姬的幸福，或者瑪珂達在狂歡派對裡的幸福，一如那些積極參與政治的人們在布拉格市街上跳舞時感受到的幸福：這種感覺，是違背、越過了一道邊界，並且到達一個新的存在境界，跟他們離棄的生命相比，新的存在顯得無比眞實、單純而美好。

IV

我們可以說，被如此理解的大寫的田園詩，是昆德拉所有作品著迷的焦點。這大寫的田園詩在昆德拉的作品中確確實實構成了一個中心神話，因而構成了一個同時理解人類存在和人類生活世界的方法（或者至少打開我們對這兩者的**視野**）。但是這樣的神話並不吸引人，反而推斥著人們，它迷惑人的力量是**相反**的，不是讓人嚮往，而是威脅。或許，藉由無情地批判大寫的田園詩，並且一片片地摧毀這田園詩所應允的奇蹟，昆德拉的撒旦主義做出了最佳的展現。這樣的批判是徹底的，它針對的不僅是大寫的田園詩的種種意象（大寫的田園詩試圖化身其中的種種意識形態或政治），在這既社會亦個人的維度之中，更重要的批判對象是田園詩的嚮往、**信仰**本身，換句話說，就是重『彼世』而輕『人間』，看重『統一』而輕視『不調和』的這種偏好。

這批判借用了許多形式，時而明言，時而遮掩；時而犬儒，時而嘲諷；但總是將大寫的田園詩裡的謊言和恐怖赤裸裸地剝開。舉例來說，我們可以想想《笑忘書》第六部裡拉斐爾＊帶塔米娜去的那個住著一些達菲尼斯和克洛依的小島。我們也可以想想，《生命中不能承受之輕》裡頭，媚俗對糞便的全面勝利，而這媚俗歸根究柢，不過就是大寫的田園詩的表現和美本身。

但是昆德拉對大寫的田園詩的批判還有另一條途徑，或許也是最有意義的，而我們要在這裡跟隨的，也是這條途徑。那是通過作品建立另一個意象的網絡，建立另一種悖論式的『反田園詩的田園詩』的典型，這種典型，我們在前面稱之爲經驗的田園詩。

亞恩出現在我們眼前，已經是一個帶有這種『田園詩意識』的人物。但他並非唯一。還有其他人物也呈現出這種典型的更豐富的圖像。我們再來看看其中幾個。

先來看《玩笑》裡的兩個例子。首先，當然是呂德維克加入一個小型民俗樂團的最終場景，其間呈現出諸多與田園詩的調式相關的動機：音樂、花園、友情、和平。但是在同一部小說的前面，另一段插曲則闡明了這個主題：那就是與露西相遇——當時呂德維克被關在軍隊

＊譯注：原文作『搖滾樂手拉斐爾』（le rocker Raphaël），但《笑忘書》中並未交代拉斐爾是搖滾樂手，可能是本文作者誤植，故於譯文中刪去。

裡，覺得『被甩出[他的]人生道路之外』⑪。這類田園詩的『反田園詩』特質，在這幾頁的文字裡表現得最有力量，這段插曲表現出一個悖論：幸福誕生於被驅逐。

> 我還真信服，遠離歷史方向盤的話，生命便不是生命，而是半死半活，是煩惱，是流放，是西伯利亞。而這會兒，現在（來西伯利亞六個月之後），我突然看到生存的可能性，完全嶄新又意外：被遺忘的、單調平常的平原，原先被飛行中的歷史之翼遮掩，現在突然在我面前展現，那裡有一個樸實又可憐，卻值得愛的女人：露西，在等著我。
>
> 露西，她哪會認得這偉大的歷史之翼？除了震耳欲聾的聲音多少掠過她耳邊，否則她根本不理會什麼歷史；她生活在歷史之下，對歷史沒什麼渴望，根本就不懂什麼大事、時事的憂心，只為小小的、永恆的憂心而活。而我，我突然解脫了。⑫

後來，在《生活在他方》的第六部，也有這種『寧靜的間歇』，就是那個中年男人的角色出現的時候。他經歷著『自己非命運的田園詩』，也爲雅羅米爾的女友舉著一盞『仁慈的燈』⑬。《笑忘書》裡，也有一個阿爾卑斯的山村旅館，塔米娜和她的丈夫離開故鄉之後逃到那裡。

> 他們知道自己已經與世隔絕，跟他們過去生活了一輩子的世界完全分離，塔米娜心裡浮現一股終獲釋放的感覺，舒坦極了。夫妻倆在深山裡，完全與世隔絕，四周無比寂靜。寂靜對塔

米娜來說，是件意外的禮物〔……〕，一片屬於他們兩人的寂靜，屬於愛情的寂靜。⑭

這個場面直接展現了我想指出的最後一幅圖像，這幅圖像以最強烈的方式描繪出縈繞本文的一個典型。當然，這幅圖像就出現在《生命中不能承受之輕》的最後幾頁。

這些圖像提供的都是一個平靜的世界的意象，衝突都消失了，主宰一切的是我們不得不稱之爲幸福的東西。這些圖像和第一類圖像的區別何在？這些小寫的田園詩和大寫的田園詩之間的對立之處何在？

V

這些圖像令人印象最深刻的就是孤獨，或者至少是彌漫在這些圖像四周的一種氛圍——狹窄的**私密性**。亞恩想像達菲尼斯獨自一人和克洛依待在他的島上。同樣的，呂德維克回到小樂

⑪《玩笑》第三部：5（皇冠，一九九二，頁五八）。（譯按：原文標示爲『第三部：6』，經查爲第『5』章末句。）

⑫《玩笑》第三部：8（頁七七）。

⑬《生活在他方》第六部：12、17（時報，一九九二，頁三一八、三二三）。

⑭《笑忘書》第四部：12（頁一〇九）。

團，只有一群冷漠的聽眾，過沒多久，就在節慶裡變成一個『被遺棄的小島』，像是『懸在冷海深處的一個玻璃艙裡』⑮。中年男人也過著疏離的生活，他躲在自己的單間公寓裡，『完全把精力集中在自己身上，集中在私人的尋歡作樂和他的書本上』⑯。至於托馬斯和特麗莎，他們『跟過去的朋友和熟人斷絕了一切聯繫』，『他們切斷過去的生活，就像一刀把絲帶剪成兩截』；在他們遠離布拉格的村莊裡，『她和托馬斯在一起了，而且只有他們兩人單獨在一起』⑰。

所以這些田園詩都誕生於**斷裂**；這些都是**個人的**田園詩。但是，光是和人群分離，並不足以產生田園詩。呂德維克遠離露西，離開礦場之後，一直是一個人；然而，他卻始終生活在地獄裡，因爲他想要復仇，而這正是還認同人類歷史，依然囚禁在其中的一種表現。直到小說最後，他明白了復仇乃虛榮作祟，他接受了無止境的『跌落』，無止境的疏離，才得到解脫。要到此刻，田園詩才有可能出現；此刻，呂德維克才能吹奏單簧管，重拾那被遺忘的民俗音樂。總之，他經歷的並不是一次征服——他終生追求的那種征服。相反的，他經歷的是一種啓示——在他失敗的最深處，在他墜落，在他被驅逐的最低點。

不僅要遠離群體，更要徹底**決裂**，從而終結一切人際交往，從而讓群體與群體對於大寫的田園詩的渴望完全消除，這樣的孤獨才是眞正的孤獨。歸根結柢來說，孤獨——個人的田園詩的主角——是一個潛逃者。

因爲這種田園詩毫無可能上升或到達另一種生活。這種田園詩甚至恰恰相反，它其實是自願**背離**另一種生活。因此，中年男人『背棄歷史及其戲劇性的表現，背棄他自己的命運』⑱。換句話說，在這裡，田園詩的境況不是超越，而是**後退**；不是違背禁忌，而是一種更徹底的違背：對於違背的違背。正因如此，托馬斯和特麗莎在村莊生活的時候，並沒有在邊界的『另一邊』。在『另一邊』，生命變成命運，意義與完滿是一切的基調，人類的歷史向前邁進。他們的平靜恰好相反，那是一種逃逸，是退卻在邊界的**這一邊**，退卻在屬於『非命運』、非完滿、重複、意義未全的世界。這是露西的世界。

如果『另一邊』的大寫的田園詩在本質上是正面的，那麼『這一邊』的田園詩的本質就是負面的。『這一邊』的田園詩藉以定義自身的，正是在本質上對於大寫的田園詩的否定，也就是說，在『這一邊』的世界上，隨著大寫的田園詩的樹立，遺忘與毀滅降臨。

在托馬斯和特麗莎的退隱之中，這個世界的形象是一幢孤絕的房屋，裡頭有一隻狗兒奄奄一息。

VI

如果媚俗是天眞的展現，那麼美就屬於經驗的田園詩。事實上，在昆德拉的作品中，與美

⑮《玩笑》第七部：19（頁二九五）。

⑯《生活在他方》第六部：10（頁三一六）。

⑰《生命中不能承受之輕》第七部：1（頁三二二）。

⑱《生活在他方》第六部：10（頁三一六）。

相結合的種種動機始終與我們先前描述的『亞恩式』的田園詩相符。這些動機將美也變成了一個『負面』的範疇，也就是說，這範疇與擺脫的運動相連，藉由這運動，生命將與大寫的田園詩分離，在彌漫著孤獨的遺棄空間裡，生命將發現被遮掩的事物。

或者該說：重新發現被遮掩的事物。因爲美並不是我們走向的目標，而是我們回去的地方，我們『重回』之處——一旦我們與大寫的田園詩之間形成了斷裂。（大寫的田園詩原本應允著超越，帶領著我們越過限制，走向一個比我們最初生活之處更美好的世界。）

這裡更重要的是，昆德拉的美——與『現代』的美形成最強烈對比的就是這種美——並非誕生於違背，而是誕生於我們剛剛才命名的『違背的違背』。那是『違背』拋棄於身後之物，這些東西在違背後頭，在違背的領土之外，注定要消逝無蹤。總之，這違背的違背就是被大寫的田園詩所違背、遺忘、鄙視、拒絕的田園詩本身。

在《玩笑》的結尾，波希米亞的傳統音樂就是這樣出現的。呂德維克在傳統音樂被所有人遺棄的時刻，在他感受到自己墜落的時刻，他又愛上了傳統音樂。

> 我（意外地）找回處於貧困的這個世界；處於貧困，尤其處於孤獨；它被排場與廣告拋棄，被政治宣傳、社會烏托邦，被文化官員的部隊拋棄[……]這種孤獨淨化了這個世界；這孤獨充滿對我的責難，淨化著這個世界，好像在淨化一個時日不多的人一般；孤獨以無法抗拒的最終之美照耀這世界；是孤獨把這世界還給了我。

而呂德維克『對過去曾逃離的這個世界[……]的愛』⑲也讓他想起露西，重新發現露西的存在；露西的貧困和『普通』，她從前引領呂德維克走入那『淡灰色的天堂』⑳，這些因素使得她在呂德維克的眼裡，成了美的『開路人』。

《賦別曲》的人物亞庫也一樣，他在溫泉小城做了最後的停留，那時，他正準備離開故鄉。換句話說，他已經做了了結，他現在處於『生命之外，在他命運隱藏的一面的某個地方』㉑。那時，亞庫才突然得到了美的啓示。可是此刻，美，卡蜜拉，他都已經失去了。同樣的，當弗蘭茨問『什麼是美？』的時候，薩賓娜不知該如何回答；但是她回想起年少時代，她讀大學時，在青年工地工作，有一天，她偶然走進一座教堂，裡頭正在望彌撒，而她，就這樣『著迷』了。

她無意之中在這教堂裡遇到的不是上帝，而是美。她也很清楚這座教堂和這些連禱詞本身並不美，卻因為與她日日忍受軍歌喧囂的『青年工地』成為無形的對照，而顯得美。彌撒之所以美，是因為它突然、祕密地出現在她面前，宛如一個被背棄的世界。

⑲《玩笑》第七部：19（頁二九一）。
⑳《玩笑》第三部7、8（頁七一、七七）。
㉑《賦別曲》第五部：6（吳美眞譯，皇冠，二〇〇〇，頁二二五至二二六）。

『從此，[薩賓娜]知道美就是被背棄的世界』㉒。因為大寫的田園詩——在這裡的圖像是青年工地的『喇叭不斷湧出歡欣的軍樂，弄得她靈魂裡都是這樣的毒素』——要實現其提升之目的，只能藉由貶低現存的事物，以利於應該存在的事物。換句話說，大寫的田園詩帶來的是昆德拉所說的『存在的遺忘』㉓，也就是遺忘並且消除生命中複雜、不一致、或脆弱的事物，以利於一個大寫的存在，簡化、一致、沒有分裂也沒有弱點。正因如此，媚俗將大寫的田園詩表達得如此盡致。媚俗因其『對於存在的全盤認同』，必須盡一切努力無視糞便的存在，亦即無視生命中的一切矛盾與不確定；媚俗只有立起『一座遮掩著死亡的屏風』㉔才能獲得勝利。而這種化約，這種以大寫的存在替代小寫的存在，正是雅羅米爾的抒情詩、艾德薇姬的伊甸園理想或是搖滾派對與革命的極權主義交會之處。因此，美化世界的渴望要能實現，就要拒絕、摧毀世界上抵抗這種渴望、逃離這種渴望的一切：我們可以套用昆德拉的說法，在這樣的地方，劊子手與詩人一起統治世界。

然而，正是在這樣的地方，在劊子手追捕的地方，在這殘餘之地，存在著田園詩和美。飽受威脅、如暮色般幽微的美，『如同亞特蘭提斯島沉沒在』㉕寂靜與遺忘之中。自此，美激起的狂熱還不如某種因為目眩而生的同情。同情，也就是慈悲、善心，對象是弱者與必經生死者，像是《笑忘書》裡卡瑞爾的母親和她的鬈毛狗，像是《賦別曲》的拳師狗鮑伯，像是《生命中不能承受之輕》裡特麗莎撿回家的長嘴烏鴉；尤其是奄奄一息的狗兒卡列寧。

但是，這種對於『一個遭摧毀的世界的同情』㉖也是越過遮掩著存在的種種幻象、意義和言說（或者並沒有越過，而只是在其中），面對存在，面對赤裸而明顯的存在時，所產生的炫目之感。『在那後面的某個地方』㉗，就在大寫的田園詩的對蹠點上，在我們早已知道即將死去的托馬斯與特麗莎的圍繞下——在牠的悲困與脆弱之中，死亡也早已包圍著牠——卡列寧溫柔而平靜的微笑悠悠閃耀。

關於弗朗索瓦．希加（François Ricard）

弗朗索瓦．希加是一位法國文學教授，自從一九七一年起任教於加拿大麥基爾大學。他評論當代文學的論文集《自我對抗的文學》曾獲得加拿大總督獎。他寫作許多文章探討米蘭．昆德拉的作品，刊登於美國、法國、義大利與加拿大等地的文學期刊。《阿涅絲的最後下午》是希加對米蘭．昆德拉作品的評論專書。

㉒《生命中不能承受之輕》第三部：7（頁一三二）。
㉓《小說的藝術》第一部：1（頁九）。
㉔《生命中不能承受之輕》第六部：5、10（頁二八六、二九二）。
㉕《笑忘書》第四部：17（頁一一八）。
㉖《玩笑》第七部：19（頁二九三）。
㉗摘自揚．斯卡瑟的詩句，《小說的藝術》第五部的標題。

國家圖書館出版品預行編目資料

生命中不能承受之輕 /米蘭.昆德拉(Milan Kundera)
著；尉遲秀譯.
-- 初版. -- 臺北市：皇冠, 2004[民93]
面； 公分. -- (皇冠叢書；第3387種 Classic；53)
譯自： Nesnesitelná lehkost bytí
ISBN 957-33-2067-3(平裝)
882.457 93009770

皇冠叢書第3387種
CLASSIC 53
米蘭・昆德拉全集 7

生命中不能承受之輕

NESNESITELNÁ LEHKOST BYTÍ

作　　者—米蘭・昆德拉　　譯　　者—尉遲秀
發 行 人—平雲
出版發行—皇冠文化出版有限公司
台北市敦化北路120巷50號　電話◎02-27168888
郵撥帳號◎15261516號
香港星馬—皇冠出版社(香港)有限公司
總 代 理　香港灣仔告士打道88號19樓
電話◎2529-1778　傳真◎2527-0904
出版統籌—盧春旭
編務統籌—金文蕙　　版權負責—莊靜君
美術設計—王瓊瑤　　英文編輯—李佳姍
校　　對—鮑秀珍・尉遲秀・潘怡中
印　　務—林莉莉・林佳燕

著作完成日期—1984年
初版一刷日期—2004年7月
初版十二刷日期—2006年4月

讀者服務傳真專線◎02-27150507
皇冠文化集團網址◎www.crown.com.tw
電腦編號◎044053　　ISBN◎957-33-2067-3
Printed in Taiwan
本書定價◎新台幣250元／港幣83元